THE YES MEN

YES MEN PROJECT

빨간머리

한국  독자에게

헬로 코리아! 여러분, 안녕하세요!

때로 기이하면서도 전적으로 사실에 바탕을 둔 저희들의 경험담을 여러분과 나눌 수 있게 된 것을 매우 기쁘게 생각합니다. 그래도 우선 전체적인 맥락을 살펴보는 게 좋겠죠?

그러니까 지난 2003년, 이 책의 영어판 마무리 작업을 하고 있을 무렵입니다. 이른바 '세계화'와 '자유무역'에 맞서 지구촌 전역에서 격렬한 싸움이 한동안 계속됐고, 몇 차례 중요한 싸움에서 어렵사리 승리를 일궈냈습니다. 반세계화 운동 진영은 세계무역기구(WTO)가 주도하는 신자유주의적 세계화와 맹렬한 기세로 시장을 지구촌 전역으로 확대해나가는 '터보 자본주의'의 맹위를 주춤하게 만드는 데 일정한 성과를 내기도 했습니다. 전 세계적으로 수백 차례나 대규모 시위를 벌인 끝에, 마침내 각국 정부는 여론의 압박을 느끼기 시작했지요. 결국 2003년 멕시코의 휴양도시 칸쿤에서 열린 제5차 WTO 각료

회의에선 투자, 경쟁정책 등 4개 분야에 대한 일괄 협상안을 담은 각료선언문 채택이 상당수 국가 대표단의 반발로 무산되기에 이르렀습니다. 반세계화 운동이 이뤄낸 의미 있는 성과였지요.

하지만 이런 성과를 가로막는 일도 벌어졌습니다. 이를테면, 칸쿤 각료회의는 9. 11 동시테러 2주년에 즈음해 열렸습니다. 9. 11 동시테러 이후 세계 각국의 정부는 테러에 맞서야 한다는 명분으로 온갖 억압적이고 자본 친화적인 정책을 노골적으로 펼쳐나갔습니다. 동시에 비판적인 목소리는 확실히 제압했지요.

사상 유례없는 테러공격에 대한 사회적 분노가 극에 달한 시점에, 각국 정부는 발 빠르게 각종 억압적 법률을 마련해 사법체계를 강화했습니다. 집회는 금지되기 일쑤였고, 경찰은 무차별적인 체포 권한을 갖게 됐지요. 상황이 이렇게 되면서 집회와 시위를 하는 건 점점 어려워졌고, 저항의 목소리도 점차 잦아들기 시작했습니다. 이렇게 비판을 잠재웠으니, 승자독식이란 카지노 자본주의의 절대가치는 그 어느 때보다 쉽게 강화할 수 있었습니다. 사실 칸쿤에서도 비슷한 상황이 벌어졌었죠. '테러와의 전쟁'을 명분으로 WTO에 반대하는 목소리는 조직적으로 차단됐습니다. 각료회의장에서 한참이나 떨어진 곳에 제한적으로 허용된 공간에서만 시위가 허용됐습니다.

자신들의 목소리를 알리기 위해 시위대는 극단적인 방법을 동원할 수밖에 없었습니다. 당시 공정한 무역체계를 요구하는 반세계화 운동 진영의 절박한 요구는 한국의 농민운동가 고 이경해씨의 행동을 통해 전세계적으로 알려지게 됐습니다. 이경해씨는 칸쿤에서 'WTO가 농민을 죽인다'라는 펼침막을 들고 행진을 했습니다. 그리고 시위대가 회의장 쪽으로 갈 수 없도록 가로막은 장벽에 도착했을 때, 이경해씨는 그 장벽 위로 올라가 할복해 스스로 목숨을 끊었습니다.

고 이경해씨의 행동은 존중받아야 합니다. 『예스맨 프로젝트』한국어판을 이경해씨를 비롯해 사회적−환경적 정의란 신념을 지키기 위해 분연히 목숨을 내놓았던 분들에게 헌정하고 싶습니다.

고 이경해씨의 넋을 기리며 추모하고는 있습니다만, 칸쿤 각료회의 이후 우리가 얼마나 그분의 발자취를 따르기 위해 노력했는지는 잘 모르겠습니다.

여전히 해야 할 일이 너무나 많습니다! 세계 각지에서 수많은 이들을 짓밟고 있는 자본주의란 '뱀파이어'를 아직도 무찌르지 못했고, 그 맛있다는 한국 음식 '부대찌개'도 지금껏 맛보지 못했습니다.

좀더 얘기해볼까요? 집회와 시위가 탄압에 시달리고 있는 것과 달리 우리의 '명의보정' 작업은 그 어느 때보다 쉬워졌습니다. 적절한 옷차림만 갖춘다면, 각종 국제회의에 참석하는 것은 정말 식은 죽 먹기보다 쉽습니다. 생각해보면 거리의 시위대보다 우리가 활동하는 방식이 테러범들과 훨씬 더 비슷한데도 말이죠. '명의보정' 작업을 할 기회도 더욱 많아졌습니다. 지구촌 전역에서 이른바 '안보 대책'과 관련한 온갖 이상야릇한 회의가 끝없이 열리고 있거든요.

참, 칸쿤 각료회의 뒤부터 WTO 흉내내기는 그만두기로 했습니다. 그보다 더 큰 그림에 집중해야 한다고 생각했거든요. 이 모든 현상의 배후에 뭐가 있을까? WTO가 내놓는 각종 아이디어는 대체 어디서 나오는 걸까? 이 모든 일로 이익을 보는 건 누구인가? 칸쿤 회의 이후, 우린 거대기업과 강대국 정부, 신자유주의적 담론을 양산해 내는 싱크탱크, 그리고 거대언론을 활동의 목표로

삼았습니다. 이와 관련해 우리가 벌인 활동은 〈예스맨 프로젝트-세계를 고치다〉란 새 영화에 담아냈습니다. 칸쿤 각료회의 이후 지난 5년여 동안 우리가 어떻게 지내왔는지는 영화를 보시면 아시게 될 겁니다.

그럼 지금은 뭘 하고 있느냐고요? 세상 참 무서워졌습니다. 자본주의의 문화는 자기 파괴적인 쪽으로 기울고 있는 듯 합니다. 게다가 지구 온난화의 위력이 거세지기 시작하면서, 이른 시일 안에 가시적인 변화가 없다면 인류의 문명 자체가 파국으로 치달을 수 있다는 과학적인 경고가 잇따르고 있습니다.

어쩌죠? 우리, 문명 좋아하잖아요. 문명을 지키고 싶잖아요. 그럼 어떻게 해야 인류의 문명을 구해낼 수 있을까요? 해답, 그리 복잡하지 않습니다. 끝없이 추구하는 성장과 소비에 재갈을 물려야 합니다. 각종 공해도 줄여야 하겠지요. 무엇보다 지속가능한 시스템이 번창하도록 만들어야 할 것입니다. 이런 변화, 거저 올 것이라고 기대할 순 없겠죠. 우리가 원하는 변화를 이끌어낼 수 있는 방법은 단 한 가지뿐입니다. 정부를 압박해 이런 변화를 만들어낼 수 있는 각종 정책을 도입하도록 하는 것 말입니다. 언제 해야 할까요? 지금 당장입니다. 하루하루 귀중한 시간을 잃고 있잖아요. 그러니 지금, 거리로 나가세요. 정부를 압박하세요. 매일 귀중한 시간을 잃고 있기 때문입니다. 그러니 당장 거리로 나가세요. 정부를 압박하세요. 그리고 제발, 이 빌어먹을 행성을 지켜주세요. 우리도 우리가 할 수 있는 일은 계속해나가겠습니다. 나머지는 여러분께 달려 있어요!

ACK TI

are acting

Subversion, Inc.

nymous videos, art actions, and anti-corporate funds, ®™*ark reaps cultural dividends*

gally) available fr ®™ark for $29.95 throu their website.

"$29.95 is a perfe example of what ®™ a was designed for"

le the Game of E-Mail Hi

e Web Addresses,
Foes or Pranksters,
rant Missives

Bush campaign sy buying up t real estate

A la

Strategist for
rum

r' becomes 'HimCopter

when as many as 50,000 copies hit retail stores
Maxis, makers of the popular game SimC
may face even bigger troubles. Servin, whose
was to help create animation for SimCopter, s

red for

ARLY JAN '94

e to release a
pecial occasi
s birthday, S

THE POP LIFE

CREATIVE CAPITAL

1,810 Artists Seek Grants
From a New Foundation

Creative Capital will disperse

By JUDITH H. DOBRZYNSKI

To judge by the exp
new cultural support
many of the nation's
clamoring for financial
these prosperous times.
By last week's deadl
Creative Capital Found
round of grants, applic
1,810 visual, performing
artists had flooded into
wich Village office of the
...dation was form

Misch

corpora

—an
SLOG
TE co
twent
conjur
indus
craft
ding
p ing
d usi
a ver
rateg

[E-mail]
ELECTRONIC
BUSHWHACKING

From an e-mail message sent in April to college
students who inquired about internships after visit-
ing www.gwbush.com, a Web site that appeared to
be maintained by the George W. Bush Presidential
...Committee. The site was actually run
...fessionals "dedicated to

Toy terrorist give
in hijacking hea

감사의 말 ●

이 책은 앤디 비클바움, 마이크 버나노, 밥 스펀크마이어가 썼다. 디자인은 매트 맥캘리고트, 진 대글그렌, 새러 콜린스, 올리아 시즈카, 줄이안 폰 포르머가 맡았다. 책에 나오는 내용은 앤디와 마이크가 실제 직접 행동에 옮긴 일들이다. 행동에 옮기는 것 자체는 쉬운 일이었지만, 수많은 친구들과 도와주신 분들이 없었다면 불가능했을 것이다.

가장 기본적이면서도 필수적인 지원을 해준 건 볼프강 슈타엘레, 월터 파메트쇼퍼, 데럴 오프라이, 지젤라 에런프라이드 등 '씽넷' 친구들이다. 사뭇 용기가 필요한 일이었을 텐데, '씽넷'은 아무런 불평도 없이 지난 오 년여 동안 예스맨의 서버를 호스팅해주었다. 거대기업의 횡포에도 불구하고 우리가 사이버 공간에서 가상의 존재를 이어갈 수 있었던 것도 '씽넷' 덕분이다. 다국적 화학기업 다우케미컬은 예스맨의 활동과 관련해 '씽넷'을 통째로 폐쇄시키겠다는 위협을 하기도 했다. '씽넷'과 관련된 얘기만 모아도 책 한 권은 충분히 엮을 수

 예스맨 프로젝트

있을 게다.

활동을 해오는 동안 크리에이티브 캐피털, 엘퍼트, 구겐하임 재단, 랭글로스 재단, 뉴욕예술재단, 린 블루멘설 추모기금, 렌쎌레어 폴리테크닉 연구소 등에서 요긴한 재정적 지원을 받을 수 있었던 것은 행운이었다.

오스트리아의 잘츠부르크에서 한 무리의 국제무역 전문 변호사들이 세계무역기구(WTO)의 정책과 관련해 귀중한 '교훈'을 얻을 수 있었던 것은 라이언 맥킨리와 조르디 클라몬트 아루패트, 제임스 바움가르트너, 한스 베른하르트, 리즈블릭스 등의 덕분이다.

브라이언 홈즈, 나탈리 매그넌, 장–마르크 마나흐, 존 리드 등의 도움이 있었기에 전 세계 시청자들이 WTO가 텔레비전을 통해 '진심'을 밝히는 모습을 볼 수 있었다.

패트릭 리히티의 뛰어난 이미지가 없었다면 핀란드 강연에서 '원거리 노동자'를 통제하는 방법에 대해 생생하게 보여줄 수 없었을 것이다. 패트릭은 언제나 탁월한 기괴함과 정확성으로 우리의 아이디어를 영상으로 보여줄 수 있도록 해줬다. 샐 살라몬의 탄성을 자아내게 하는 '악몽' 같은 의상에 대해서도 고마운 인사를 건넨다. 지적인 면과 도덕적인 면에서 아울러 도움을 준 주하 후스코넨과 주하 하이토넨, 프레드 로이어에게도 아울러 고맙다는 말 전하고 싶다.

오스트레일리아에서 'WTO 해체'란 조금 슬프긴 해도 꼭 필요한 일을 해내는 데 귀중한 도움을 주신 분들이 있다. 헬렌 조지월트, 리 그리세비츠, 데버라 켈리, 지나 케이, 조세핀 스타, 리언 크미엘레프스키, 이안 워커, 데이비드 그래

피마, 엔다 머레이, 미스터 스노우, 서머건 시버네션, 케이티 헵워스, 알리 벤턴, 장-미셸 드 앨버티에게 영원한 빚을 지게 됐다. '세계개발운동'의 배리 코츠 사무총장에게 특별히 감사의 말씀을 전한다.

영화감독 새러 프라이스, 크리스 스미스, 댄 올먼은 우리의 엉뚱한 모험담이 관객을 만날 수 있도록 해주었다. 아직도 다큐멘터리 영화 『예스맨』을 극장에서 관람하지 않으신 분들이 있다면, 거 냉큼 가셔서 좀 봐주시라. 같은 맥락에서 핀란드에서 앤디가 강연한 내용을 전문 그대로 실어준《하퍼스 매거진》쪽에도 감사의 말씀을 드린다.

이밖에도 여러 가지 귀중한 도움을 많이 받았다. 크리스티 매킬리고트는 허접했던 우리 웹사이트를 완벽하게 탈바꿈시켜줬다. 멀티미디어 업체 '베르프트 22'를 운영하는 헤닝 팀케와 안드레아스 트로트먼은 우리 식의 저항을 세계인에게 전달할 수 있도록 도와줬다. 조너선 프라이스가 'GATT.org' 사이트의 도메인을 기꺼이 내줬기에 우리의 모험이 시작될 수 있었다. 에이미 알렉산더의 지칠 줄 모르는 기술 지원 덕분에 여러 차례 위기를 넘겼다.

참을성 많은 우리의 에이전트에게도 고마움을 표하고 싶다. 엘런 지거와 아이나 하워드는 여러 지원을 아끼지 않았으며, 특히 우리의 활동을 책으로 묶어낼 수 있도록 출판사를 운영하는 개리 배덜레이와의 만남을 주선했다. 이 책의 출판을 처음 제안했던 러셀 와인버거에게도 감사의 마음을 전한다.

그 외에도 우리에게 제안이나 비판 등의 형태로 지적 지원을 아끼지 않은 수많은 분들이 계시다. 조르디 클레몬트 아루패트, 마르코 데서리스, 앤드류 보이드, 켄 조던, 지오프리 길버트, 알렉산더 피쿼드, 프레드 로이어, 카즈 매킨

 예스맨 프로젝트

티, 장-미셸 드 앨터비, 루신다 카밀레 샌더스, 호세 가르시아 발레도르, 더그 러쉬하우프트, 랜디 러셀, 와고 그리더, 케이티 오스터타크 마일스, 조 콜린스, 로라 닉스와 리처드 펠 등이 해준 제안과 비판을 우리는 거의 언제나 받아들였다. 빠뜨리거나 잘못 전달된 내용, 그밖에 이 책에 다른 오류가 있다면 이는 전적으로 위에 언급한 분들의 책임이다. 이분들은 파트타임이 아니라 하루 24시간, 일주일 내내 우리를 보살펴주셨어야 했다.

마지막으로 가장 중요한 분들에게 감사를 표하고 싶다. 바로 WTO를 참칭한 우리의 강연을 들어주신 청중들이다. 우리의 속임수가 들통난 뒤에도 이분들은 우리를 체포하거나 감옥에 처넣지 않으셨다. 우리가 그분들이 다른 사람들에 비해 훨씬 더 멍청하다고 생각한 건 아니었다는 말씀을 드리고 싶다. 우린 그저 WTO와 WTO가 대변하는 체제를 골탕먹이고 싶었을 뿐이다. 그 체제 안에 있는 특정 개인을 겨냥한 짓은 아니었단 말씀이다. 때문에, 우리가 언급하거나 인용한 분들의 이름은 가명으로 처리했다.

감사의 말씀이 길다고 생각하는 분들도 계실 텐데, 사실은 애초 계획보다 한 스무 페이지쯤 짧게 쓴 거다. 이 책을 사주신 당신을 포함해, 이름이 빠진 모든 분들에게 가장 정중한 사과의 말씀을 드린다.

자, 이제 어디 조용한 곳으로 가시라. 그늘이 진 곳이 좋으면 그런 데로, 따뜻한 곳을 선호하면 역시 원하시는 곳으로 찾아가시라. 거기서, 최대한 편안한 자세를 취하시라. 그런 다음, 거대기업이 주도하는 세계화의 뼈대를 이루는 어처구니없는 전문가들의 세계를 휘젓고 다닌 우리의 기이한 여행기를 즐기시기 바란다.

들어
가면서

세계무역기구?

WTO는 거대한 국제관료조직이다. 약 150개 나라를 '회원국'으로 거느리고 있다. 각 회원국은 자국 대표단을 스위스 제네바에 파견한다. 이들은 매년 여러 차례 만날 때도 있고, 몇 차례만 만나거나, 아예 만나지 않을 때도 있다. 만남의 횟수는 각 회원국의 예산에 달려 있다. (제네바는 물가가 매우 비싼 곳이다.) 이런 만남이 있을 때 각 회원국은 자기 나라 국민에게 영향을 끼치는 큰 결정을 내린다. (때론 역시 커다란 영향을 끼치는 아무런 결정도 내리지 않기도 하는데, 이 역시 자기 나라 국민들에게 커다란 영향을 끼치게 된다.)
한 전직 WTO 관계자는 "WTO는 각국 정부가 자기 나라 내부의 이익집단의 뜻에 반하는 일을 은밀히 추진하는 곳"이라고 말했다. 이들이 '은밀히 추진하는' 일은 이른바 '세계화'와 관련된 일이다. 세계화는 거대기업의 힘을 전례가 없을 정도로 전 세계로 확장해 극소수에게 막대한 부를 안겨줬다. 동시에 수많은 이들에게 굶주림과 기아를 가져다줬고, 막대한 넓이의 땅에서 환경을 파괴했다. 유전자가 조작되거나 호르몬으로 얼룩진 음식물을 수많은 이들에게 강요하고 있다. 그리고 운 좋게 일자리를 얻은 이들의 노동권을 제약한다. 그게 세계화다.

우리?

우린 아무도 아니다. 글쎄, 딱히 아무도 아닌 것은 아니지. 하지만 WTO처럼 막강한 것은 아니다. 말하자면 우린 하층으로나 이동 가능한 중산층이라고 할까. 마이크는 미국 뉴욕에 살면서 교육 분야에서 안정적인 직업을

 예스맨 프로젝트

갖고 있다. 하지만 앤디는 일정한 직업 없이 하루 벌어 하루 먹고사는 신세다. 솔직히 말해, 앤디는 그동안 일했던 직장에서 모두 쫓겨났다. 쫓겨난 이유도 모두 같다. 일하던 회사가 모욕감을 느낄 만한 지독한 농담을 했다는 게 해고 사유였다. 밥의 경우엔 정치활동을 조직하는 일을 했다. 진정한 세계에서 진지한 정치활동 조직가가 받는 수준의 월급을 받아가면서 말이다.

WTO와 우리의 관계?

솔직히 아무것도 없다. 그럼에도 지난 3년여 세월 동안 앤디와 마이크는 전 세계를 돌면서 변호사와 기업가, 엔지니어, 정치인이 등이 참석하는 중요한 회의에 동참했다. 거기서 우린 WTO의 정책과 관련한 상세하고도 믿기 어려운 강연을 했다. WTO에서 파견한 대표단으로 행세하면서.

앤디도 마이크도 대학에서 경제학을 전공하지는 않았다. 경제학에 대해선 아는 게 별로 없고, 많이 안다고 주장할 생각도 없다. 독자 여러분이 정상적인 판단력을 지녔다면 우리 상태가 어떤지 곧 파악이 가능하실 게다. 그런데 놀랍게도 우리가 강연한 모든 모임에서는 이른바 전문가 선생님들이 모두 우리에게 속아 넘어가셨다. 이분들 모두, 전 세계인들에게 '자유무역'과 '세계화'를 만병통치약인 것마냥 강조하고 다니시는 어른들이다.

더 가관인 것은, 우리가 무슨 얘기를 하건 이분들은 우리가 WTO에서 온 사람이라고 철석같이 믿었다는 점이다.

우리가 한 강연의 일부는 물론 공식적인 경제이론이나 정책에 기반한 것이었다. 하지만 그런 경우에도 일반적인 경우보다 훨씬 솔직한 표현을 사용했다.

듣는 입장에서 자기들이 실제 얼마나 말도 안 되는 짓을 하는 사람들인지 느낄 수 있을 정도였다. 때론 정말 아예 말도 안 되는 주장을 늘어놓기도 했다. 강연을 할 때마다 우린 감옥에 가거나, 행사장에서 쫓겨나거나, 닥치란 소릴 듣거나, 적어도 항의를 받을 것으로 생각했다. 그런데 아무도 우리에게 눈을 부라리지 않았다. 그분들, 우리에게 박수를 보냈다.

어떻게 그런 일을 했느냐고?

쉬웠다. 이런 일을 할 만한 재주도 딱히 없다. 정반대다. 우린 이런 일을 하는 데 솔직히 잘 맞지 않는 사람들이다. 중산층 가정 출신이다보니 금융계와 산업계 최고의 엘리트들 앞에 나서는 것 자체가 곤혹스러웠다. 자유분방한 성격들이라 양복을 입는 것 자체도 대단히 불편했고 또 어울리지도 않았다. 마이크와 앤디 두 사람 모두 지난번 '세계대전'에서 조직적으로 학살된 분들을 조상님으로 뒀다. 나치의 세력이 강성했던 오스트리아 같은 곳에 가는 것 자체가 불편한 사람들이란 얘기다. 게다가, 우리 두 사람은 연기력이라곤 눈을 씻고도 찾아볼 수 없는 인사들이다.

물론 우리도 할 줄 아는 게 있기는 하다. 인터넷에 일상적으로 접속하고, 웹 문서 작성에 필요한 하이퍼텍스트(HTML)를 조금 다룰 줄 안다. 그리고 우리에겐 남는 시간이 꽤 많았다. 불완전고용 상태이다보니 이런 일을 할 만한 시간이 있었다. 마지막으로, 이런 짓을 한 대가로 감옥에 가거나 하는 불편한 상황에 처할 수도 있다는 점에 대해 우린 큰 걱정을 하지 않고 웃어넘겼다. (결국 그런 일은 벌어지지 않았다. 하지만 처음부터 아무 일 없으리라고 생각한 건 아니다.)

 예스맨 프로젝트

이런 얘길 왜 하냐고?

일단, 재미있으니까. 잘나가는 전문가들 앞에서 WTO 대변인 행세를 한 후에 우린 정말 배꼽 빠지게 웃었다. 독자 여러분도 한바탕 신나게 웃어볼 수 있기를 기대한다.

물론 심각하게 받아들여야 할 측면도 있다. 우리가 속여 넘긴 분들은 그야말로 노동조합과 환경운동가, 원주민들의 권리에 맞선 WTO의 '성전'을 앞장서 이끄는 분들이다. 그런 분들이 우리의 말도 안 되는 주장을 아무렇지도 않게 받아들이는 수준이라면 실제 WTO가 하는 말이면 뭐든 다 믿으실 게다.

게다가 WTO는 정말 대담한 조직이다. WTO는 선거를 통해 꾸려진 게 아니다. 당연히 유권자들 눈치를 볼 필요도 없다. 인류 절대다수가 반대하는 지구촌 경제 질서를 만들어내고서도, 그저 세계를 위해 필요한 게 뭔지 자기들이 잘 알고 있다고 주장하면 그만이다.

그런데 만약 WTO가 틀렸다면 어떨까? WTO 사람들이 그저 좋은 양복을 입고, 스위스에 멋진 사무실이 있으며, 마녀사냥이나 일삼던 중세의 종교재판관처럼 원칙도 없는 제멋대로의 신념만 가지고 있다면? 이럴 경우 WTO는 그저 무자비한 거대기업의 앞잡이에 불과할 게다. 지금까지 인류가 목격한 적이 없을 정도의 막강한 힘을 가진 거대기업의 앞잡이 말이다.

그래서다. 이 책이 여러분에게 영감을 줄 수 있기를 바란다. 책을 다 읽으시면 아시겠지만, 이른바 국제경제 전문가들은 우리가 잘만 구슬리면 기꺼이 지옥까지 따라올 것이란 점을 발견했다. 이분들은 우리가 방향을 살짝 바꿔 천국으로 데려간다 해도 기꺼이 그리로 따라올 것이라 생각한다.

너무 앞서간 것 같다.

이 책을 집어든 분이라면 정치적 성향이 우리와 거의 같을 거라 믿는다. 여러분 역시 인터넷 접속이 가능한 컴퓨터가 있으실 거고, 또 어느 정도 컴퓨터를 다룰 줄도 아실 게다. 그리고 시간도 좀 낼 수 있으시겠지. 특히 인터넷과 함께 자라나신 젊은 분들, 아직 사회생활의 덫에 얽매이지 않은 분들, 그리고 권력에 그리 감동먹지 않으시는 분들에게 전하고 싶은 말이 있다.

이 책이 여러분들이 가진 자산을 좋은 목적에 쓰시는 데 작은 영감을 줄 수 있었으면 좋겠다. 여러분이 무슨 일을 하시건 말이다. 애초 우리에게 거대한 계획 같은 게 있을 리 없었다. 우린 재미있어 보이는 일을, 특정 목표물에 맞추고, 그저 시작했을 뿐이다. 그리고 한 가지 일이 다음 번 일로 이어지곤 했다.

명의보정 Identity Correction

'명의도용'이란 말, 한 번쯤 들어보셨을 게다. 인터넷상에서 큰 문제로 떠올랐으니까. 누군가 여러분의 생년월일이나, 주소, 신용카드 번호 등을 가로채 여러분 이름으로 흥청망청 쓰고 다니는 게 바로 이름 도둑질, 곧 명의도용이다.

우린 그 정반대의 일을 했다. 찾아보니, 우리 모두를 대표한답시고 이런저런 못된 짓을 하고 다니는 개인이나 단체가 꽤 많았다. 해서 그분들의 정체를 낱낱이 밝혀드리기로 했다. 이 작업을 명의도용이란 용어 대신 제 이름 찾아주기란 뜻에서 '명의보정'이라고 부르기로 하자.

우리가 '명의보정' 분야에서 경력을 쌓을 줄은 몰랐다. 멀리 에둘러 그 길로 들

 예스맨 프로젝트

어섰다. 사실 처음엔 우리가 하는 일이 명의보정이란 생각도 하지 못했다. 한참 지난 뒤에야 밥이 "그게 바로 명의보정"이라고 일깨워줬을 정도다.

지난 1993년, 아직 대학생이던 마이크는 심심풀이 삼아서 말하는 인형 상품인 '지아이 조'와 '바비 인형'을 상대로 몇 달 동안 세밀한 수술을 한 적이 있다. 마이크가 한 수술은 지아이 조와 바비 인형의 음성장치를 서로 바꿔놓는 일이었다. 수술 뒤 지아이 조는 "아이, 수학은 너무 어려워~!" 같은 말을 하게 됐고, 바비 인형은 "한번 죽도록 맞아볼래?" 따위의 말을 늘어놓았다. 마이크는 수술을 마친 뒤 인형들을 장난감 가게로 하나씩 반품했다. 포장 안에는 전화번호와 함께 "인형에 문제가 있다고 보이시면 이리로 연락해주세요"라고 적힌 메모지를 넣어뒀다. 텔레비전 방송국 제보 전화번호였다. 당연히 아이들의 전화가 빗발쳤다. 비슷한 시기, 기자들에겐 정체를 알 수 없는 비디오테이프가 배달됐다. '바비 인형 해방기구(BLO)' 명의로 작성된 테이프에는 이 단체가 운영하는 '성전환 실험실'의 '실상'이 담겨 있었다. 언론의 반응은 폭발적이었다. 미 CBS의 간판 시사프로그램 〈60분〉을 필두로 인기 애니메이션 시리즈 〈심슨 가족〉 등에 관련 내용이 등장했고, 시애틀에서 상파울로에 이르기까지 수많은 언론이 앞다투어 관련 소식을 전했다.

한편 그로부터 삼 년쯤 지났을 무렵, 앤디는 한 게임업체에서 〈심 콥터〉라는 시뮬레이션 게임 개발자로 일하고 있었다. 게임 내용이 지루하다고 생각한 앤디는 약간의 '창의력'을 발휘했다. 게임 중간중간에 수영복만 걸친 반라의 남성들이 떼로 몰려나와 서로에게 뽀뽀를 하거나, 모니터 화면상으로 게임을 즐기고 있는 플레이어에게도 뽀뽀 세례를 퍼붓곤 사라지도록 프로그램을 짠 것

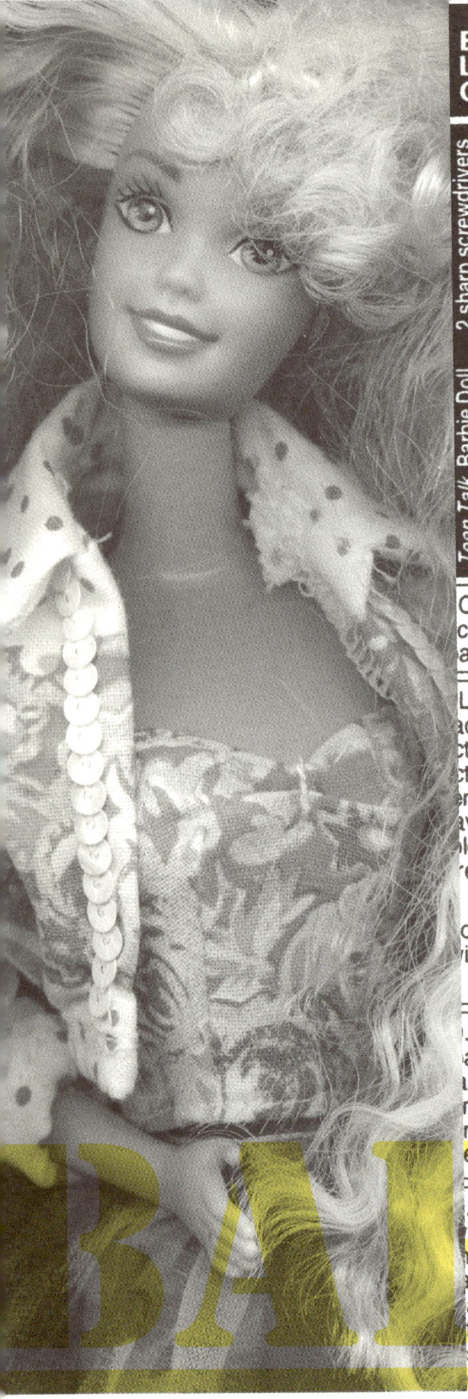

Barbie Liberation Organization — Barbie/G.

Materials (vertical list)

2 sharp screwdrivers
1 coping or hack saw
12" electrical wire
hot glue (or similar)
switch (see step 12)

Teen Talk Barbie Doll
12" talking G.I. Joe
soldering iron
electric solder
Epoxy (not fast drying)

1.

1. To open Barbie, insert a screwdriver firmly into the joint at the base of the spine. With a quick jerk, snap the screwdriver down toward the buttocks. Pry the backplate off, working up from the waist. Once the back is loosened, grab it with your fingers and snap it straight off with a firm yank. Do not twist. Remove head, arms, and legs. Gently loosen circuit board. Break off tab holding speaker in place. Remove speaker/circuit board.

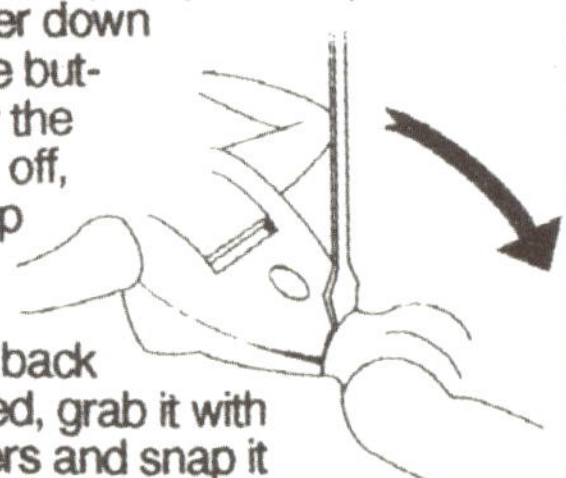

Cut bracket holding Joe's cuit board in place and loosen ard, speaker, and switch.

Locate power wires (red & ack) running from Joe to con-cts on circuit board. Heat con-cts with soldering iron. move wires from board but ave them attached to Joe. lder two similar replacement es onto circuit board.

ower ires

7.

7. Locate the switch on Barbie's circuit board. Heat the four solder points and remove. A solder-removing bulb may help.

switch

. **IMPORTANT**: When running the Barbie circuit ard in Joe, use only three batteries. You may int to re-wire the battery contacts, or substitute mething to take up the extra space. A filed-down nductive nail wrapped in tape works well as a eudo-battery.

. There are two options for re-installing Barbie's itch. The first (and more difficult) is to use a iall, stiff, non-conductive scrap of circuit board, astic or similar material. Mount the switch on the ard, and sandwich it between the board and the itton on Barbie's back. Glue the board to the sts on Barbie's back. If done carefully, Barbie ed never know she's been under the knife.

J.O.E HOME SURGERY INSTRUCTIONS

3. To open G.I. Joe, remove batteries and pop off head. Using saw, make incision across abdomen from seam to seam. **Be careful not to cut wires underneath.**

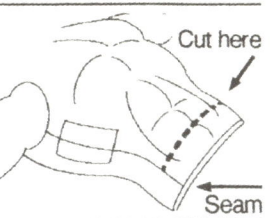

Cut here

Seam

4. Start prying front/back plates apart at neck and work down towards shoulders. **Careful - neck is fragile.** Once shoulders are split, insert screwdrivers into joints where arms meet torso. Pry torso apart from both arms simultaneously.

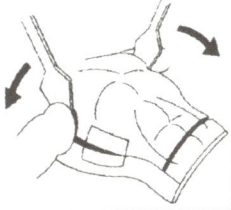

moving Joe's switch, make a note of where the switch the circuit board. Heat contacts and remove switch.

's power and switch to Barbie's circuit board as all board, speaker, and switch back into Joe. Hot glue to anchor everything in place. Speaker should be firm-breastplate for maximum volume.

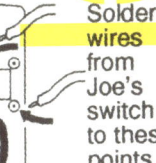

ew

Solder wires from Joe's switch to these points.

Solder red power wire here

Solder black power wire here

bottom view

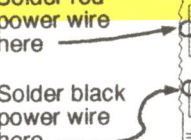

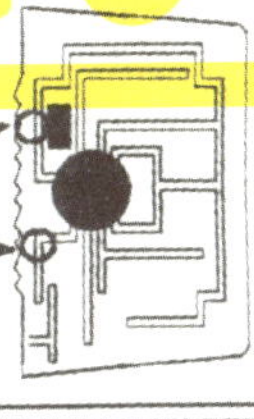

it down board by ng shaded areas shown below.

(bottom view)

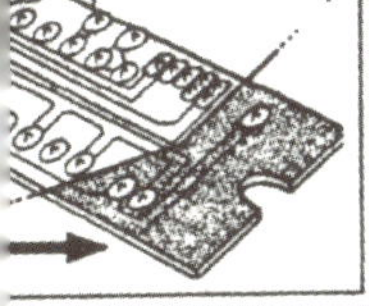

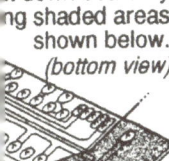

2" pieces of wire. from the contacts 's switch to these points.

17. Cut any additional unused space off the board. Solder the two wires from step 6 to Barbie's battery contacts.

18. Fitting the board into Barbie is tricky. You may need to bend the capacitors or shave the posts in her chestplate. Before re-sealing Bar-bie or Joe, first make sure body parts fit together properly. Apply epoxy around rim of front and back plate. Quick-drying epoxy is not reccomended, as it leaves little room for error. First insert both neck sections into the head, insert

이다. 업체 쪽에서 이런 사실을 알아챈 것은 게임 소프트웨어 8만 개가량이 출시된 뒤였다. 물론, 앤디는 즉각 해고됐다.

그런데 앤디가 기자로 일하는 자기 친구에게 이 '뽀뽀부대' 얘기를 해주면서 상황이 완전히 바뀌었다. 전 세계 언론이 관련 보도를 쏟아내기 시작했다. 미국의 전국네트워크 방송사를 시작으로 《월스트리트 저널》 등 미국 유수의 신문과 멀리 핀란드 최대 일간지 《헬싱긴 사노마트》에 이르기까지 수많은 언론이 '뽀뽀부대' 얘기를 기사로 다뤘다.

앤디는 전 세계 언론의 주목을 끌어내는 게 이렇게나 쉽다는 사실에 경악했다. 뭔가 해볼 수 있을 것 같았다. 약간의 선견지명과 적절한 계획만 갖춘다면 훨씬 중요한 일도 도모해볼 수 있을 것이란 생각이 들었다. 앤디는 즉각 '알티엠아크(RTMark.com)'이란 이름으로 웹사이트를 개설했다. 이 사이트의 주요 콘텐츠는 이른바 '주식시장 사보타지'였다. 골탕먹이고 싶은 특정 기업의 목록을 작성하고, 그와 관련된 계획에 대해 토론을 하고, 심지어 '활동자금'을 조

앤디가 제작에 참여한
시뮬레이션 게임 〈심 콥터〉

예스맨 프로젝트

성해준다는 주장까지 올려뒀다. 본격적인 활동에 나선 앤디는 먼저 자신이 5천 달러의 활동자금을 지원받았다 치고, 몇몇 기자들에게 '익명의 독지가가 활동자금을 쾌척했다'고 알렸다. 심 콥터의 '뽀뽀부대'는 알티엠아크의 첫번째 성공사례로 포장됐다.

한 번의 성공사례만으로는 시장이 만들어지지 않는 법이다. 다른 성공사례가 필요했다. 그 무렵 인형에게 성전환 수술을 해준 친구가 있다는 얘기가 들려왔다. 앤디는 즉각 마이크에게 이메일을 보냈다. 내용인 즉, "혹시 바비 인형 해방기구(BLO)의 활동자금을 알티엠아크 쪽에서 지원해준 게 아니냐"는 거였다. 잠시 기억을 더듬어본 마이크는 침착하게 이렇게 답장을 보냈다. "생각해 보니, 알티엠아크 쪽이 일만 달러를 지원해준 것 같다." 이렇게 해서 두 사람의 오랜 공동작업이 시작됐다.[1]

프로젝트를 하나둘씩 수행해가는 과정에서 팀원도 늘었다. 패트릭은 애니메이션을 맡고 매트는 그래픽을 책임지기로 했다. 밥은 편집자와 아이디어맨 역할을 동시에 수행하고 있으며 특히 실생활의 다양한 경험을 바탕으로 여러 가

---

1) 우리가 처음 '실제 행동'에 나선 건 1997년 중반이다. '불법예술'이란 단체가 저작권법의 해악을 알리기 위해 미국 얼터너티브 록의 대명사인 '벡' 데이비드 캠벨의 노래를 무단으로 편집-리메이크해 '벡을 해체하다'란 제목의 앨범으로 내놨다는 내용을 'RTM아크' 명의로 기업 홍보자료처럼 작성해 수천 명의 기자들에게 뿌렸다. 벡의 음반업체 변호사는 바로 연락을 해와서 "저작권법 운운하는 것은 무모하기 짝이 없는 어리석은 짓"이라며, 좌시하지 않겠다는 뜻을 밝혔다. 당시 이 사건은 《뉴욕타임스》에 대문짝만 하게 실렸다.

'RTM아크'는 5월 1일 노동절을 공식 휴일로 인정하지 않는 미국 등에서 '아파서 하루 쉰다고 직장으로 전화하세요'란 캠페인을 벌였고, 파티스타의 투쟁을 지지하는 뜻에서 '플러드 넷'이란 프로그램을 이용해 멕시코 정부의 공식 웹사이트에 동시다발로 접속해 사이트를 마비시키는 사이버 공격을 감행하는 등 다양한 활동을 펼쳤다. 한번은 오스트리아에서 열린 '인모위'란 제법 알려진 뉴미디어 예술제에서 영화 〈타이타닉〉에 1만 달러의 상금을 주기로 했다는 얘기를 듣고, 영화 특수효과팀이 타이타닉호 침몰 장면을 실제 촬영했던 멕시코의 어촌 마을 포포틀라에 '위로금' 명목으로 1천 달러를 수여하기로 했다는 보도자료를 배포하기도 했다. (좀더 자세한 사항은 'RTMark.com'에서 확인하시라.)

지 조언을 해주고 있다.

우리가 본격적으로 '명의보정' 작업을 시작한 것은 1999년의 일이다. 대통령에 출마한 조지 부시 당시 텍사스주 주지사가 본격적인 선거유세에 들어갈 무렵이었다. 아시다시피 부시 주지사는 미 대법원의 도움으로 결국 백악관에 입성하는 데 성공한다.

아무튼, 그 무렵 재크 엑슬리란 친구가 무슨 생각에서인지 용케 'GWBush.com'이란 도메인을 선점할 생각을 했다. 재크는 '문화적 투자' 차원에서 기꺼이 알티엠아크에 그 도메인을 넘겨줬다.

부시 후보의 공식 웹사이트 주소는 'GeorgeWBush.com'이었다. 사이트에 들어가보니 부시 후보가 환경을 소중히 여기는 '생태 주지사'이며 앞으로 '교육 대통령'이 되고 싶어한다는 등의 얘기가 올라가 있었다. 그야말로 대대적인 '명의보정' 작업이 필요하다는 생각이 들었다. 먼저 우리의 'GWBush.com' 사이트의 겉모양을 부시 후보의 공식 사이트와 거의 똑같게 만들었다. 하지만 부시 후보의 주요경력은 공식 사이트와는 사뭇 다른 내용으로 채워졌다. 이를 테면 이런 식이다. '부시 후보가 주지사로 재임한 기간 동안 텍사스 주는 미국에서 가장 오염된 지역이란 오명을 쓰게 됐다. 부시 후보는 여러 차례 사업을 벌였지만, 번번이 무참한 실패로 끝났다. 부시 후보는 자신이 코카인을 복용했다는 비판에 대해 부인하지 않고 있다. 그런데 텍사스 주에선 코카인 복용 혐의로 몇천 명이 감옥에 갇혀 있다.' 그리고 '족보 디벼보기' 코너에선 부시 후보의 할아버지가 나치와 관련이 있다는 소식도 담았다.

'명의'를 워낙 성공적으로 '보정'해준 덕분에 부시 후보까지 우리가 벌인 일에

 예스맨 프로젝트

대해 알게 됐다. 부시 후보의 선거대책본부 쪽에선 "사이트를 도용했으니 저작권법 위반"이라며, "소송을 하겠다"고 위협했다. 선거관리위원회 쪽에도 푸념을 늘어놓았다. 우리가 '정치 행위'를 하고 있으니, 선거법에 따라 특정 정치인을 지원하는 것을 목적으로 하는 '정치활동 위원회'(PAC)로 등재돼야 한다는 게다. 이밖에도 부시 후보 선거대책본부 쪽에선 'GeorgeBushBlows.com(허풍쟁이 부시)'나, 'BushSucks.com(밥맛 부시)' 따위의 도메인을 사들이는 데 4천 달러 이상을 지출해야 했다. 그리고, 마침내 부시 후보가 텔레비전 생방송 인터뷰에 직접 나섰다. 우리 사이트에 대해 어떻게 생각하느냐는 질문에 그는 특유의 '명확한 표현'과 '정제된 언어'로 이렇게 답했다.

"제한이 있어야 합니다. 제한이. 분명 제한이 있어야 돼요. 어, 그러니까, 자유에 제한이 있어야 한다 그 말이죠. 그러나, 어, 그리고, 어, 그 사이트에 대해선 저도 아는데요. 그 사람들은 그저 쓰레깁니다. 그냥 쓰레기들이죠. 그리고, 물론, 제가 그 사이트를 좋아할 순 없겠지요. 여러분도 좋아하지 않으리라 생각합니다."

부시 후보의 당선 이후 미국의 상황을 미리 예견한 듯한 이 발언은 전 세계 수많은 신문과 잡지, 텔레비전과 라디오를 통해 보도됐다. '명의보정'은 엄청난 성공을 거뒀다.[2]

---

2) 비슷한 시기, 우리는 루디 줄리아니 당시 뉴욕 시장의 '명의'도 열심히 '보정'해줬다. 부시 후보와 달리 줄리아니 시장은 우리의 '명의보정' 작업에 일절 대응하지 않았다. 이 때문에 초기에 《빌리지 보이스》와 《뉴욕 타임스》에 짤막한 기사가 실렸을 뿐, 줄리아니 시장에 대한 '명의보정' 작업은 유야무야되고 말았다.

028
029

우리가 그 잘나간다는 국제무역 분야로 발을 넓힌 것은 그로부터 6개월 정도가 지난 뒤였다. 'GWBush.com' 때와 마찬가지로 낯선 이가 이메일을 보내왔다. 조너선 프린스라는 친구였다. 우리가 부시 후보의 '명의보정' 작업을 벌이고 있다는 얘기를 들은 조너선은 그에 필적할 만한 (조금 더 추상적이긴 하지만) 골칫거리를 대상으로 같은 일을 할 수 있을 것이라고 생각한 모양이다. 조너선이 연락을 해온 것은 세계무역기구(WTO)의 시애틀 '각료회의'[3]가 꼭 이주일 남았던 시점이었다. 수많은 시위대가 회의장을 뒤흔들어놓을 터였다. 조너선은 언젠가 쓸모가 있을 것이란 생각에 2년쯤 전에 등록해둔 도메인을 우리에게 넘겨줬다. 바로 'GATT.org'였다.

솔직히 말해 앤디와 마이크는 GATT가 무슨 말의 약자인지도 몰랐다. 하지만 밥은 알고 있었다. 물론 조너선도 알고 있었을 것이다.

우리의 'GWBush.com' 사이트의 겉모양을 부시 후보의 공식 사이트와 거의 똑같게 만들었다.

예스맨 프로젝트

'관세 및 무역에 관한 일반협정(General Agreement on Tariffs and Trade –GATT)'은 제2차 세계대전 직후 타결된 국제 자유무역 협정이다. 이른바 '자유세계' 전체로 기업의 영향력을 확장시키기 위해 만들어진 체제다. 1995년에 설립된 WTO도 애초 GATT를 관리–집행하기 위한 기구로 출범했다. WTO는 '서비스 무역에 관한 일반 협정(GATS)'과 '무역 관련 지적재산권 협정(TRIPs)'도 아울러 관리한다.

WTO도 그렇지만 GATT 등 위에서 언급한 세 가지 협정도 겉으로는 별로 특별할 것도 없어 보인다. 일견 아무런 해악도 끼치지 않을 것처럼 느껴지기도 한다. 틀린 생각이다. '언론의 자유'가 '언론사 사주의 자유'로 둔갑한 것처럼, '자유무역' 역시 이미 다국적 기업을 소유–통제하고 있는 이들에게만 좋은 일이 돼버린 지 오래다. '자유무역'은 다국적 기업이 원하는 것이면 어떤 방식으로든 사업을 할 수 있는 자유만 신장시켰다. 다른 수많은 지구촌 사람들의 기본적인 권리를 대가로 치르더라도 말이다. 노동조합을 결성할 권리, 원하는 작물을 재배할 권리, 사회적 서비스를 유지할 권리, 환경을 보호할 권리, 특정 식품을 먹을 또는 먹지 않을 권리, 그리고 충분한 양의 깨끗한 물을 마실 권리까지 말이다. 어떤 형태로든 이런 모든 권리가 '자유무역'이란 가면을 쓴 거대기업의 공격을 받고 있다. 그리고 우린 신비스럽기까지 한 거대기업의 권리가 모든 이들의 권리를 신장시킬 것이라는 설교만 듣고 있다.

3) WTO가 이 회의를 '각료회의'라고 부르는 이유는 두 가지로 보인다. 첫째 회의에 각국 정부의 장관급 인사들이 참석한다는 점이고, 둘째 '각료회의'라고 부르면 '뭔가 있어 보인다'는 점일 게다.

옛 GATT 체제가 보다 힘세고 광범위한 영향력을 갖춘 WTO로 교체됐음에도 여전히 둘을 혼동하는 사람들이 있다. 바로 이 점에 주목해 조너선은 '명의 보정'이란 공공서비스업에 종사하는 우리 같은 사람들에게 GATT.org 사이트가 유용할 것이라 내다본 것이다.

사이트를 넘겨받은 건 시애틀 각료회의 개막까지 고작 일주일이 남은 때였다. 앤디는 WTO의 정체를 보다 정직하게 설명하는 새로운 버전의 WTO 웹사이트를 만들기 위해 미친 듯이 작업에 매달렸다. 그리고 개막 이틀 전, 모든 준비가 끝났다.

WTO가 우리 사이트를 좋아할 리 없었다. 시애틀 거리를 가득 메운 수많은 시위대에는 일언반구도 하지 않던 WTO 쪽은 우리 웹사이트에 대한 입장을 밝히기 위해 따로 보도자료까지 내놨다. WTO는 보도자료에서 GATT.org 사이트를 만든 것은 "개탄스러운 짓"이며, 우리가 "혼란"을 부추기는 한편 "WTO의 투명성을 훼손했다"는 등의 비난을 퍼부었다. 하지만 WTO의 이런 반응은 되레 우리 사이트의 지명도를 결정적으로 높여줬다. 부시 전 대통령이 자기 식으로 자유에 대해 언급하며 우리 사이트를 비난했던 때와 마찬가지 상황이 벌어진 것이다. WTO의 도움이 없었다면, GATT.org는 그저 고만고만한 풍자 사이트에 머물러 있었을 터였다. 애초 우리도 그 정도까지만 생각했으니까. 하지만 상황이 달라져버렸다. 우린 이 '다윗과 골리앗' 싸움에 관한 얘기를 전 세계 1만여 명 기자들에게 전했고, 각종 신문과 잡지에서 이를 기사화했다. 보도된 기사마다 WTO에 대한 우리의 비판에 대해 언급했다. GATT.org의 포털 사이트 검색순위는 천정부지로 치솟았다.

 예스맨 프로젝트

ade Topics:

s

ces

ctual Property

onment

gical Property

lopment

nalism

Policy Reviews

te Settlement

rement

onic Commerce

w Procurement

rty Research

herce Reviews

arch & Analysis

esources:

Ministerials

e Bookshop

nents on-line

Texts

Newsroom

ational Trade

ical Cooperation

Policy Courses

WORLD TRADE ORGANIZATION

● About the WTO
● Site Map
● Search

Registration ●
Français ●
Español ●

Brazilian AIDS drugs a sure path to economic sickness

The Bush Administration correctly argued that Brazil must no longer manufacture proprietary AIDS drugs in violation of U.S. drug company patents, even if this will mean removing 100,000 Brazilians from treatment rosters. The U.S., calling patent enforcement a form of "tough love," insisted that the number of lives lost to AIDS in the short term will be dwarfed by the number saved in the long term through a more efficient medical products market. Read the special bulletin.

Director General's Home Page

WTO Director General Mike Moore explains that free market lead to better pay, and better pa cleans up the environment: "Every WTO member government supports open trade because it leads to higher living standards for working families, which in turn leads to a cleaner environment." (*The Toronto Star*, October 12, 1999)

A new Holocaust

Much has been made lately of IBM's participation in the Holocaust. Indeed, IBM proactively and creatively helped the Nazis identify all of Germany's Jews, which in turn made possible one of the biggest slaughters of all time. Today, however, another Holocaust is taking place: goes by the name of "distrust of big business," and it is every bit as terrible as the last. Read the report.

The bright side of efficiency

In all the hullaballoo over IBM's wartime behavior, the benefits of industrial automation have been slighted. Indeed, automation has given nutrition corporations the ability to replace outmoded means of food production throughout the Third World with new, massively efficient and profitable methods. And the increased reliance of these developing economies on First World corporations has meant some valuable new lessons for their populations in times of financial lack.
Read the report.

USA-Engage coalition debates appropriate massacre levels

In the name of efficient globalization, these model businesses correctly opposed sanctions against Indonesia during the East Timor fiasco last fall, correctly judging such a move to be premature in the face of the "feeler" massacres.
Read about them or see who's involved.

GATT.org 사이트를 날조라고 비난할 순 있다. 하지만 가짜 사이트란 점을 너무도 쉽게 알아볼 수 있었다. 보통사람의 절반 정도만 되는 뇌 용량을 갖춘 사람이 우리 사이트에 들어와 앤디가 써놓은 글을 읽어보기만 했다면, 이런 내용을 실제 WTO가 썼을 리가 없다는 점은 단박에 알아챌 수 있었다. 그런데 이게 웬일인가? 거대기업의 세계에서 활약하고 계신 분들의 뇌 용량이 보통사람의 절반에도 이르지 못하는 건지, 사이트 내용을 아예 읽지 않은 것인지, 아니면 둘 다에 해당되는 건지는 모르겠다. 세계 각지에서 이메일이 쏟아져 들어오기 시작했다. 발신자는 변호사, 각국 정부 관료, 학자들, 기타 국제무역과 관련된 일을 하는 사람들이었다. 구글이나 야후에서 간단한 검색만 하고선 우리가 진짜 제네바에 본부를 둔 WTO라고 생각한 모양이었다.

심혈을 기울여 주의 깊게 답신을 보내기 시작했다. 상당수의 메일은 WTO 규정과 관련해 난해하면서도 중요한 문제에 관한 까다로운 질문을 하는 내용이었다. 열정적으로 인터넷을 뒤져 최대한 성실하게 답해줬다. WTO 회원국 대표단이 보내온 형식적인 안부 메시지도 있었다. 이들 메일에 대한 답변 역시 성심을 다해 답장을 보냈다. 이들 메일이 시사하는 바가 클 듯해서 꽤 많은 양을 우리 웹사이트(www.TheYesMen.org)에 올려뒀으니 참고하시라.

그리고 무역과 관련된 각종 중요한 국제회의에 WTO를 대신해 발표나 연설을 해줄 사람을 추천해달라고 요청하는 메일도 있었다. 이런 메일이 바로 예스맨의 탄생을 가져왔다. 전 세계를 돌며 박학다식한 청중들 앞에서 강연을 하고, 심지어 황금시간대에 텔레비전 방송에 출연하기도 하면서, WTO는 위선과 허위로 점철됐던 과거와 결정적으로 작별을 고하게 됐다. 이후 3년 동안,

WTO는 아무런 거리낌 없이 공개적으로 가면을 벗어던졌다. 마침내 과거의 실수를 깨닫고, 조직을 해체하고, 정부와 기업이 책임감을 가지고 인도적으로 인류 공동의 이익을 위해 일하도록 만드는 데 집중하기 위한 새로운 조직으로 탈바꿈하기에 이른다.

1

잘츠부르크로

8

½ mile →
café
meet up
right
side of
street
ASAP

보낸 사람:

날짜: 2000년 5월 17일 수요일 13시28분43초(미 동부 표준시각)

제목: 2000년 10월 26~29일, 오스트리아 잘츠부르크, CILS 국제회의, 국제무역 분과

받는 사람: WTO@gatt.org 스위스 제네바 세계무역기구(WTO) 마이크무어 사무총장님

참조: 2000년 10월 26~29일 오스트리아 잘츠부르크에서 열리는 국제법률연구센터 주최
국제 서비스 관련 회의 국제무역 세션 관련

오스트리아 잘츠부르크의 국제법률연구센터(CILS)  소장님을 대신해 소식을 전합니다.
CILS에 관한 보다 구체적인 정보를 원하시면 www.cils.org를 방문해주십시오.

CILS는 미국 변호사협회 국제법 분과와 일리노이주 시카고 대학 존 마셜 법학전문대학원과 공동으로
2000년 10월 26일부터 사흘간 잘츠부르크에서 국제 서비스 무역에 관한 학술회의를 개최합니다. 회
의에선 국제무역과 관련된 세션이 따로 마련될 예정입니다. 이를 위해 너댓 명의 발표자와 토론을
진행할 사회자를 찾고 있습니다.

이런 종류의 회의에는 통상 60명에서 80명 정도가 참석합니다. 잘츠부르크의 5성급 호텔에서 열리
게 될 이번 회의에 발표자와 사회자로 참석하시는 분들은 숙박과 식사비에서 상당한 할인을 받으
실 수 있으며, 회의 참가비 할인혜택도 드립니다. 동행하시는 분들도 비슷한 할인혜택을 받으실 수
있습니다. 총장님께서 이번 회의의 국제무역 세션에서 발표자 또는 사회자를 맡아주실 의향이 있으
신지 여쭙고자 합니다. 관심이 있으시다면 위에 있는 제 이메일로 답신을 보내주시거나, 제 런던상
공회의소 사무실로 편지나 전화 또는 팩스를 보내주시기 바랍니다.

그럼 제가  소장께 총장님의 뜻을 전달해, 회의와 관련된 보다 구체적인 정보를 전할 수
있도록 하겠습니다. 관심 갖고 읽어주셔서 감사합니다.

드모인, 뉴욕, 런던

소속:

 예스맨 프로젝트

오전 8시에 비엔나발 열차에서 내렸을 때, 할인매장에서 구입한 양복이 전체적으로 너무 꽉 끼는 느낌이 들었다. 바짓가랑이 실밥이 터지지나 않을까 아주 조심하면서 걸어야 했다. 가뜩이나 긴장하고 있던 터다. 정신이 하나도 없었다.

"CILS 회의 때문에 왔습니다."

마이크가 최대한 권위 있어 보이는 목소리를 짜내 잘츠부르크 크라운 호텔 직원에게 말을 건넸다. "여기 비클바우어 씨가 발표를 하기로 돼 있는데요."

"비클바우어 박사님……" 앤디가 고쳐 말했다.

직원은 약간 당황한 듯 일정표를 쳐다보았다.

"아, '그' 회의 말씀하시는군요. 그런데 개회 시간은 10시인데요."

"최선을 다하고 싶어서 일찍 왔습니다." 앤디가 말했다. 그 말은 사실이었다.

직원은 서늘하게 웃으며 회의 자료집과 이름표를 앤디에게 건넸다. 가볍게 목례를 한 뒤 냉정을 잃지 않으려 최대한 노력하면서 카운터로 가서 회의자료집을 펼쳤다. 혹시 "니들 이것도 농담이라고 하냐!"고 커다랗게 휘갈겨 있을지도 모른다고 생각했다. 동시에 오스트리아 경찰이 득달같이 달려들어 우릴 붙잡아갈 수도 있다는 걱정도 스쳐갔다. 긴장감 속에 자료집을 펼쳤다.

앤드리아스 비클바우어: 오스트리아 비엔나의 세계무역기구(WTO) 소속
무역 규제 완화와 점진적 개선이란 개념: 거버닝 측면에서 본 1790년부터 현재까지

우리가 이메일로 보낸 문구 그대로다. 이게 공식 회의자료집에 똑같이 인쇄돼
있다는 사실을 믿을 수가 없었다. 마음을 가다듬기 위해 회의장 주변을 맴돌
면서 연신 주위를 살폈다. 우린 정말로 잘츠부르크에 왔고, WTO를 대표해 강
연을 하게 됐으며, 이제 시작까지 채 한 시간도 남지 않았다.
이거, 우리, 정말, 감옥 가게 생겼다!

호텔 아침식사 코너로 갔다. 긴장한 나머지 커피를 너무 많이 마셨다. 브라이
언과 비디오카메라 작동 연습을 하고 또 했다. 브라이언은 회의 장면을 영상
에 담아주기로 자원한 친구다.
드디어 시간이 됐다. 회의장 입구에 들어서니 혈기왕성해 보이는 몸집 좋은
미국인이 사회자 쪽을 가리킨다. 쾌활해 보이는 여자였다. 그 곁에서 뭔가 화
가 단단히 난 듯한 남자가 장광설을 늘어놓고 있었다. 그는 400수짜리 최고급
양복을 입고 있었다. 할인매장에서 구입한 건 분명 아니었다. 그는 뭔가 돈과
관련된 얘기를 하고 있었다. 일이 잘 풀리지 않는다는 얘기 같았다. 사회자라
는 여자는 그의 얘기를 애써 참고 들어주고 있었다. 그 모습에 앤디의 긴장감
이 조금 누그러졌다. 사회자가 어려운 질문은 하지 않을 것이란 느낌이 들었
기 때문이다.
앤디가 그쪽으로 걸어가 자신감 넘치는 태도로 손을 내밀었다. 장광설을 늘어

놓딘 남자의 말을 끊으며, 앤디는 사회자라는 여자에게 이렇게 말했다. "제가 앤드리아스 비클바우어입니다." 여자는 앤디가 무슨 말을 하는지 못 알아든는 표정이었다. "아!" 대신 남자가 대답했다. "전 밥 호크입니다." 그는 앤디가 내민 손을 대신 잡더니 힘차게 흔들어댔다. "얘기 좀 하시죠. 당신에 대해 몇 가지 알고 싶은 게 있습니다. 제가 사회자거든요."

"아…… 그렇군요. 잘됐습니다." 앤디가 더듬거리며 말한다. "그러시죠. 저…… 말씀 좀 나누시죠."

벌써 재앙이 닥친 건가? 앤디가 살려달라는 듯한 눈길로 브라이언과 마이크를 힐끗 쳐다본다.

마이크가 다가와 자기소개를 했다. 자기와 브라이언은 앤디의 경호요원이라고 했다. 마이크는 "누군가 이분에게 파이라도 던질지 모르잖아요." 브라이언은 만약 누군가 앤디에게 위해라도 가하면 그걸 모두 찍어서 처벌에 필요한 증거로 삼을 거라고 했다. "아시죠, 요즘 상황이 어떤지."

호크는 이해한다는 듯 고개를 끄덕였다. "물론이죠, 그럼. 아주 대비를 잘하고 오신 겁니다." 그러고는 호크가 다시 앤디 쪽으로 몸을 돌렸다. 그새 앤디의 호흡도 정상치에 가까워졌다. "저, 짧게나마 정리된 이력서 같은 게 있으면 좋겠는데요……"

두번째 재앙이다! 이력서 같은 게 있을 리 없다. '앤드리아스 비클바우어'란 인물에 대해 우리가 아는 건 아무것도 없다. 이름 말고 뭘 얘기할 수 있겠나. "제가 앤드리아스 비클바우어입니다." "이분이 앤드리아스 비클바우어 박사님이십니다." 우린 이런 멘트만 준비했다. 우리가 캐릭터와 혼연일체한 일급배우는 아니지 않나. 대체 그동안 우린 무슨 생각을 한 거지?

"그러니까, 발표자를 소개할 때 뭐라고 해야 좋을지요." 호크가 부드럽게 말을 잇는다. 이력 운운하는 것에 대한 앤디의 불쾌함을 조금이라도 누그러뜨리려는 것처럼 보였다.

"글쎄, 따로 이력서 같은 건 없지만…… 제가 바로 써드리죠, 뭐." 앤디가 간신히 대답을 짜냈다.

"그거 좋죠. 성함이야 제가 알지만, 경력을 일별해볼 시간이 없었답니다." 글씨를 쓸 만한 장소로 옮겼다. 호크의 열정적인 친절함이 계속됐다. "벌써 한 20년 가까이 WTO, 아니 GATT에 관해 가르치고 있습니다."

"우와, 그러시군요." 앤디가 어색하게 웃으며 말했다. 펜은 여전히 손에 쥔 채다. 뭔가를 쓸 준비가 된 것처럼 보이려 애쓰고 있다.

"그냥 제가 어떤 사람인지 아시라고 드리는 말씀입니다." 호크가 말했다. 이상하리만치 어색해하는 비클바우어를 조금이라도 편하게 해주려는 듯 보였다. 앤디가 펜을 내려놓는다. "시카고대 존 마셜 법학전문대학원에서 18년째 교수로 일하고 있답니다."

"우와, 그러세요."

"학교에 국제상법센터를 설립한 것도 저랍니다. 또 미국 중서부에선 유일하게 국제경제법 전공 석사과정을 운영하고 있지요."

"우와, 그러세요." 앤디가 똑같은 말을 되풀이한다. 진심으로 당황한 기색이 역력하다.

"미국 전체를 통틀어서도 몇 개 안되죠."

QUESTIONS —

— DID YOU SEE DR. BICHELBAUER GET
   PIED? THEY THREW A PIE AT HIM
→ DID YOU KNOW HE WAS PIED?
→ DID YOU SEE HIM PRESENT?
→ WHAT HAPPENED?
  — WHAT WERE HIS POSITIONS ON TRADE ISSUES
→ DID YOU AGREE WITH HIS
   POSITIONS?
→ DID YOU NOTICE ANYONE AROUND
   THE HOTEL _____ LOOKED LIKE
   A PROTEST _____

→ FOCUS ON _____
  ~~_____~~

→ DID _____
  — VOTE _____
  — BANANAS?
  — SLEEP?

CROWNE PLAZA
HOTELS · RESORTS
PITTER-SALZBURG

1988 Columbia J.D.
1989 Went to New York
1999 Went to France
1998 WTO (Job)

"네, 그러시군요." 앤디가 마침내 말을 잇는다. "선생님 경력에 비해 제 경력이 너무 일천한 것 같네요."

"그런 말씀 하시지 마세요." 호크가 정말 듣기 좋은 반응을 내놨다. "저는 선생께서 하시는 일을 가르칠 뿐인걸요."

"그렇게 되나요?" 앤디가 말을 받았다. 조금 우쭐해진 앤디는 이렇게 쓰기 시작했다. '1988년 컬럼비아 대학교 졸업, 1989년 뉴욕에서……'

"한 가지 더 말씀드리자면, 저도 선생과 같은 학교를 나왔답니다." 어깨 너머로 유심히 살피던 호크가 이렇게 말했다.

"그렇군요." 앤디가 말했다. "네, 컬럼비아가 제 모교죠. 근데, 컬럼비아에서 받은 학위가 법학전문박사(J. D.) 맞으시죠?"

"맞습니다, 그렇죠. 법학전문…… 박사죠." 앤디가 학교 이름 옆에 학위의 약자 'J. D.'를 적어넣는다.

"그리고 WTO엔 몇 년이나 계셨는지……?"

앤디가 천장을 바라본다. 뭔가를 기억해내려 애쓰는 모양새다. "한 2년 정도 됐네요. 지난 2년 동안 WTO에서 일했습니다." 앤디가 마침내 말했다. "전 세계 여기저기 돌아다니다보니, 일이 있는 곳이 제 집이 됐답니다."

호크가 좀더 자연스럽게 일을 진행하고 싶다는 듯 이런 설명을 덧붙인다. "기본적으로 제가 발표자와 토론자에 대해 소개하는 내용은 어디에 살고, 어떤 학교를 나왔으며, 예전엔 어떤 일을 했고, 관심 분야는 뭔지 등입니다."

"그렇겠죠." 앤디가 답했다. "물론, 당연히 그러시겠죠. 네." 앤디가 마이크를 쳐다본다. 호크가 언급한 내용을 알려주지 않고, 어떻게든 빨리 이 자리를 벗

어나게 해달라는 모종의 사인이라도 보내달라는 눈치다.

어쨌든 회의장에서 오갈 만한 대화에 대해 아무런 준비가 안 돼 있는 상황이 었음에도 우린 간신히 그 장벽을 뛰어넘을 수 있었다. 이후엔 아무런 대화에 도 끼어들지 않으려 애썼다. 우리끼리 긴급회의라도 소집한 것처럼 딱 붙어 있었다. 마이크와 브라이언이 아무 말도 하지 않으면 앤디는 극도로 불안해했 다. 그 틈을 비집고 누군가 다가와 말을 걸지 모른다고 생각한 모양이다. 회의 시작까지 남은 몇 분 안 되는 시간 동안 우리는 긴장감을 누그러뜨리기 위해 탈출계획서를 만들었다. 들통났다는 느낌이 들면 마이크가 곧바로 출입구 쪽 으로 가기로 했다. 브라이언과 앤디의 탈출구를 미리 확보해놓자는 계획이었 다. 일단 문을 나서면 무조건 뛰기로 했다.

그래도 회의가 공식적으로 시작될 때까지는 약간의 시간이 남아 있었다. 참가 자들은 서로 인사를 하거나 한가롭게 얘기를 나누고 있었다. 불현듯 앤디의 강연 내용에 바나나가 생동감을 더해줄 수 있다는 생각이 들었다. 과일 바구 니에 담긴 바나나를 모두 모아 그릇에 담기 시작했다. 그리곤 연단 위에 그걸 올려뒀다.

오전 10시가 되자 각국에서 온 변호사들이 하나둘씩 청중석에 자리를 잡기 시 작했다. 청중은 거의 모두 중년 남성으로 고급 양복과 멋스런 넥타이를 메고 있었다. 유일한 여성 참석자는 회색 바지정장 차림이었다.

연단에 오른 밥 호크가 마이크를 조절했다. 발표-토론자 자리에 앉은 앤디는 왼쪽에 앉은 다른 발표자와 얘기를 나눴다. 엔니오 부스타만테란 이름의 멕시 코 변호사다. 부스타만테는 멕시코 북부지방 출신이지만 현재 멕시코시티에 살고 있다고 했다. 멕시코 북부지방은 습도가 엄청나게 높은데 그럼에도 겨울에는 절대 추워지는 법이 없단다. "절대로?" "네, 절대 추워지는 법이 없지요. 산악지대만 빼고." "멕시코 산악지대요?" "네."

마침내 회의 시작 시간이 됐다. 밥 호크가 인사말을 건네고 오전 세션의 주제(국제무역)에 대한 짤막한 설명을 덧붙였다. 그리곤 청중을 향해 첫번째 발표자에 대한 소개를 시작했다. 알려준 정보에 비해 소개말은 대단했다.

"첫번째 발표를 맡아준 분은 대단히 존경할 만한 선생님이십니다." 호크가 말을 하기 시작했다. "비엔나에서 오신 앤드리아스 비클바우어 선생님을 소개해드립니다. 오스트리아에서 태어나서 미국에서 교육을 받고 다시 오스트리아로 돌아와 생활하고 계십니다. 지구를 제대로 한 바퀴 도신 셈이죠. 뉴욕의 컬럼비아 대학 법학전문대학원을 졸업하셨고요, 1998년부터 WTO에서 근무하고 계십니다. 세계 각지를 돌며 각종 회의와 세미나에 참석해 국제무역과 관련한 주제에 대한 WTO의 입장을 설명하시고 계시죠. WTO의 홍보 파트에서 권위를 인정받고 계십니다. 더이상 지체할 필요 없겠죠. 신사 숙녀 여러분, 비클바우어 선생이십니다."

예스맨 프로젝트

Word for Word / *Tweaking the W.T.O.*

The Long and Winding Cyberhoax: Political Theater on the Web

...t some regions of cyber-
...at rooms, for instance —
...s and imaginary charac-
...ld Wide Web is also a
...ore elaborate deceptions,
... following cautionary tale
...ity in the information age.
... with www.gatt.org, which
...e like an official Web site of the
... Organization, the five-year-old
...nd-based successor to the organization
that oversaw the General Agreement on Tariffs
and Trade. Unfortunately for the organizers of an
October legal seminar on international trade in
Salzburg, Austria, a glance was all they gave it
before clicking on the "contact" link and sending
a speaking invitation to Mike Moore, the W.T.O.'s
director-general.

Big mistake: it turns out the site is run by the
Yes Men, a loose-knit group of anti-free-trade
activists that views hoaxes as a legitimate weap-
on of protest.

Excerpts of what transpired follow, culled from
e-mail correspondence and faxes posted at
www.theyesmen.org/wto.

BARNABY J. FEDER

• • •

*It didn't take long for the Yes Men
to accept the invitation in Mr.
Moore's name, with a caveat:*

Thank you for your kind invitation.
I may not be able to attend person-
ally, but I would like very much to
send a substitute. Would this be possi-
ble? Please let me know and I will
begin the search process.

Thank you,
Mike Moore

*The director of the seminar's spon-
sor was happy to oblige:*

Dear Mr. Moore:
Michael Devine advises me that
you wish to send a staff member to
speak at the 26-29 October conference
in Salzburg.
If you will confirm name of the
individual and contact information, I
will have further information sent.
Regards, Dennis Campbell
Center for International Legal Studies

*At this point, Charles Cushen, a computer pro-
grammer in Los Angeles who had been masquer-
ading as Mr. Moore and "Alice Foley," Mr.
Moore's secretary, created Andreas Bichlbauer
(choosing the name at random from a Vienna
phone book), and made travel arrangements for
Dr. Bichlbauer and two "security agents," includ-
ing a cameraman. Dr. Bichlbauer raised eye-
brows with his speech, titled "Trade Regulation
Relaxation and Concepts of Incremental Im-
provement: Governing Perspectives from 1970 to
the Present":*

Dear Ms. Foley:
We were somewhat puzzled by Dr. Bichlbauer's
participation at the conference. . . .
The essential thrust of his speech appeared to
be that Italians have a lesser work ethic than the
Dutch, that Americans would be better off auc-
tioning their votes in the presidential election to
the highest bidder and that the primary role of
the W.T.O. was to create a one-world culture.
In the late afternoon, a cameraman (I think it

and the cameraman who sought interviews in the
late afternoon.
Your clarification will be appreciated.
Regards, Dennis Campbell

Alice Foley's immediate reply:

Indeed you are correct, Dr. Bichlbauer was in
fact "pied" after speaking at the Salzburg C.I.L.S.
conference. At present we are not completely
certain of all the details, but it appears that the
cameraman you mention had something to do
with it. . . . This cameraman . . . seems to have
essentially been an agent provocateur who
planned the pieing from the start. . . .
We hope you understand that this sort of inci-
dent reflects primarily the unfortunate circum-
stances under which the W.T.O. must accomplish
its work, and that our security can never be
entirely adequate to the situations we face.

*After another message from Mr. Campbell in
which he reiterated that some delegates found Dr.
Bichlbauer's remarks offensive or flippant, the
doctor offered his side of the story:*

I was disappointed to hear from Alice Foley

Stuart Goldenberg

that some people in the audience on Saturday
disliked my lecture. . . . Those who were upset by
the lecture were clearly unreceptive to any mes-
sage departing from the simple W.T.O. "party
line" as it is presented in larger arenas. At this
conference we hoped to examine this "party line"
through repackaging in a clearer and more care-
fully delineated fashion, for the sake of more lucid
examination and a greater awareness of "issue
extremes" for use in more politic descriptions —
those intended for the consumption of larger
blocs of the consuming public. . . .

•

*Two days later, hoping to elicit further re-
sponse, Mr. Cushen slipped again into his Mr.
Moore persona:*

Dear Professor Campbell:
I was dismayed to learn of your unfortunate
experience with our representative, Andreas
Bichlbauer. . . . I will recommend that Dr. Bichl-
bauer be required to attend a refresher course on
public speaking, communication and policy be-

that efficiency and the streamlining of cu...
and politics in the interests of economic lit...
ization is at the core of the W.T.O.'s program
and such practices as described by Dr. B...
bauer are useful in clarifying the long-...
interests of global development as promote...
our organization and others.

*On Nov. 1, Alice Foley had more bad new...
Professor Campbell:*

The situation has, I regret to say, some...
deteriorated from an already unpleasant sta...
affairs: Dr. Bichlbauer has contracted a r...
serious infection from the pie, which for...
analysis shows contained an active ba...
agent. It is not certain whether foul play...
involved. . . . I know that this question will ...
harsh, but could any of the lawyers present...
been angry enough at Dr. Bichlbauer's lectu...
do this? . . .

*On Nov. 6, using addresses collected in...
burg, Alice Foley e-mailed six conference pe...
pants with the message that Dr. Bichlbaue...
near death from his infection and concludi...*

Please, please let us know i...
thing at the conference struck y...
strange, or if you can imagine a...
performing this masterpiece o...
ardice, that so threatens to dele...
Bichlbauer from our midst ...
prime of his usefulness.

*A similar e-mail message se...
weeks later to 77 delegates elic...
range of responses, most indi...
that the insult to Italian work ...
had made the biggest impressio...
Bichlbauer's death was anno...
via e-mail on Nov. 27. The lego...
ter's response on Nov. 29 provid...
first clear sign that it finally ...
nized the hoax and asked the Ye...
to "let it rest." Alice Foley issu...
following pseudo-clarification...
delegates:*

Those who found Dr. Bichlb...
talk "peculiar," "puzzling" and...
were alert to a situation that ha...
now become clear to our overc...
lized eyes: Dr. Bichlbauer w...
impostor! . . . He, his "se...
guard" and his "cameraman" ...

long, it turns out, to an anti-trade cabal ...
"The Yes Men," whose interests run e...
counter to our own, and who will stoop to a...
whatsoever to make points. (The point they...
attempting to make with this trickery, acc...
to the handwritten letter which we receiv...
this morning's post, had something to do...
"corporate power" and "democracy," thou...
syntax and handwriting of the letter are, I'm...
told, too execrable to make much of. . . . I...
course extremely embarrassing to us that w...
have been conned, like common dowagers, i...
way. . . .

•

*Postscript: A W.T.O. spokesman said las...
that while his organization deplored the...
Men's deceptive Web site and the hoax,...
spects the nature of the Internet as a for...
free expression. Mr. Cushen said "Mr. M...
had recently received an invitation to a ...
conference in Finland and that his grou...
hoping to scrape together the money nee...
send a successor to Dr. Bichlbauer. "We thi...*

무역 규제 완화와
점진적 개선이란 개념:
거버닝 측면에서 본
1790년부터 현재까지

이 강연은 2000년 10월 27일 오스트리아 잘츠부르크에서 열린 국제 서비스와 관련된 회의에서 진행된 것이다. 마이크 무어 WTO 사무총장의 일정이 맞지 않아 앤드리아스 비클바우어란 인물이 대신 강연에 나섰다. 파워포인트 프리젠테이션을 곁들인 이날 강연에는 세계 유수의 법률회사 소속 국제무역 담당 변호사들도 다수 참석했다.

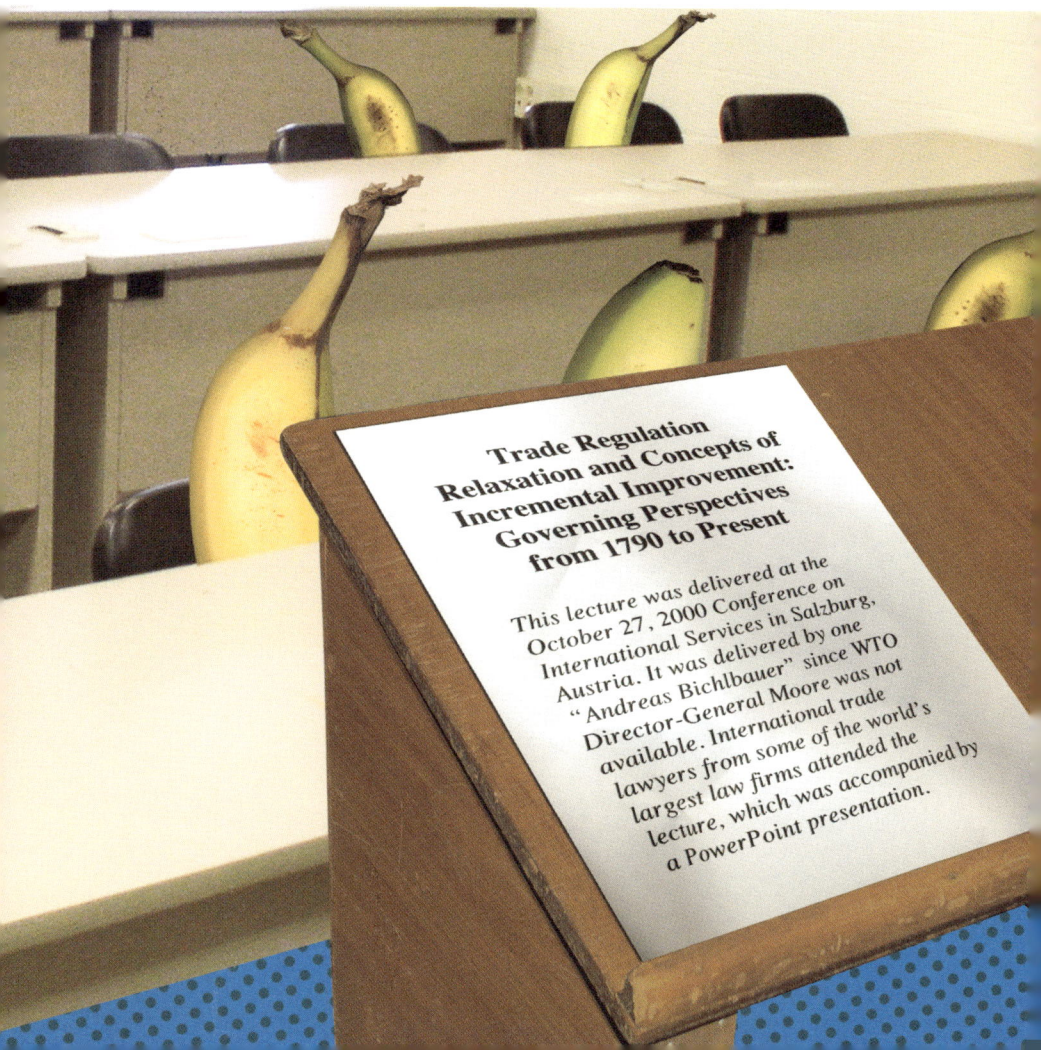

대단히 감사합니다. 잘츠부르크에 오게 된 것을 매우 기쁘게 생각합니다. 회의 조직위원회와 주최 쪽에 감사드립니다. 또 잠시나마 WTO의 메시지를 듣기 위해 귀중한 시간을 내주신 참석자 여러분들께도 심심한 감사의 말씀을 전합니다.

앞으로 약 20분 동안 자유무역을 제약하는 것들에 대해 논의해보겠습니다. 오랜 세월동안 자유무역에 맞서 세워진 다양한 무역장벽을 공식적인 장벽, 반(半) 공식적인 장벽, 그리고 비공식적인 장벽 세 가지로 나누어 살펴보겠습니다. 이들 장벽은 이 자리에 참석한 여러분은 물론 지구촌 전역에 영향을 끼칩니다. 세계의 진보와 발전에 대단히 중요하다는 점을 일일이 설명드릴 필요는 없을 것 같습니다.

첫번째 주제는 '관세'라 불리는 무역장벽입니다. 자유무역을 제한하는 아주 일반적인 조처죠. 관세는 특정 국가가 자국의 산업을 보호하기 위해 외국 상품에 세금을 부과하는 것입니다. 자연스런 시장의 발전을 가로막는 것이기도 하죠. 모두들 관세에 대해선 잘 알고 계실 겁니다. 가장 잘 알려진 무역장벽이니까요.

다른 형태의 무역장벽은 이보다 덜 알려져 있습니다. 비관세 무역장벽 말입니

Trade Regulation
Relaxation from ca. 1970
to the Present

Andreas Bichlbauer
World Trade Organization
5/30/03

예스맨 프로젝트

다. 관세라는 형태를 취하지 않는 모든 종류의 무역 규제 조치가 여기에 해당됩니다. 특정국가의 입법활동도 비관세 장벽에 해당될 수 있습니다. 이를테면 돌고래에게 치명적일 수 있는 특정 그물을 이용해 잡은 참치의 수입을 금지한다거나, 암을 유발할 수 있는 농약 잔유물을 함유한 식품의 수입을 금지한다거나, 노예노동을 통해 생산된 의류의 생산 및 유통을 금한다거나 하는 조처들이죠. 비관세 장벽에는 일반적인 관습이나 문화도 포함될 수 있습니다. 입법활동과 마찬가지로 자연스런 경제활동에 무원칙한 제한을 가할 수 있기 때문이죠.

끝으로 조직적인 무역장벽이 있습니다. 자유무역을 가로막는 최악의 장벽이죠. 이런 장벽은 각국 정부의 핵심, 곧 한 사회의 조직과 구조에 깊이 뿌리박혀 있습니다.

이들 세 가지 장벽이 만들어내는 문제점에 대해서도 물론 논의해볼 생각입니다. 사실 이런 문제들에 대해선 이미 많은 얘기들이 떠돌고 있죠. 여러분들도 그에 대해 잘 아시리라 믿습니다. 하지만 더욱 중요한 것은 해법입니다. 효과를 봤거나 거의 효과를 볼 뻔했던 과거에 만들어진 해법과 상상 가능한 미래의 해법에 대해서도 보다 심도 있는 논의를 해볼 생각입니다.

관세 무역장벽

먼저 관세 무역장벽입니다. 오랜 세월 세계 각국 정부는 자국 국민의 삶의 질을 위한다는 명목으로 관세를 통해 경제발전의 환경을 고립시켜왔습니다. 또는 역사적으로 자기들에게 일정한 책임이 있다고 여기는 다른 나라 국민들을 위해서도 관세를 활용했습니다.

세계 각국에서 무역에 종사하는 사람들, 특히 무역에 대해 회의적인 분들 사이에서 가장 악명 높은 것으로 거론되는 것이 이른바 '정직한 바나나' 케이스입니다.

다들 이런 농담을 잘 알고 계실 겁니다. "바나나로 어떤 사람의 머리를 때려죽이는 것은 불가능하다. 하지만 바나나 때문에 어떤 사람의 머리를 도끼로 때려죽일 수는 있다."

이게 무슨 뜻일까요?

지구촌에는 일정한 수위의 폭력이 존재합니다. 과거에도 그랬고, 현재도 그렇고, 미래에도 그럴 겁니다. 바나나 무역을 통제하기 위해 유럽연합(EU)은 꽤 오래전에 회원국들이 식민지에서 저질렀던 폭력사태를 수습하려 노력하고 있습니다. 이를 위해 유럽연합이 한 일은 바로 예전 식민지에서 수출하는 바나나의 가격을 좀더 높게 쳐주는 일이었습니다. 이를테면 중앙아메리카 각국의 대규모 농장에서 생산한 바나나에 현대적인 기술을 이용해 생산한 바나나보다 더 높은 값을 치렀습니다.

그렇습니다. 중앙아메리카에서 돌(Dole)이나 치키타(Chiquita) 같은 거대 농업기업이 폭력사태에 연루된 건 사실입니다. 그렇습니다! 평균 임금은 고작 하루 5달러 선에 불과하고, 노동조합도 거의 없죠. 어린이 노동 문제나 노동자 의료 지원 문제 등도 걸립니다. 하지만 이들 업체가 생산한 제품에 '폭력 바나나'란 딱지를 붙여 유럽 땅에 발을 들이지 못하게 함으로써 유럽연합은 경쟁을 위태롭게 만들었습니다. 따라서 자유무역 체제 자체를 위협하는 결과를 낳

 예스맨 프로젝트

고 말았습니다.

유럽연합이 다른 나라가 생산한 바나나를 통제하려 들면서 유럽과 미국의 바나나 시장 모두 타격을 입게 됐습니다. 이런 표현이 어떨지 모르겠지만, 중앙아메리카 각국의 '정치 시장'도 타격을 입고 말았습니다. 폭력에 대해선 일종의 강박이 있는 것 같은데요, 이 강박이 시장의 합리적인 기능을 가로막고 있습니다.

이제 폭력에 대한 비이성적 강박에 대해 좀더 구체적으로 살펴보겠습니다. 세계적인 홍보대행사 '힐 앤 놀튼(Hill & Knowlton)'이 펴낸, 1790년부터 현재에 이르기까지 폭력에 대한 여론의 인식이 어떻게 달라졌는지에 대한 보고서를 살펴보죠.

'힐 앤 놀튼'은 우선 미국 소비자들에게 특정 시기에 얼마나 많은 폭력사태가 일어났다고 생각하는지 물었습니다. 여기 차트에 사람들이 느끼는 폭력(상상

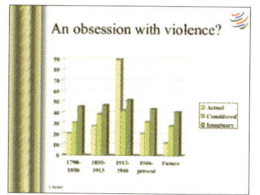

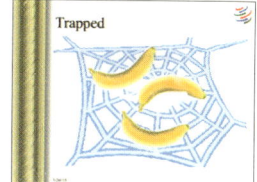

폭력)의 수위가 표시돼 있습니다. 실제 폭력사태가 얼마나 벌어졌는지(실제 폭력, 즉 특정인의 폭력으로 피해자가 사망에 이른 사례)도 비교해보실 수 있습니다.

보시는 것처럼 1790년부터 1913년까지 실제로 상당한 수준의 폭력사태가 벌어졌습니다. 왼쪽을 보시면 됩니다. 하지만 사람들이 느낀 폭력의 수위는 실제보다 훨씬 높습니다. 이제 1913년부터 1946년까지의 상황을 보시죠. 두 차례 세계대전이 벌어졌으니 당연히 실제 폭력이 엄청난 시기였습니다. 차트에 일일이 표기할 수도 없는 수준이었죠. 그런데 당시 폭력의 수위에 대한 사람들의 인식은 이를 따라가지 못했습니다. 마침내 실제 폭력사태가 줄어들기 시작했을 때, 사람들은 여전히 폭력사태가 지속되고 있다고 느꼈습니다. 미래에도 이런 경향은 지속될 게 뻔합니다.

분명한 것은 폭력에 대한 사람들의 인식이 실제 벌어지는 폭력사태의 수위와 아무런 관련이 없다는 점입니다. 그러니 이성적으로 대처하기 위해선 합리적이고 경제학에 기반한 시각으로 폭력에 접근해야 합니다. 이를 위해선 인간적인 감정은 철저히 배제해야 합니다.

그렇지 않고는 슬랩스틱 코미디언 제리 루이스가 출연하는 영화의 한 장면 같은 상황을 면하기 어렵습니다. 아시죠, 바나나 껍질을 밟아 미끄러지면서 여러 가지 일들이 도미노처럼 한꺼번에 벌어지는 상황 말입니다. 미끄러져 넘어진 사람 뒤에는 다른 사람이 있고, 그 사람 뒤에는 또다른 사람이 있고, 그 사람 뒤에는 탁자가 있습니다. 탁자 위에는 컴퓨터가 있을 수도 있습니다. 그리고 그 컴퓨터는 치키타의 웹사이트를 운영하는 서버일지도 모르죠. 상황이 어떻게 굴러갈지는 예상 가능하시리라 생각합니다. 어떤 문제든 다른 문제로 연결될 수 있습니다. 서버가 다운되면 하루 치 영업 기록이 날아가버릴 수도 있습니다. 치키타의 시장 가치는 떨어지게 될 거고, 이를 만회하기 위해선 일주일 또는 한 달이 걸릴 수도 있습니다.

과장을 조금 보태 얘기해볼까요. 한 나라가 바나나 한 송이에 시장 가격보다 조금이라도 높은 가격을 지불한다면, 마치 홍수 조절용 수문을 열어버리는 것과 같은 치명적인 결과를 초래할 수도 있습니다. 와인이나 마셔대던 사람이 마리화나를 입에 대고는 점점 헤로인 같은 것에 손을 대기 시작하면서 결국 마약중독자가 되는 것처럼 말이죠. 그러니 여러분의 친척이나 친구가 좀비처럼 여러분 주변을 서성거릴 때쯤이면, 여러분도 알아차리실 겁니다. 아, 이 친구가 바나나 껍질을 밟았구나, 하고 말이죠.

그러니 바나나 문제는 정말 진지하게 다뤄야 합니다.

비관세 무역장벽

비관세 무역장벽은 조금 더 복잡합니다. 그러니까 앞서 언급한 돌고래 얘기 같은 환경과 관련된 법률부터, 수입국 현지의 관습 같은 것을 이유로 상품과 통화의 자유로운 흐름에 정부가 제한을 두는 조처입니다. 이를 통해 경제 각 요소가 적절한 기능을 하는 데 각종 제한을 부과하게 되죠.

 예스맨 프로젝트

네덜란드 항공사 'KLM'과 이탈리아 항공사 '알리탈리아'가 최근에 인수합병을 하려는 움직임을 보이는 것을 잘 아시리라 생각합니다. 두 회사의 협상에서 가장 중요한 변수는 바로 수면시간과 관련된 것이었습니다.

아시다시피 다른 북구의 여러 나라와 마찬가지로 네덜란드에선 사람들이 밤에만 잠을 잡니다. 낮 시간엔 고작 토막잠을 청하는 경우가 대부분이죠. 업무 중에 딴 짓을 하는 경우는 극히 드뭅니다. 출퇴근 시간도 정확하고, 업무시간에 아예 잠을 잔다는 건 상상도 할 수 없는 일이죠.

반면 이탈리아에선 상황이 전혀 다릅니다. 밤에 자는 것과 거의 비슷하게 낮에도 잠을 청하지요. 게다가 점심식사 시간도 한 시간에서 두 시간씩이나 됩니다. 그리곤 또 낮잠까지 거하게 자죠. 흥청망청 연회를 벌이고, 와인도 조금 과하게 걸칩니다. 엄청나게 차려진 진수성찬을 천천히 즐기다보면 결국 업무에 방해를 받을 수밖에 없습니다.

이런 문제 때문에 두 회사의 인수합병 협상은 결국 결렬되고 말았습니다. 다국적 기업 간의 아주 좋은 기회가 먼지처럼 날아가버린 겁니다.

WTO 입장에서 보면 정말 뼈아픈 일이 아닐 수 없습니다. WTO는 '동맹'을 무엇보다 중요하게 생각하기 때문이죠. 아시는 것처럼 WTO의 전신은 GATT입니다. GATT는 제2차 세계대전 이후 앞으로 전쟁이 벌어지지 않도록 하자는 뜻으로 만들어졌습니다. 말하자면, 귀족이 자기 휘하의 평민을 죽이는 일은 거의 없고, 사업을 하는 사람들이 상대방을 죽이는 일도 좀처럼 있을 수 없다는 생각에 기초한 것입니다.

물론 예외도 있습니다. 두 차례의 세계대전이 그랬고, 르완다 대학살도 그렇고, 유고슬라비아 내전이나 이라크 전쟁 등이 그렇습니다. 하지만 적어도 19세기 전체를 놓고 보면 이런 이론의 정합성이 여실히 드러납니다. 사업 동반자들 사이에 서로 죽고 죽이는 일이 벌어지지 않도록 도와준 건 다름아닌 자유무역이었거든요. 그 백 년 동안 WTO가 오늘날 추진하는 형태의 자유로운 무역활동이 이어지면서, 유럽의 부유하고 강력한 나라들 사이에서는 평화가 유지됐습니다. 식민지배와 노예무역이란 예외를 빼고는 전체적으로 아주 긍정적인 효과를 가져왔습니다.

그러니 현지의 독특성이 기업의 인수합병을 위협한다면, 그러니까 현지인들의 관심이 상업적 행진의 힘에 방해가 된다면, 그런 현상이 다국적 자본의 이해 전 분야에 어떤 해악을 끼칠지는 정확히 예측하기 어렵습니다. 2차대전 이후 유지되어온 평화와 안정에도 어떤 해악을 끼칠지 모를 일이죠.

모든 문제가 사뭇 심각하다는 게 최근의 상황입니다. 어떤 형태로든 자본의

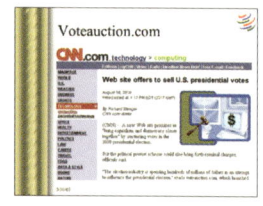

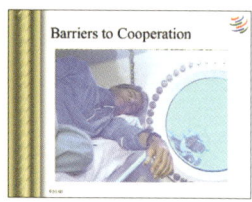
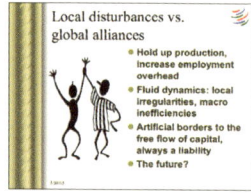

자유로운 흐름을 방해한다면 정말이지 위험천만한 일이 아닐 수 없습니다. 그 미래가 어떨까요? 아직 알 수 없습니다. 정부뿐 아니라 각국의 문화적 차이가 공모해 발전으로 향하는 자유로운 흐름을 방해한다면 어떻게 될까요? 이해하기 어렵죠.

조직적 무역장벽

이제 앞서 언급한 세 가지 무역장벽 가운데 가장 이해하기 어려우면서도 이상하리만치 쉽게 해법을 발견할 수 있는 문제에 대해 살펴보기로 하겠습니다. 바로 조직적 무역장벽입니다.

우리 모두 민주주의가 뭘 뜻하는지 잘 알고 있습니다. 정부와 경제의 작동에 가능한 많은 수의 소비자들이 직접 참여하는 것을 뜻하죠. 그러니 자유무역은 민주주의와 동전의 양면처럼 함께 갈 수밖에 없습니다. 그러니 소비자 중심주의야말로 현대 민주주의의 궁극적인 형태일 것입니다.

물론 소비자의 선택이란 것이 민주적 절차의 가장 중요한 구성요소입니다만, 그 역할은 제대로 알려져 있지 않습니다. 전혀 말입니다. 이는 오늘 세계 각국의 정부가 수행해야 하는 일이 너무나 폭넓고 다양하기 때문입니다. 게다가 민의의 전당인 의회 등과도 상대해야 하고요. 너무도 다양하고, 또 복잡하죠. 결국 비효율적이란 얘기밖에 안 됩니다. 이런 상황은 때때로 소비자 민주주의란 개념 자체에 치명적으로 작용하지요.

민간 부문을 통해 이른바 민주적 기구의 엄청난 비효율성에 대한 해법을 모색해볼 수 있다는 건 그나마 다행한 일이 아닐 수 없습니다.

현재 미국 정치권에서 실험하고 있는 한 가지 가능한 해법이 있습니다. 기이할 정도로 비효율적인 선거제도를 단순화하자는 겁니다. 선거야말로 소비자 민주주의의 핵심이라는 점에는 재론의 여지가 없지요.

먼저 현재 선거가 얼마나 비효율적으로 치러지고 있는지를 살펴보겠습니다. 맨 위를 보시면, 여러 기업체가 나옵니다. 이를 '기업 A'라고 하죠. 각 기업마다 직원 12명이 일하고 있다고 칩시다. 이들은 모두 선거자금을 특정 선거에 출마한 후보자들에게 제공합니다. 이를 '선거운동 B'라고 합시다. 자금 지원을 받는 후보는 대통령을 포함해 모든 공직 출마자들입니다. 수많은 이들이 활약하고 있는 선거운동을 통해 상당한 액수의 자금이 홍보 대행사로 흘러듭니다. 앞에서 언급한 '힐 앤 놀튼' 같은 회사들이죠. 이들을 'C'라고 표현하시죠. 약 50명 정도가 일하는 홍보 대행사에서 다시 상당액이 텔레비전 방송사로 전달됩니다. 끝으로 방송사가 소비자들에게 정보를 제공합니다. 물론 이 과정에서

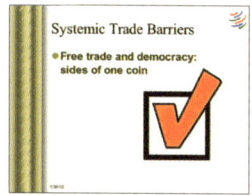
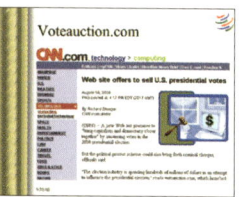
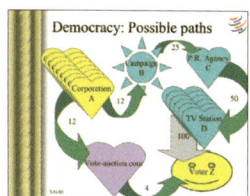
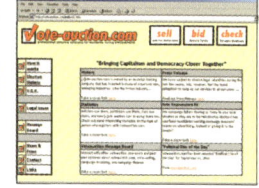

는 돈이 전달되지 않지요.

역설적인 것은 이 부분입니다. 이처럼 민주주의의 순환이 이뤄질 수 있도록 하는 데 필요한 자금을 충당하기 위해선, 순환의 맨 앞에 각 기업에서 일하는 직원들이 배치되어야 합니다. 그런데 이 사람들은 모두 시민이고, 따라서 유권자입니다. 그런데 순환의 맨 마지막에 다시 유권자가 등장합니다. 그러니 이런 식의 순환체계는 그 체계 자체의 생존을 위해서만 존재할 뿐입니다. 실제적인 효력은 전혀 없다는 얘기죠.

이제 다른 모델을 살펴봅시다. 이 모델에서도 각 기업이 위에 언급한 사례에 등장하는 비슷한 규모의 사람들에게 돈을 지불합니다. 하지만 단 하나의 조직만 상대하면 됩니다. 바로 투표권 경매 사이트인 'VoteAuction.com'입니다. 이 사이트는 고작 네 명을 고용하고 있습니다. 유권자들에게 정보만 제공하는 게 아니라 실제 돈까지 넘겨주지요. 소비자인 유권자에게 직접 말입니다.

'VoteAuction.com'은 유권자들이 자발적으로 최고 가격을 제시한 쪽에 자신의 투표권을 넘겨줄 수 있는 시스템입니다. 말하자면 유권자들이 민주당과 공화당 양당 후보 가운데 지지하고 싶은 후보가 없을 때 자신의 투표권을 자발적으로 판매할 수 있게 하는 공간이죠. 이 시스템은 앞서 우리가 살펴본 현재의 투표과정 전체를 간략하게 만들어줍니다. 그리고 시장체제와 마찬가지로 모두 소비자에게 이익이 되는 쪽으로 결론이 내려집니다. 앞선 모델에서 모든 과정의 출발점이 됐던 기업 쪽에도 당연히 도움이 되는 것은 물론이고요.

if laugh : why did we choose to have the biggest struggle over the [funniest] thing?

정리

이제 정리해보겠습니다. 지금까지 자유무역을 가로막는 과거와 현재, 그리고 미래의 장벽에 대해 논의해보았습니다. 먼저 과거지사로 돌려버리고 싶은 직접적인 무역장벽, 곧 관세 장벽이 있었습니다. 바나나, 기억하시죠.

그보다 좀더 정밀하게 조심해서 다뤄야 할 장벽에 대한 얘기도 했습니다. 사람과 관습에 기반해 자유무역을 가로막는 두번째 장벽, 바로 비관세 무역장벽입니다. 유럽을 비롯한 세계 각국에서 아주 중요한 문제지요. 서로 다른 노동습관, 시에스타(낮잠) 문제 등이 그렇습니다. 이런 모든 것들은 표준화시킬 필요가 있습니다. 물론 시간이 좀 걸리겠지만요.

마지막으로 가장 복잡한 문제에 대해서도 생각해봤습니다. 바로 조직적인 무역장벽입니다. 이는 현대 민주주의의 가장 근본적인 문제와 연계돼 있지만, 또 한편 효율적인 시장이 자유롭게 기능할 수 있도록 함으로써 해법을 도모해볼 수 있다는 점도 논의했습니다. 자유로운 시장, 해방된 시장 말입니다. 그래서 저는 시장을 좋아합니다. 이런 점이야말로 시장이 왜 존재하는지를 알려주는 거죠. 오랜 시간 들어주셔서 감사합니다.

따라하기

　　앤디의 연기력은 거의 제로에 가깝다. 고등학교 시절 딱 한 번 연극무대에 섰다가 창피를 당했단다. 대학에선 셰익스피어의 『템페스트』 공연에 출연하기 위해 2주일이나 연습에 매달렸지만, 앤디가 연극 전체를 망칠 것을 우려한 현명한 연출자가 공연 전에 그를 쫓아냈다고 한다.

잠도 제대로 자지 못했다. 준비도 부실했다. 게다가 연기능력도 일천했다. 그럼에도 앤디에게는 모든 단점을 극복할 수 있는 긴요한 카드가 있었다. 바로 청중 모두 앤디에 대해 전혀 의심할 줄 모른다는 점이었다. 처음부터 그들은 앤디가 WTO에서 파견한 평범한 직원이라고 믿어 의심치 않았다. 이런 그들의 믿음이 앤디에게 자신감을 심어줬다. 강연이 끝나갈 무렵, 앤디는 자기가 정말 '앤드리아스 비클바우어'라는 인물이란 생각까지 들었다고 했다.

점차적으로 말도 안 되는 허무맹랑한 소리를 하도록 강연의 뼈대를 세운 것은 청중 사이에서 최대한 강한 반응을 이끌어내기 위한 것이었다. 이를 통해 강연 중반을 넘기지 않고 앤디가 무대에서 강제로 끌려내려오게 하는 게 목적이었다.

강연의 도입부에 등장하는 바나나와 손도끼 얘기는 사실에 근거한 얘기다. 조금 비속하고 끔찍하게 표현하긴 했지만 실제 벌어진 일이었다. 다음 부분, 수면시간과 관련된 얘기는 최근의 상황과 직접 연결돼 있다. 실비오 베를루스코니 이탈리아 총리가 전국적으로 시에스타를 금지하는 법안을 제안했다가 여론의 반발에 밀려 포기한 바 있다. 멕시코에선 공공기관에서 시에스타가 사라졌다. 새로운 연방정책에 따라 이미 6개월여 전에 금지됐기 때문이다.

하지만 강연의 마지막 부분은 재론의 여지 없이 완전히 정신 나간 소리였다. 힘있는 자리에 있는 어느 누구도 기업이 시민의 투표권을 살 수 있도록 허용해야 한다는 주장은 하지 못할 게다. 물론 미국의 현 선거제도를 두고 투표권 매매와 뭐가 다르냐는 주장을 할 수도 있겠지만, 앤디가 강연에서 언급한 표현은 현실성 여부를 떠나 너무나 직접적이고 거칠었다. 강연의 앞부분을 꿈 참고 조용히 넘어간 사람들도 끝부분에 이르면 아예 우리 모가지를 비틀어버리고 싶어질 것이라고 생각했다.

그럴 것이라고 확신한 건 경험 때문이다. 불과 2주일 전에 'VoteAuction.com'을 둘러싼 국제적인 규모의 사건이 벌어졌기 때문이다.

제임스 바움가트너란 대학원생이 만든 'VoteAuction.com'은 돈이 미국의 민주주의를 망치고 있다는 점을 드러내기 위한 독특한 고안품이다. 예를 들어보자. 캘리포니아에 사는 유권자가 이 사이트에 자신의 표를 매물로 내놓고 이를 살 기업을 기다린다. 이 사람의 표는 주식시장의 주가처럼 실시간으로 값이 매겨진다. 특정 주에 대한 기업체의 관심에 따라 표값도 등락을 거듭한다. 캘리포니아주 유권자의 표값은 이 사이트에서 약 1달러를 오락가락했다. 각 기업체들이 선거 때 유권자 한 명당 정치광고에 사용하는 돈의 극히 일부에 불과할 정도로 싼 가격이라는 게 이 사이트 측의 설명이었다.

'VoteAuction.com'에 대한 반응은 빠르고 격렬했다. 러쉬 림보우부터 로라 슐레징어 등 극우 성향의 라디오 토크쇼 진행자들이 앞장서 이 사이트를 공격했

1) 1999년 3월 17일 BBC방송 보도. '시에스타를 무례하게 깨우다.'

 예스맨 프로젝트

TO VOTE: Complete the arrow(s)

IMPORTANT: Use only a #2 pencil or the

PARTISAN SECTION: To vote the partisa...
Straight Ticket: Vote the party of your c...
Split Ticket: You may vote a straight tick...
Mixed Ticket: Vote for the individual can...

The NONPARTISAN and PROPOSAL SEC...

DO NOT vote for more candidates than ...

WRITE-IN CANDIDATES: To vote for a p...
space provided and complete the arrow...
name is already printed on the ballot for...

When you have completed voting, place ...
ballot to the election official stationed at...
ballot.)

NOTE: If you make a mistake, return you...
in error.

...ticket."

...f the ballot

...n in the blank
...e for a person whose

...is visible. Return the
...lerk for returning the

...se any marks made

PARTISAN

STRAIGHT PARTY TICKET

TO VOTE A
STRAIGHT PARTY TICKET
Vote for not more than ONE (1)

CONGRESSIONAL

UNITED STATES SENATOR
Vote for not more than ONE (1)
ANDREW RACZKOWSKI
Republican
CARL LEVIN

STATE BOARDS

MEMBERS OF THE BOARD OF REGENTS
OF UNIVERSITY OF MICHIGAN
Vote for not more than TWO (2)
ANDREA FISCHER NEWMAN
Republican
ANDREW C. RICHNER

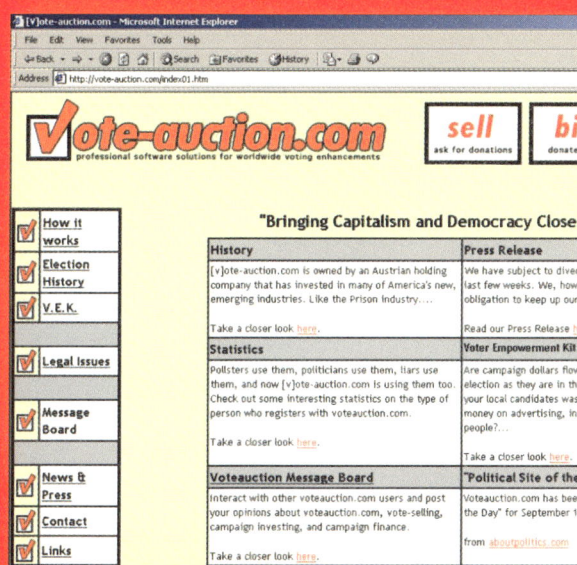

다. 지금까지 알려지지 않았던 '투표 보전 프로젝트'란 단체의 데보라 필립에
스란 여성이 'VoteAuction.com'에 반대하는 전문가 행세를 하면서 여기저기
인터뷰를 하기 시작했다. 이 사이트가 사실은 미국 정치권의 막대한 선거자금
문제를 비판하고 있다는 점을 알아챈 기자는 고작 두세 명에 불과했다. 미국
의 선거제도는 기실 이미 기업이 국민의 투표를 사들이는 수준에 이른 게 사
실이다. 기업이 내는 정치자금이 선거운동을 가능하게 만들기 때문이다.

법적인 위협도 뒤따랐다. 캘리포니아 주정부 국무장관은 이 사이트가 "투표
절차를 부패하게 만들고 있다"며 "우리 민주주의의 심장부를 공격하는 짓으
로, 캘리포니아주는 물론 미국 전역을 통틀어 최악의 정치범죄"라며 비난했
다. 시카고 선거 관리위원회는 시카고 주민이 온라인상에서 투표권을 팔거
나 살 수 없도록 해달라는 소송을 내기도 했다. 뉴욕선거관리위원회에서 사
이트를 만든 제임스의 논문 지도교수의 변호사 자격을 박탈하겠다고 위협하
기도 했다.

제임스로선 더이상 참을 수 없는 상황이었다. 그는 '알티엠아크' 쪽에 도움을
청했다. 마이크와 앤디는 'VoteAuction.com'의 서버를 유럽으로 이전하도록
도와줬다. 오스트리아 출신 미디어 아티스트인 한스 베른하르트가 운영을 맡
아줬다.

하지만 그걸로 끝이 아니었다. 그로부터 두 달쯤 뒤 연방수사국(FBI) 요원 두
명이 제임스를 찾아왔단다. FBI 쪽은 서버가 오스트리아에서 관리되고 있다
는 점에 대해 특히 우려했다. 시카고선관위 쪽도 마찬가지였다. 랜던 닐 시카
고선관위 위원장은 "오스트리아 비엔나에서 그 사이트 서버를 관리해주는 인

물을 지속적으로 추적하고 있다"며 "그에 대해 일리노이주 법원이 사법 관할 권을 행사할 수 있는지의 여부에 대해서도 면밀히 검토하고 있다"고 밝히기 도 했다.[4]

그런데 앤디가 잘츠부르크에 모인 국제무역 전문 변호사들 앞에서 그와 똑같은 생각을 발표했을 때는, 아주 특별한 일이 벌어졌다. 아무런 일도 일어나지 않은 것이다. 현실 세계에서는 투표권을 판다는 얘기에 FBI 요원이 들이닥쳤지만 무역 전문 변호사 무리 사이에선 아예 말이 안 되는 건 아닌 모양이었다. 앤디가 이에 대해 발표하는 동안 청중들은 마치 내시가 스트립쇼를 볼 때만큼이나 따분해했다. 사회를 맡은 밥 호크가 그나마 약간의 관심을 보였다. 간혹 메모를 하고, 간간이 눈썹을 약간 추켜올리기도 했다. 그게 반응의 전부였다. 앤디가 강연을 마치자 박수가 터져나왔다. 앤디는 강연 도중 사용하고 남은 바나나를 청중들에게 나눠준 뒤, 자리에 앉아 곧 닥칠 미지의 질의응답 시간을 기다렸다. 약간 멍해 보이긴 했지만 앤디의 표정에는 일종의 자신감이 배어 있었다. 그리고 어쩌다가 여기까지 오게 됐을까 싶은 마음에 조금은 혼란스런 상태였다.

다른 발표자의 강연이 뒤를 이었다. 멕시코시티에서 활동하는 두 명의 젊은 변호사가 일종의 수출자유지역인 멕시코 북부 '마킬라도라'가 그 지역 일대 주민들에게 얼마나 중요한지를 설명했다. 마지막 발표는 협상에 관한 내용이

2) 이 단체의 웹사이트 'voting-integrity.org'는 이후 폐쇄됐다.
3) 자세한 내용은 www.computeruser.com/news/00/11/03/news21. html을 참조하시라.
4) 이에 관해선 www.wired.com/news/politics/0,1283,39431,00. html를 참조하시라.

었다. 미국 캘리포니아에서 활동하는 협상 전문가인 존 슈맥은 시종일관 활기찬 모습으로 "협상가는 절대 '안 된다'는 말을 해선 안 된다"고 강조했다. "이른바 '언어의 무차별 곡선'을 그려볼 수도 있습니다. 똑같은 내용을 서로 다른 두 가지 방식으로 표현할 수 있다면, 한 가지 표현으로 합의를 도출해내지 못한 경우 다른 표현을 활용해 합의를 시도할 수 있습니다. 그리고 그 표현의 뜻은 정확이 협상의 양방이 원하는 것을 뜻하게 될 것이고, 결국 같은 뜻으로 사용됩니다."

마침내 질의응답시간이 되었다.

"워싱턴에서 온 피터 랜크먼이라고 합니다. 비클바우어 박사께 질문 드리겠습니다." 금발에 푸른 눈을 한 젊은 친구가 벌떡 일어섰다. 그는 WTO가 세계화에 반대하는 시위대를 교육하기 위해 어떤 일을 하고 있는지 물었다. 그는 시위대가 무역 자유화를 통해 가난한 사람들이 얼마나 큰 도움을 받고 있는지 이해하지 못하고 있는 게 분명하다고 말했다. "예를 들어 멕시코 북부에서 자유무역을 통해 수많은 좋은 일자리가 만들어지지 않았느냐"는 것이다. 그는 반세계화 시위대가 자신이 조금 젊었을 때와 비슷할 것이라고 말했다. 대학시절 "재밌는 시간을 보내기 위해" 자기도 인종차별 반대 시위에 참여하기도 했다는 게다.

"그렇습니다." 랜크먼이 3분여에 걸친 고백을 마쳤을 때 앤디가 이렇게 말했다. "시위대는 일정한 가처분 소득이 있는 것 같습니다. 시위를 하러 외국까지 쫓아다닐 정도의 돈은 있는 것 같습니다. 무력을 동원한 탄압에 대한 공포 없이 시위 여행을 다닐 정도로 자신감도 있어 보입니다. 그러니 엘리트 집단에

속한 게 분명합니다. 어떻게 이런 사람들이 빈곤 문제를 거론하고, 자유무역을 통해 빈민들에게 돌아가는 그 많은 '훌륭한 일자리'에 대해 비판할 수 있을까요?

이런 비이성적이고 반항적인 젊은이들을 위해 WTO는 아주 적극적인 홍보방식을 택하고 있습니다. 여러 기업에서 활용하는 풀뿌리 홍보활동을 병행하고 있지요. WTO는 증오로 가득 차 있습니다. 아니, 그게 아니네요. WTO란 이름을 증오하는 사람들이 많지요. 그러니 다양한 계층의 수많은 사람들에게 WTO에 대한 우호적인 이미지를 심어주기란 쉽지 않습니다. 그래서 필립모리스 같은 업체를 눈여겨봤지요. 필립모리스는 전국 흡연자 연합 같은 풀뿌리 단체와 긴밀히 연계돼 있잖습니까. 우리도 이런 식의 풀뿌리 행동, 풀뿌리 홍보활동에 초점을 맞추고 있습니다. WTO가 배후에 있다는 점이 드러나지 않도록 함으로써 우리의 활동이 기왕에 가지고 있던 이미지 때문에 저평가되지 않고 객관적으로 평가받을 수 있도록 말이죠."[5]

다음 질문은 육중한 체구에 약간 말을 더듬는 독일인 변호사가 던졌다.

"브뤼셀에서 온 하인리히 베케르라고 합니다. 한 가지 명확히 해두고 싶습니다. 효율을 극대화하기 위해 모든 지역적 차이를 제거해야 한다고 하셨습니다. 그럴 수도 있다고 생각합니다. 하지만 언제나 그렇게 해야 할까요? 유럽연

---

5) 이를테면, 2002년 8월 말~9월 초 남아프리카공화국 요하네스버그에서 열린 '지구정상회담'에서도 한 홍보회사가 가난한 농민들이 환경단체 반대 시위를 벌이는 것처럼 '가짜 행진'을 연출한 바 있다. 이에 대해선 www.freezerbox.com/archive/article.asp?id=254에 자세히 나와 있다. 기업이 가짜 '풀뿌리 단체'를 내세워 자기들의 주장을 홍보하는 기법은 흔히 '인조잔디'로 알려져 있다. '인조잔디' 기법을 활용한 또다른 사례로는 담배업체 필립모리스가 1993년 거대 홍보업체 버슨-마스텔러를 동원해 '전국 흡연자 연합'을 결성한 것을 들 수 있다.

합을 예로 들어보죠. 유럽연합 안에선 모든 무역장벽이 제거됐습니다. 하지만 각 회원국 사이의 문화적 차이는 여전히 존재합니다. 모든 걸 똑같게 만든다면 상당한 반발이 있을 것 같은데요."

"그렇죠." 앤디가 답변에 나섰다. "그렇기 때문에 WTO는 모든 지역에서 차이를 없애라고 제안하지는 않습니다. 수많은 언어가 있죠, 그건 사라지지 않을 겁니다. 자연환경이나 풍경도 아주 다르지요. 사람에 따라 진료기록도 제각각일 겁니다. 이런 건 있는 그대로 받아들여야 합니다. 바뀔 수가 없지요. 인간의 삶에서 생물학적인 게 차지하는 비중이 얼마나 되는지는 확실치 않습니다만, 일정한 부분은 그저 삶의 일부로 받아들여야 하는 면도 있지요.

하지만 적어도 문화적인 측면은 조금 다를 수 있습니다. 문화적 차이를 없애는 것이 아직까지는 대중적 반란을 일으킬 수준에 이르지 않았다면—반란의 조짐이 없으니 아직 그런 상황에 이르지 않은 것은 분명합니다만—문화적 비효율성을 바로잡을 기회는 아직 충분하다고 생각합니다. 문화적 차이를 제거하는 식으로 말이죠. 적어도 WTO의 판단은 그렇습니다."

호크가 시계를 힐끔 쳐다봤다. "이제 주어진 시간이 다 됐습니다. 점심식사가 준비돼 있습니다. 다른 발표자 슈맥 선생님께서 관심을 끌지 못했다고 아쉬워하실 듯해 한마디 보태자면, 슈맥 선생님께서 KLM과 알리탈리아 인수합병 협상을 어떻게 중재하실지 궁금하네요. 경청해주셔서 대단히 감사합니다. 오후 세션에서 다시 만날 수 있기를 바랍니다."

우린 앤디에게 질문을 했던 젊은 변호사 피터 랜크먼을 따라 점심을 먹으러 갔다. 점심식사 자리에서 우린 적어도 랜크먼은 앤디가 강연에서 한 말에 대

예스맨 프로젝트

해 전혀 문제를 느끼지 않았음을 확인할 수 있었다.

"나치가 정말 합리적인 무역정책을 세웠다는 걸 아십니까?" 식사 도중 앤디는 랜크먼이 뭔가 문제를 발견하는지 떠보기 위해 이런 말을 하기도 했다. "나치가 적절한 평가를 받지 못했을 수도 있습니다. 알고 보면 나치도 그렇게 나쁘기만 했던 건 아닐 수도 있죠."

"그건 제 전문분야가 아닙니다." 랜크먼은 잠시의 주저함도 없이 이렇게 얘기했다. "제 전문분야도 아니긴 합니다." 앤디가 말했다.

"혹시 경제학자세요?" 얘기를 듣고 있던 멕시코에서 온 변호사 중 한 명이 이렇게 말했다. "경제학자들은 흔히 '공짜 점심'은 없다고 하던데."

"그렇습니다." 앤디가 말했다. "하하. 공짜 점심이란 없죠."

이 허무한 순간에서 빠져나가기 위해, 우아한 냅킨을 식탁 위에 내려놓았다. 그리곤 마침내 크라운 플라자 잘츠부르크 호텔을 빠져나왔다.

날짜: 2000년 10월 28일 토요일 04시25분28초-0400

보낸 사람: /////////,

받는 사람: 앨리스폴리 (afoley@gatt.org)

제목: WTO 대표단

폴리 선생님께

저희는 회의에 참석하신 비클바우어 박사님과 관련해 약간 당혹스럽게 생각하고 있습니다.

비클바우어 박사님은 운전기사 또는 경호원으로 보이는 사람과, 강연 장면을 비디오카메라에 담는 사람과 함께 오셨습니다. 박사님 강연의 핵심은 이탈리아인이 네덜란드인에 비해 직업윤리가 낮고, 미국인들은 대통령 선거에서 표를 경매에 내놓는 게 좋을 것이며, WTO의 가장 중요한 역할은 전 세계 문화를 하나로 통합하는 것이라는 점이었습니다.

회의 당일 오후 카메라맨(제 생각엔 비클바우어 박사님의 강연을 촬영했던 바로 그 사람인 것 같습니다)이 회의장으로 찾아와 참석자들을 상대로 인터뷰를 시도했습니다. 그 사람 말이 비클바우어 박사님이 호텔 밖에서 누군가가 던진 파이에 얼굴을 맞았다더군요. 그 사람은 비클바우어 박사님의 강연 내용이 파이 공격을 받을 만한 것이었느냐고 물었습니다.

비클바우어 박사님께서 실제 파이 공격을 당하셨는지에 대해선 제가 아는 바가 없습니다. WTO 대표가 우리 행사에 참석하실 것이란 발표도 없었고, 회의 자체가 일반인에게 개방된 것도 아니었습니다. 회의 일정표와 참석자 명단 같은 게 밖으로 알려지지도 않았음은 물론입니다.

(직업윤리가 떨어지는 이탈리아인을 포함한) 제 동료들은 제게 비클바우어 박사님의 강연 내용과 파이 사건, 오후 늦게 인터뷰를 시도한 카메라맨 등에 대해 우려를 표했습니다.

이와 관련해 설명을 부탁드립니다. 감사합니다.

국제법률연구센터

/////////드림

 예스맨 프로젝트

날짜: 2000년 10월 28일 토요일 07시01분00초-0400

보낸 사람: 앨리스 폴리(afoley@gatt.org)

받는 사람: ////////.

제목: Re: WTO 대표단

"ALICE FOLEY"

////////.선생님께

보내주신 서한 내용이 맞습니다.

비클바우어 박사님께서는 잘츠부르크에서 CILS 회의에 참석해 강연을 하신 직후 누군가 던진 파이에 얼굴을 맞으셨습니다. 현재로선 저희도 구체적인 사항에 대해선 파악하지 못했습니다만, 선생님께서 언급하신 그 카메라맨이 어떻게든 연루돼 있는 것 같습니다. 비클바우어 박사님께는 공식 수행원 한 명이 배정됐었습니다. 라비 바티챠라야란 사람인데, 적절한 경호절차를 따르지 않고 문제의 카메라맨을 데리고 간 모양입니다. 그 카메라맨은 처음부터 비클바우어 박사님께 파이를 던질 계획을 세워둔 것으로 보입니다. 이 사람과 관련이 있는 '기자'가 있었다는 정보도 수집한 상태입니다.

이 문제와 관련해 심심한 유감의 뜻을 표합니다. 바티챠라야의 무모한 행동과 관련해선 향후 며칠 안에 충분한 조사가 이뤄질 것이란 말씀도 전합니다. 이런 사건이 벌어진 것은 WTO가 얼마나 어려운 상황에서 업무를 수행하고 있는지를 단적으로 보여줍니다. 아울러 우리가 처한 상황에 완벽히 적절한 경호가 얼마나 어려운지도 일깨워줍니다.

선생님께서 보내주신 서한을 이번 사태와 관련된 조사를 수행하는 부서에 전달해도 될지 알려주시기 바랍니다. 아울러 좀더 자세한 상황을 알고 계신다면 저희에게 전달해주시기 바랍니다. 조사 과정에 도움이 될 것으로 생각합니다.

비클바우어 박사님의 강연 내용과 관련해서 말씀드리자면, 저희로선 박사님께서 말씀하신 어떤 내용도 청중을 불쾌하게 만들 의도는 없었을 것이라 확신합니다. 만약 불쾌하게 받아들이신 분들이 있다면, 어떤 부분에 대해 그렇게 느끼셨는지 제게 연락을 취하라고 전해주시기 바랍니다. 그에 따른 적절한 조처를 취하도록 하겠습니다. 행운을 빕니다.

마이크 무어 사무총장 행정비서관

앨리스 폴리 드림

날짜: 2000년 11월 21일 화요일 18시 40분 12초
받는 사람: 대표단(회의 참석자 75명 전원)
보낸 사람: 베르너 다이츠
제목: 2000년 10월 27일 회의

여러분 안녕하십니까?

지난 10월 27일 오전 잘츠부르크에서 열린 '국제 서비스와 상품 판매 규정' 관련 회의 과정에서 벌어진 불행한 사태에 대해 들으셨을 줄 압니다. 당일 행사에서 앤드리아스 비클바우어 박사님은 WTO를 대표해 강연을 하신 바 있습니다.

강연 된 얼마 지나지 않아 정체 불명의 괴한이 비클바우어 박사님 얼굴에 파이를 던졌습니다. 분별력 없는 세태 속에 WTO가 대중적으로 인기가 없다는 점을 상기시키는 그저 또 한 건의 불쾌한 사건으로 치부하고 넘어갈 수도 있었습니다. 하지만 비클바우어 박사님이 맞은 파이는 오염된 것이었고, 이에 따라 박사님께서 상당히 심각하게 감염이 되셨습니다.

여러분도 충분히 이해하시겠지만, 저희는 이 문제를 대단히 엄중하게 생각하고 있습니다. 이에 따라 비클바우어 박사님의 강연을 들으신 분이든 아니든 당일 회의에 참석하신 모든 분들께 다음과 같은 질문을 드리오니, 부디 답변해주시기 바랍니다.

1. 강연을 들으셨다면 개인적으로 어떻게 평가하시는지 듣고 싶습니다. 향후 보다 알찬 행사를 치르기 위해 필요한 정보가 될 것이고, 이번과 같은 불행한 사태가 재발하지 않도록 하기 위해서도 필요합니다. 비클바우어 박사님의 강연에서 불쾌한 부분이 있었습니까? 강연 내용에서 가장 기억에 남는 게 있다면 어떤 내용인지요?

2. 강연을 들으셨다면, 그에 대한 청중의 반응이 어땠는지도 알려주시면 감사하겠습니다. 구체적일수록 좋습니다. (특히 여러분이 보시기에 회의 공식 참가자가 아닌데 격한 반응을 보인 사람이 있다면, 꼭 알려주시기 부탁드립니다.)

 예스맨 프로젝트

3. 행사 도중 WTO나 비클바우어 박사님의 강연과 관련해 무심코라도 누군가 언급한 게 있다면 뭐든 알려주시기 바랍니다. 괜찮으시다면 그런 언급을 한 사람의 이름이나 어떤 인물인지에 대한 묘사 등을 덧붙여주시기 바랍니다.

4. 역시 향후 보다 나은 행사를 위해 WTO와 WTO의 업무에 대한 여러분의 의견을 한 문장으로 정리해 전해주시면 대단히 감사하겠습니다. 그리고 앞으로 WTO가 이런 부분을 더 적극적으로 해달라고 제안하실 부분이 있다면 아울러 알려주십시오. 저희는 여러분의 의견을 진지하게 받아들이고 있습니다. 답변에 대해 미리 감사드립니다.

WTO 홍보담당자
베르너 디아츠 드림

날짜: 2000년 11월 22일 수요일 11시36분
보낸 사람: //////////////
받는 사람: 베르너 다이츠(wdaitz@gatt.org)
제목: Re: 2000년 10월 27일 회의

WTO에서 파견된 분은 그날 행사에서 최악의 발표자였습니다. 발표 자체가 아주 괴상망측했습니다. 기억에 남는 유일한 '부적절한' 발언이라면 KLM과 알리탈리아의 인수합병이 실패한 이유가 이탈리아인들의 직업의식 수준이 낮기 때문이라는 얘기 정도입니다. 저는 파이 사건은 보지 못했습니다.

강연 뒤 얼마 지나지 않아
정체 불명의 괴한이 비클바우어
박사님 얼굴에 파이를 던졌습니다.

날짜: 2000년 11월 27일 월요일 18시13분07초-0500
보낸 사람: 발테르 푼크(wfunk@gatt.org)
받는 사람: CILS 회의 참석자
제목: [긴급] 좋지 않은 소식

여러분 안녕하십니까?

이런 좋지 않은 소식으로 여러분들의 휴가를 방해하게 된 것에 대해 우선 용서를 구합니다.

지난 10월 27일 잘츠부르크에서 열린 CILS 주최 학술회의에서 WTO를 대표해 강연을 하셨고, 여러분과 즐거운 시간을 보내셨던 앤드레아스 비클바우어 박사님께서 운명을 달리하셨습니다. 10월 27일 강연 직후 누군가 던진 부패한 파이 때문에 감염되신 박사님께서는 어제 16시 50분(중앙유럽표준시간)께 결국 숨을 거두셨습니다.

여러분들도 문제의 시급성을 이해해주시리라 믿습니다. 오늘까지 전혀 해결의 실마리를 풀지 못하고 있는 이 범죄행위와 관련해 어떤 내용이라도 알고 계시는 모든 정보를 저희에게 제공해주시기를 부탁드립니다. 지금까지 저희가 확보한 유일한 단서는 이번 사건이 '부정 투표' 문제와 관련돼 있다는 점입니다. 분명한 것은 비클바우어 박사님이 강연 도중 언급하신 내용에 대해 일부 참석자들이 격분했고, 그 때문에 WTO와 대화하기를 거부하고 있으며, WTO가 "부정 투표를 부추기고 있다"고 비난하고 있다는 점입니다.

WTO가 "부정 투표를 부추긴다"라는 건 있을 수 없는 일입니다. 그럼에도 비클바우어 박사님의 강연 내용 중 이런 오해를 살 만한 내용이 있었다면, 그에 대해 의견을 듣고자 합니다. 이 사건이 매듭지어질 때까지 최대한 광범위한 조사를 수행해야 함을 이해해주시기 바랍니다.

이미 제 동료 베르너 다이츠에게 귀중한 생각과 정보를 보내주신 분들에겐 감사의 말씀을 드립니다. 여전히 핵심적인 정보가 부족한 상태입니다. 추가로 답신을 보내주신다면 대단히 감사하겠습니다.

비클바우어 박사님의 장례식은 다음 주 일요일 오후 4시 비엔나의 모르진플라츠에 있는 성 루프레흐트 성당에서 열릴 예정입니다. 참석이 어려우신 분들은 이메일로 애도의 뜻을 표하실 수도 있습니다.

여러분도 이해하시겠지만, 이 문제를 언론에 노출하시지 않기를 당부드립니다.

다시 연락드리겠습니다.

WTO 조사국
발테르 푼크 드림

attitat auf einen WTO-Vertreter? Nein, „Andreas Bichlbauer" wurde in Salzburg nicht getortet. Um auf den Fotos nicht er-
zu werden, posierte der US-Hacker aber für den *Falter* mit Schlagobers-Creme im Gesicht / Fotos: Katharina Gossow

er verrückte Professor

BER-TERRORISTEN *Ein amerikanischer Hochstapler gab sich bei einem privaten*
burger Rechts-Seminar als WTO-Vertreter aus. Wie er zu der Einladung kam? Die Or-
satoren waren auf eine gefälschte Internetseite hereingefallen. EVA WEISSENBERGER

er seriöse Geschäftsmann
im grauen Anzug referiert
über Handelsbeschränkun-
gen anhand des Bananen-
es zwischen Europa und den
Er zeigt Grafiken, Diagramme
nternetseiten: alles in allem eine
ssionelle Powerpoint-Präsenta-
Seinen Vortrag garniert An-
Bichlbauer mit lustigen Ver-
nen: Der Bananenkrieg erinnere
n Jerry-Lewis-Filme. Der rut-
schließlich auch immer wieder
Bananenschalen aus, was dann
zige Kettenreaktionen auslöse.
bauers Fazit: „Alles kann zu al-
ühren." Zuletzt kommt der US-
chaftsexperte dann zu einer
ren überraschenden Schlussfol-
g: „Das größte Handelshinder-
t die Demokratie." Deshalb, so
lt Bichlbauer, würden in Ameri-
ähler ihre Stimmen längst via
net versteigern. Ein Beispiel für
solche „vote auctions"- Home-
kann er natürlich auch gleich
eigen.
n paar der Zuhörer im Seminar-
des Salzburger Hotels „Crowne

burg als WTO-Experte ausgab, doch
weder Ökonom, noch heißt er wirklich
Andreas Bichlbauer. Auch der Busin-
ess-Anzug war nur geliehen. Dafür
kommt er tatsächlich aus den USA, aus
Los Angeles. „Bichlbauer" (der echte
Name ist der Redaktion bekannt) ist
Teil des Trios „the yes man": Spaßvö-
gel, die im Internet ihr Unwesen trei-
ben. Sie fälschen die Homepages von
Politikern, Firmen oder Organisatio-
nen. So kam „Bichlbauer" auch zu sei-
ner Einladung nach Salzburg: Im Inter-
net existierte neben der echten Home-
page der WTO *(www.wto.org)* auch
eine fast idente Kopie unter der Adres-
se *www.gatt.org.* Unter der dort ange-
gebenen Kontakt-E-Mail-Adresse
fragte das „Center for International
Legal Studies" einen Referenten an –
und „Bichlbauer" kam.
Das Phänomen der Fake-Sites ist
in Österreich spätestens seit dem Na-
tionalratswahlkampf 1999 bekannt.
Damals türkten Cyber-Terroristen
die Internetseite der FPÖ ins Netz. Auf
den ersten Blick war der Unterschied
nicht zu erkennen, die Startseiten

wollte einkaufen gehen und die Solda
tenpuppe töten. „RTmark" tauschten
die Sprachchips aus und stellten di
shoppinggeilen Joes und mordlustiger
Barbies ins Regal zurück.
Die Cyber-Terroristen wollen abe
nicht nur ihren Spaß haben und Un
frieden stiften, sie versuchen mi
ihren Aktionen auch Inhalte zu trans
portieren. „Ich stimme den Leute
zu. Ich bestätige sie in ihrer Meinun
und übertreibe dann so lange, bis si
merken, in welche Richtung sie ei
gentlich gehen", erklärt „Bichlbauer
seine Fake-Site und seinen Vortrag i
Salzburg.

uch an der Salzach trieb e
sein Spiel noch ein wenig we
ter: Um die Verwirrung pe
fekt zu machen, verbreitete einer se
ner Komplizen am Nachmittag nac
seinem Vortrag das Gerücht, ein Glo
balisierungsgegner habe dem ve
meintlichen WTO-Sprecher eine Tort
ins Gesicht geklatscht.
Dennis Campbell, Geschäftsführe
des „Center for International Leg
Studies", das mit einer Law-School i
Chicago zusammenarbeitet und si

프라임 타임!

잘츠부르크에서 우리가 벌인 일이 꽤 알려졌음에도, 얼마 지나지 않아 WTO를 대변할 우연찮은 기회가 두 번 세 번씩 거푸 생겼다.

2001년 7월 19일 첫번째 기회가 찾아왔다. 서방 선진 8개국(G-8) 정상회의가 열리는 이탈리아 북서부 지중해 연안 항구도시 제노바에서 30만여 명이 참가하는 대규모 반세계화 집회가 열리기 하루 전날이었다.

'G-8'은 세계 8대 부자나라의 모임이다. 매년 이들 나라 지도자들이 모여 세계 경제정책의 방향을 결정한다. 그들 나라의 엘리트들, 곧 부자 중의 최고 부자들만을 위해서 말이다. 이 모임은 기실 아무런 국제법적 근거도 없다. 그들의 힘은 온전히 그들이 축적한 부에서 나온다.

우린 제노바에서 뭔가 큰 일이 터질 것이라고 예상했다. 시애틀에서 4만여 명의 시위대가 WTO 각료회의를 무산시킨 이후 지난 2년여 동안 거대기업에 반대하는 운동은 급격한 성장을 이뤘다. 체코 프라하에서 열린 국제통화기금(IMF) 회의, 캐나다 퀘벡에서 열린 미주자유무역기구 회의 등에는 더 많은 시위대가 등장했다. 세계 각국의 지도자들은 요새처럼 철통보안이 이뤄진 장소에서나 회담을 할 수 있게 됐다. 그나마도 수많은 성난 군중에 둘러싸인 채 말이다. 회의장 안에서도 모종의 변화가 감지된다. 이제껏 숨죽이고 있던 가난한 나라의 지도자들이 자기 목소리를 내기 시작했다. 자신들의 의지와 상관없이 강요당해온 각종 협정을 거부하기에 이른 것이다. 제노바 회담장에도 수십만 명의 시위대가 모여들 것으로 예상됐다. 그들은 과연 무엇을 해낼 수 있을까?

제노바 시위 하루 전날 저녁, 그곳에서 약 800킬로미터 떨어진 프랑스 파리에서 앤디, 아니 '그랜위스 훌라트베리' 선생께서는 24시간 뉴스 전문 케이블 방송 CNBC의 현지 지사 스튜디오에 막 들어서고 있었다.

2001년 7월 19일 CNBC 방송

다음은 제노바에서 G-8 정상회담 반대 시위가 벌어지기 하루 전날인 2001년 7월 19일 생방송으로 진행된 CNBC의 '유럽 시장 정리' 프로그램의 스크립트다.

니겔 로버츠가 진행한 이날 프로그램에는 세 명의 게스트가 출연했다. 세계적인 컨설팅업체 '액센츄어(옛 안데르센 컨설팅)'의 버논 앨리스 회장과 빈곤국 지원활동을 벌이고 있는 시민단체 세계개발운동(www.wdm.org.uk)의 배리 코츠 사무총장, 그리고 WTO 대변인 '그랜위스 홀라트베리'다.

니겔 로버츠(사회자) 내일 전 세계의 이목이 이탈리아 항구도시 제노바로 모이게 될 텐데요. 세계 8대 강대국 지도자들이 참여하는 연례 정상회담이 시작되지 않습니까? 무역이나 빈곤 문제 등에 대해서도 논의할 예정이고, 또 미국이 계획중인 미사일방어(MD)와 관련된 논란도 의제에 포함될 전망입니다. MD를 강력 추진하고 있는 조지 부시 미 대통령도 이번 G-8 정상회담에 처음으로 참석하는데요. 제노바에선 과연 무슨 일이 벌어질까요?

사전 녹음된 인트로 내일 세계 8대 강대국 정상들이 제노바에 모이면 수많은 시위대가 그들을 맞이할 겁니다. 정치 및 경제 관련 국제회의가 열릴 때마다 대규모 시위는 이제 일상이 된 듯합니다. 1999년 11월 미 시애틀에서 열린 WTO 각료회의가 그 시발점이었습니다. 당시 경찰과 시위대가 격렬히 충돌하면서 아무런 합의점을 도출하지 못한 상태에서 회의가 무산된 바 있습니다. 그후 세계 지도자들은 전장이나 다름없는 조건에서 회담을 하게 됐습니다.

 예스맨 프로젝트

이들이 대중으로부터 격리된 채 회의를 진행하는 것 자체가 정책 결정에 상당히 중요한 영향을 끼친다는 주장도 있는데요.

시위대의 면면은 대단히 광범위하고 다양하며, 시위 목적도 가지각색입니다. 자본주의 반대, 환경보호, 세계화 반대, 그리고 제3세계 부채 탕감 등의 구호가 수많은 이들을 세계 체제를 떠받치고 있는 신자유주의 체제에 대한 반대로 단결시키고 있습니다.

G-8 정상회담을 하루 앞두고, 각국 지도자들이 고려해볼 만한 대안은 무엇인지, 대규모 시위가 그들의 정책 결정에 어떤 영향을 끼쳤는지, 그리고 만약 시스템 자체를 바꿔야 한다면 대안은 뭔지를 물었습니다. 거대한 담론임은 분명합니다. 경제적인 측면뿐 아니라 정치와 환경적 측면까지 고려해봐야 할 것입니다.

니겔 로버츠 자, 먼저 시위의 양상부터 살펴볼까요. (화면이 4분할된다. 니겔 로버츠, 배리 코츠, 버논 앨리스는 스튜디오를 배경으로 얼굴이 나오고, 그랜위스 훌라트베리는 파리의 개선문을 배경으로 하고 있다.) 먼저 초대 손님을 소개하겠습니다. 컨설팅 업체 '액센츄어'의 버논 앨리스 회장, NGO인 '세계개발운동'의 배리 코츠 사무총장께서 스튜디오에 나와 계십니다. 또 파리 스튜디오에 나와 계신 그랜위스 훌라트베리(발음을 잘 못함) WTO 대변인이 연결돼 있습니다.

세 분 모두께 질문 드리고 싶은데요. 먼저 현실을 직시할 필요가 있겠습니다. 지난 2년간 자본에 반대하는 시위가 그야말로 폭발적으로 늘어났습니다. 앨리스 회장께서 먼저 말씀해주셨으면 하는데요. 왜 최근 들어 이런 현상이 벌어지고 있는 걸까요? 시위대가 갑자기 거리로 쏟아져나오게 된 원인이 뭐라고 생각하십니까?

 버논 앨리스(액센츄어 회장) 글쎄요, 일단 최근 세계화를 둘러싼 온갖 얘기가 봇물처럼 터져나오고 있죠. 그래서 사람들이 그 배후에 뭔가 '보이지 않는 힘'이 작용하는 것 아닌가 하는 생각을 하게 된 것 같습니다. 액센츄어에서 지역 주민들이 다국적 기업에 대해 어떻게 생각하는지에 대해 여론조사를 한 적이 있습니다. 응답자 대부분이 다국적 기업이 막연히 뭔가 보탬이 될 수 있다는 생각을 하는 것으로 나타났습니다. 저 개인적으로도 다국적 기업이 비즈니스에는 도움이 될 것으로 봅니다만, 이에 대해선 지난주에 얘기했고요. 아무튼 이와 함께 응답자들은 다국적 기업이 자신들과는 너무 동떨어져 있고, 따라서 어떤 일이 벌어졌을 때 책임을 묻기 어렵지 않겠나 하고 우려하기도 했습니다. 제 생각엔 바로 이 부분이 불안감을 만들어낸 것 같습니다. 물론 요즘엔 대단히 극단적인 주장도 많이 나오고 있습니다만, 방금 말씀드린 불안감이 그 근저에 있다고 생각합니다.

니겔 로버츠 배리 코츠 사무총장께선 어떻게 생각하십니까? 시위가 왜 갑자기 급증했다고 보시는지요?

배리 코츠(세계개발운동 사무총장) 크게 두 가지 이유가 있다고 생각합니다. 먼저 다국적 기업들이 '우린 이런 일을 하고 있다'고 주장하는 것과 실제 현실이 너무 크게 차이가 난다는 점입니다.

둘째, 거대기업이 정부 정책에 지나치게 영향력을 행사하고 있다는 점입니다. 제 생각엔 이 부분이 제노바와 관련해 더 중요할 것 같은데요. 세계화 문

제에 관심이 많은 시위대들도 바로 이 문제를 고쳐야 한다고 주장합니다. 보다 공정한 쪽으로 원칙을 바로 세워 거대 기업의 이권만 보장할 게 아니라, 지구촌 시민의 권리를 보장하는 쪽으로 바뀌어야 한다는 거죠. 정부가 기업의 손에 놀아나고 있다는 인식은 사실 대단히 광범위하게 퍼져 있거든요. 이런 상황 때문에 고통받는 건 누구냐, 바로 가난한 사람들, 자연환경, 사회적 취약 계층이 아니겠습니까? 이런 문제는 개별 국가 차원의 정책 문제이기도 합니다만, 또 한편으론 WTO나 세계은행, IMF 등 국제기구를 통해 세계적인 차원의 문제가 되었죠.

🧑 니겔 로버츠 자, 홀라트베리 대변인께서 나설 차례가 된 거 같습니다. 이런 문제를 해결하기 위해 WTO 같은 국제기구가 좀더 적극적으로 나서야 한다는 지적도 있습니다만.

🧑 그랜위스 홀라트베리(WTO 대변인) 뭐, 시위대가 틀린 말 하는 건 하나도 없습니다. 그런데 저는 좀 상대적으로 이 문제를 다룰 필요가 있다고 보는데요. 지구촌 전역에서 빈곤층이 확대되고 있는 것도 맞고, 불평등이 심화되고 있는 것도 맞습니다. 시위대가 주장하는 내용 상당수가 분명 부인할 수 없는 사실이죠. 하지만 시위대의 현실 분석에서 빠진 것이 한 가지 있습니다. 바로 이해도가 대단히 부족하다는 겁니다. 생각해보세요. 거리에 수많은 시위대가 있습니다. 개중엔 이런 사람도 있고 저런 사람도 있겠죠. 온갖 사람들이 시위대에 뒤섞여 있는 겁니다. 그런데 이런 사람들이 엄청난 지식을 축적하고 있는 WTO나 세계 각국의 전문가들과 경쟁하려 들고 있거든요. 우리가 축적한 지식은 이미 1770년대 영국에서 출판된 책에서부터, 아시다시피 18~19세기를

거치면서 인류가 남긴 모든 책에 바탕을 두고 있습니다. 이런 모든 지식을 섭렵했기 때문에 저희는 완전히 확신할 수가 있습니다. 시위대가 정확하게 지적하는 것처럼 일부 문제가 없는 건 아니지만, 그럼에도 자유무역이야말로 모든 소비자들에게 훨씬 나은 삶을 만들어줄 거란 것이죠. (4분할 화면으로 잠시 복귀. 배리 코츠는 '어떻게 저런 말을 할 수 있지'란 표정)

 니겔 로버츠 좋습니다. 그런데 정작 중요한 건, 시위대가 비판하는 게 바로 그 점이라는 거거든요. 자유무역이란 게 전혀 자유로운 무역이 아니라는 점 말입니다. 실제 애덤 스미스가 주장한 것처럼 자유무역이 더 많은 이들에게 더 많은 혜택을 가져다주지 못하고 있다는 거죠. 자유무역이 차별적으로 이뤄지다보니 부자 나라는 더욱 부유해지고, 가난한 나라는 더욱 가난해진다는 거죠.

그랜위스 홀라트베리 글쎄요, 지금까지의 상황은 그렇죠. 가난한 나라 얘기를 하셨습니다만, 저희로서도 가난한 나라에 보탬이 되는 수많은 일을 해왔거든요. 근데, 이게 꼭 뭐랄까, 가족제도와 비슷한 상황이라고나 할까요? 가족제도란 게 이스라엘 사람들이 말하는 것처럼 천지창조의 마지막 날인 제7일부터 존재하지 않았습니까? 빈곤문제도 그렇게 볼 필요가 있습니다.

WTO는 현금이 부족한 나라에 대출도 해주고요. '오염물질 배출권 거래제도'도 실시하고 있죠. 이를 통해 각국은 자국 경제, 아니 생태에 보탬이 되면서도 경제를 망치지 않을 수 있습니다. 비슷한 개념으로 '인권유린 자행권 거래제도' 같은 것도 고려해볼 수 있겠습니다. 끔찍한 인권유린을 자행해온 국가가 사회적 구조를 뒤흔들지 않는 방법으로 인권유린을 중단할 수 있도록 하는 방

안이 될 수 있지 않겠습니까. 뭐, 이런 것들도 저희가 다 하고 있단 말이죠.

 니젤 로버츠 코츠 사무총장께서 하실 말씀이 무척 많으신 것 같습니다. 대변인께서 방금 하신 그런 게 바로 글로벌 무역을 아주 논쟁적인 주제로 만들고 있다고 생각합니다. 바로 그런 인식이 세계 각국의 경제를 망치고 개인의 자유를 앗아간다는 주장이 있거든요. 물론 홀라트베리 대변인의 상사이신 마이크 무어 WTO 사무총장께선 글로벌 무역을 적극 옹호하고 계십니다. 지난해 무어 총장께선 베이징에서 왜 자유무역과 세계화는 대단히 중요할 뿐 아니라 필요불가결하다고 말했습니다. 들어보시죠.

마이크 무어(WTO 사무총장) 향후 30년 안에 지구촌 인구는 20억 명가량 늘어날 것으로 보입니다. 앞으로 인류는 20년 안에 식량 생산량을 지금의 두 배까지 늘려야 하는 상황입니다. 엄청난 기회와 도전이 우리 앞에 놓여 있습니다. 무역과 무역정책이 포괄적인 개발 계획에서 보다 중요한 역할을 수행해야 할 것입니다.

WTO는 현금이 부족한 나라에 대출도 해주고요. '오염물질 배출권 거래제도'도 실시하고 있죠. 이를 통해 각국은 자국 경제, 아니 생태에 보탬이 되면서도 경제를 망치지 않을 수 있습니다

니겔 로버츠 마이크 무어 사무총장이었습니다. 자, 이런 주장이 뭐가 잘못된 건가요?

배리 코츠 현실 세계에서 벌어지고 있는 일과 무관하다는 데 문제가 있는 거죠. 인류 전체를 위한 식량 생산이라고 했는데요, 그 문제만 해도 그렇습니다. 사실 부자 나라는 자국 농민에게 엄청난 농업 보조금을 지급합니다. 미국의 경우 한 해 농가당 2만 달러씩이나 되는 보조금을 지급하거든요. 대부분의 개발도상국 농민들은 한 해 2백 달러 이하의 소득으로 살아가고 있습니다. 그리고 가난한 나라의 농업은 부유한 나라에서 생산한 잉여 농산물이 유입되면서 말 그대로 풍비박산이 나고 있는 상황입니다. 그런 모든 과정을 거대기업이 통제하고 있고요.

WTO가 정말 세계 빈곤 문제를 심각하게 받아들인다면, 지금 하는 것과는 전혀 다른 일을 해야 합니다.

니겔 로버츠 부의 양극화 현상과 관련해 눈길을 끌 만한 통계자료가 공개된 바 있습니다. 세계적인 투자회사 골드먼 삭스의 1년 매출액이 얼마나 될까요? 특별한 이유가 있어 골드먼 삭스를 예로 든 건 아닙니다만, 한해 220억 달러의 매출을 올리고 있답니다. 그럼 탄자니아의 GDP는 어떨까요? 역시 220억 달러랍니다. 차이점이 있다면 탄자니아에선 220억 달러를 2천5백만 명이 나눠야 하지만, 골드먼 삭스에선 161명의 임원끼리만 나누면 된다는 거죠. 이런 식의 불평등이 분명히 존재하고 있고요, 더 넓게 확산될 수도 있다는 점이 문젭니다. 홀라트베리 대변인께 여쭙겠습니다. 이런 지적에 대해 어떻게 생각하시는지요?

 예스맨 프로젝트

홀라트베리 물론 빈부격차가 존재합니다. 하지만 코츠 총장님도 그렇고 반세계화 시위대도 그렇고, 현실에 지나치게 몰입하고 계신 것 같습니다. 사실관계와 통계수치에 지나치게 집착하시는 것 같단 말이죠. (코츠 총장이 기가 막힌다는 듯 입을 반쯤 벌린 채 머리를 좌우로 흔든다.) 전 세계 유수의 대학에 수많은 전문가들이 계시지 않습니까? 그분들은 엄청나게 공부도 많이 하시고, 애덤 스미스부터 밀턴 프리드먼까지 이제껏 나온 모든 저작을 섭렵하신 분들이거든요. 이분들이 완벽한 이론을 바탕으로 확신하는 것이 바로 세상은 점점 좋아지고 있다는 겁니다.

그리고 이런 말씀도 드리고 싶은데요. 이런 건 장기적인 문제고, 결국 교육 문제로 귀결된다고 봅니다. 어쩌면 시위대가 아니라 시위대의 자녀들에게 확신을 줄 수 있는 방법을 찾아야 될지도 모르겠다, 이런 생각이 듭니다. 트로츠키나 로베스피에르, 애비 호프먼 같은 사람들의 얘기를 듣는 대신, 밀턴 프리드먼이나 찰스 다윈 같은 위대한 사상가의 얘기에 귀를 기울여보는 게 더 낫지 않나 하는 생각이 들고요.

또 제 생각엔 이제 방향이 정해진 거 아니겠습니까? 교육을 민간에 맡기는 쪽으로, 민간 부문에 자원을 집중하는 쪽으로 말이죠. 자연스럽게 제가 말씀드린 그런 결과를 이끌어낼 수 있다고 보고요, 앞으로 시위대의 자녀들은 부모 세대와는 전혀 다른 생각을 할 수 있을 것으로 봅니다.

니겔 로버츠 밀턴 프리드먼이 위대한 사상가의 반열에 올랐는지는 미처 몰랐네요. 프리드먼이 주창한 통화중심주의는 1980년대 미국 경제정책을 좌지우지했지요. 그 결과가 어땠는지는 우리 모두 알고 있습니다. 미국 경제가 휘

청거렸으니까요. 코츠 총장님은 어떻게 생각하시는지요?

배리 코츠 저런 식의 단순한 주장은 대부분의 사람들에게 지나치게 모욕적이라는 말씀을 드리고 싶네요. 경제사나 경제철학과 관련해 밀턴 프리드먼이나 반전운동가 애비 호프먼 중에서 선택하라니 말이죠. WTO에서 근무하시는 분들 말고도 세상에는 수많은 전문가들이 있습니다. 그분들 중 상당수가 WTO의 정책이 가난한 나라의 발전에 치명적인 악영향을 끼치고 있다고 보고 있거든요.

경제협력개발기구(OECD)의 모든 회원국—그리고 동아시아 신흥경제국이 경제개발 과정에서—이 과거에 채택했던 것과 똑같은 정책을 현재 개발도상에 있는 국가들은 활용할 수가 없습니다. WTO가 이를 금하고 있기 때문이죠. 그 결과 가난한 나라가 조금씩 부를 축적하는 일 따윈 일어나지 않습니다. 동아시아 일부 국가를 제외하고는 전 세계적으로 빈곤 수준이 더욱 높아지고 있습니다. 아시다시피 동아시아 국가들은 자국 경제를 탄탄하게 만든 연후에 국제시장에 문호를 개방하지 않았습니까? 그런데 지금 벌어지는 상황을 보면, 가난한 나라의 경제가 지나치게 빨리 개방되고 있습니다. 도대체 경쟁을 할 수 없는 상황인데도 말이죠. 그렇다보니 이런 나라들의 국내산업은 거대 자본을 바탕으로 한 외국기업과의 경쟁 과정에서 아예 흔적도 없이 사라져버리고 맙니다.

이런 현상에 대한 명확한 증거는 수없이 많습니다. 결국 WTO 등이 주장하는 무역을 통한 발전이란 건 가난한 나라 국민들에겐 환상에 불과하다는 것이죠.

니겔 로버츠 홀라트베리 대변인의 반응을 들어볼까요?

홀라트베리 (뭔가 메모를 하다가 깜짝 놀라며) 아! 예! 어, 저는 홀라트베리, 아니, 죄송합니다, 코츠 사무총장님이 말씀하신 '달리 생각하는 전문가도 있다'는 얘기에 답변하고 싶은데요. 우리의 사고방식에 직간접적으로 정말 중요한 영향을 끼친 분이 있습니다. 바로 찰스 다윈입니다. 다윈이 이미 증명하지 않았습니까? 자연계를 관찰해보면 한 가지 분명한 게 있다고 말이죠. 그게 뭐죠? 그렇습니다, 바로 세상은 점점 나아지고 있다는 겁니다.

그래서 말입니다. 자연계의 법칙을 받아들여 이를 인간세계에 적용해본다면, 인간세계 역시 앞으로 점점 나아질 것이라는 말씀을 꼭 드리고 싶네요.

코츠 총장님은 다르게 생각하는 전문가들도 있다고 하셨는데, 이렇게 반박하고 싶습니다. 지금 세계에서 힘을 가진 게 누구냐, 결국 누구의 주장이 옳은 것이냐, 그 말이죠. 제가 지금까지 드린 말씀은 WTO는 물론 전 세계의 수많은 정책결정권자들, 그러니까 권력을 쥐고 있는 사람들이 공히 동의하고 있는 바거든요. 이런 측면에서 저는 더이상 논쟁의 여지는 없다, 뭐 이런 말씀을 드리고 싶습니다.

배리 코츠 그러니까 지금 하시는 말씀은 결국 부유하고 권력을 쥔 사람들이 특정한 철학을 신봉하고, 자기들이 강력한 영향력을 행사하고 있는 각종 기구를 통해 이를 관철시키려 하고 있다는 얘기네요. 제 생각은 바로 그런 모델 자체가 논란을 부르고 있다는 겁니다.

그런 체제에 대해 우려하는 사람들이 점점 많아지고 있습니다. 제노바 거리를 가득 메운 사람들, 시애틀에 몰려들었던 사람들, 그들만 전체 반세계화 움직임을 대변하는 건 아니거든요. 그들은 그저 빙산의 일각에 불과할 뿐입니다.

예스맨 프로젝트

작년에 저희 단체에서 개발도상국에 대한 연구작업을 한 일이 있는데요. 세계은행과 IMF가 개발도상국에 부과한, 그리고 WTO가 강제하고 있는 경제 체제를 바꿔내기 위해, 불과 1년 사이에 15차례 시위에 무려 백만 명이 넘는 이들이 참여했다는 점을 말씀드리고 싶습니다.

니겔 로버츠 네, 감사합니다. 아쉽게도 시간이 다 됐습니다. 배리 코츠 사무총장님, 오늘 함께 해주셔서 감사합니다. 그랜위스 홀라트바티(잘못 발음) 대변인과 뉴욕에서 연결에 응해주신 버논 앨리스 회장께도 감사드립니다. 전하는 말씀 보시고, 잠시 뒤 증시 상황 정리하도록 하겠습니다.

제노바

CNBC 스튜디오를 나서면서, 앤디는 불현듯 프랑스 경찰들이 자기를 체포하려고 방송국 밖에서 진을 치고 있을지 모른다는 불안감에 사로잡혔다. 하지만 이번에도 아무 일 없었다. 차가운 파리의 밤공기가 앤디를 맞아줬다. 앤디는 제노바로 가는 열차 시각에 간신히 맞춰 파리 역에 도착했다. 마이크는 이미 제노바에서 시위가 전통적인 방식에서 얼마나 벗어나고 있는지를 목도하고 있었다.

앤디는 G-8 회담 기간을 전후한 일주일 동안 시위대가 숙소로 삼은 경기장에서 마이크를 만났다. 주변을 둘러보니 제노바 시위가 전통적인 시위 방식과는 한참이나 거리가 멀다는 점을 쉽게 느낄 수 있었다. 삼바 밴드가 흥을 돋우는 사이로 키다리 피에로가 껑충거리며 돌아다녔다. 상상력으로 충만한 거리 연극인들의 모습도 보였다. 흰색 오버롤 바지를 맞춰 입은 무정부주의자들은 어디에 쓰려는 건지 거대한 플라스틱 장비를 옮기고 있었다. 동화 속 요정처럼 차려입고 시위에 나서 진압경찰에게 '마법 깃털'을 휘두르는 것으로 유명한 '핑크 블록' 사람들은 은색과 분홍색으로 번쩍이는 왕관을 쓴 채 벨리 댄스를 추고 있었다. 햇볕을 거울로 반사시켜 고대 로마 침략군의 전함을 파괴했던 그리스 수학자 아르키메데스의 신화를 재현하려는 듯 천 개의 거울을 시위대에게 나눠주는 사람들도 있었다. (사실 거울을 나눠준 것은 앤디와 마이크였다. 그 얘기까지 여기서 구구하게 언급할 필요는 없겠다.) 열정과 흥분이 가득했다. 말하자면, 절정에 이른 중세문화의 미학과 뽀뽀뽀 같은 유치찬란의 미학이 기묘하게 교차하고 있었다고나 할까?

 예스맨 프로젝트

렌터카를 몰고 제노바 시내로 들어가 주차공간을 찾기 시작했다. 15분쯤이 흘렀지만 여전히 주차공간을 찾지 못하고 주변 상점이 모두 문을 굳게 닫아건 동네를 맴돌았다.

한 90미터쯤 앞에 상점들이 문을 닫아건 이유를 짐작케 하는 장면이 보였다. 약 삼사십 명쯤 돼 보이는 검은 스웨터와 복면을 쓴 젊은이들이 차량을 부수고 불을 지피고 있었다. 그때 앤디는 드디어 주차할 만한 공간을 찾아냈다. 앤디는 차창을 열고 길쭉한 쇠파이프를 들고 있는 친구에게 소리쳤다.

"스쿠사 메(저, 실례합니다)!" 앤디가 고함을 지르며, 손가락으로 차를 댈 만한 공간을 가리켰다. "오케이, 파르카지오(저기다 주차 좀 해도 될까요)?"

그 친구가 멈춰 서더니 복면을 벗었다. 앤디가 가리킨 곳을 쳐다본 그는 시계를 보더니 어깨를 으쓱했다. "불타(그러시던가)." 그는 "그런데, 거기 차 대면 딱지 뗄 수도 있어"라고 말했다.

"오늘은 괜찮겠죠 뭐. 안 그래요?" 앤디가 혹시나 싶어 물었다. "오지(오늘)?"

그 친구가 갑자기 묘한 웃음을 짓는다. 그는 저 앞에서 차량에 불을 지르고 있는 동료들을 가리켰다. 웬지 분위기가 좋지 않음을 감지했을 무렵, 역시 복면을 한 다른 젊은이가 갑자기 나타나 앤디 일행이 타고 있던 차량의 문을 쾅 소리 나게 닫았다. 그는 앤디가 온 아래쪽 거리를 가리키며 이렇게 외쳤다. "푸오리(꺼져)!"

통역해줄 필요도 없었다. 차를 돌려 일방통행로를 거슬러 내려갔다. 딱지 뗄 걱정은 할 필요도 없었다.

간신히 차를 주차하고 나서 걸어서 움직이기 시작했다. 사방에서 시위대와 경찰이 격렬하게 충돌하고 있었다. 어떨 땐 기자처럼 경찰 저지선 뒤쪽에 있기도 하고, 어떨 땐 경찰이 시위대를 겨냥한 직격탄으로 쏜 최루탄을 피해 몸을 숙이기도 했다. (페인트칠할 때 쓰는 방독마스크와 다이빙용 마스크를 미리 준비한 게 다행이었다.) 어떤 땐 우리 곁에 있는 게 누구인지도 몰랐다. 무정부주의자들처럼 보이던 무리가 갑자기 사복경찰로 돌변하기도 했기 때문이다. 그날 해질 무렵까지 시위대 80명이 다쳐 병원으로 옮겨졌고, 카를로 줄리아니란 친구는 끝내 목숨을 잃었다. 그의 사망 소식이 알려지면서 시위 초기의 낙관론은 사라져버렸다. 우울한 분위기가 시위대 사이에서 빠르게 퍼져갔다. 그날 밤은 추적추적 비가 내렸고, 다친 사람들은 발을 절룩거리며 숙소인 경기장으로 향했다.

애초 본 행사로 예정된 대규모 행진시위가 이튿날 벌어졌다. 30만여 명이 참석해 전통적인 방식으로 행진을 해나갔다. 노동조합 깃발을 앞세우고 단체로 참가한 노동자들도 있었고, 뜻밖에도 종교단체 깃발도 눈에 띄었다. 종교계에서는 G-8 정상들에게 제3세계의 부채를 탕감해줄 것을 요구했다. 그게 그들이 할 수 있는 유일한 도덕적인 일이었다. 전날의 폭력사태를 경험한 바다. 누구랄 것도 없이 모두들 평화적인 시위를 원했다.

그런데 갑자기 행렬 맨 앞에서 거대한 연기가 치솟기 시작했다. 연기가 치솟고 있는 지점 부근에선 사람들이 비명을 지르며 사방으로 흩어졌다. 중무장한 경찰이 거리를 가로막고 시위대를 직접 겨냥해 최루탄을 쏘아댄 것이다. 최루탄이 입이나 목, 코 속이나 눈같이 예민한 부위에 닿으면 정말 고통스럽다. 숨 쉬는 것조차 힘들고 고글을 쓰고 있지 않으면 한동안 앞을 볼 수 없다.

 예스맨 프로젝트

최루탄으로 인한 고통은 시위대를 삽시간에 뒤집어놓았다. 비폭력 시위대를 향해 최루탄을 발사한 경찰은 이내 폭력 진압에 나섰다. 물밀듯이 몰려오는 경찰에 맞서 노동자들은 교통표지판 기둥을 뽑아 휘두르며 퇴각하는 시위대를 보호했다. 주민들은 자기 집 베란다로 나와 최루탄으로 눈물과 콧물로 범벅이 된 시위대에게 생수병을 떨어뜨려주었다.

마침내 시위가 막을 내렸다. 이튿날 떠나기로 돼 있는 것이 다행이었다. 몇천 명이 한꺼번에 경기장에서 잠을 청하는 건 여간 힘든 게 아니었다. 경기장에서 묵은 이틀 밤을 합해도 수면시간은 채 다섯 시간도 안 됐을 것이다. 차라리 해변에서 자는 게 낫겠다는 생각도 했다. 근처 인디미디어 센터에서 마지막으로 이메일을 확인한 다음, 해변 모래사장에 자리를 잡기 위해 차를 몰았다. 언덕길을 내려오는데 경찰 차량 20여 대가 언덕길을 올라가고 있었다. 차를 몰고 있는 경찰들은 자기들끼리 이탈리아어로 구호를 외치며 주먹을 위아래로 흔들어대고 있었다.

한 시간 반쯤 지났을까? 깜빡 잠이 들 무렵이었다. 경찰이 인디미디어센터에 들이닥쳐 남아 있던 사람들에게 무차별 폭행을 가했다는 얘기가 전해졌다. 자리를 박차고 일어나 언덕길을 내달려 현장으로 갔다. 도착해보니 길 건너편 학교 건물에서 응급구조대가 들것으로 부상자를 끊임없이 실어내고 있었다. 우리가 해변을 향해 내려올 때 차를 몰고 올라가며 구호를 외치던 그 경찰들이 가장 먼저 덮친 것은 인디미디어센터였다. 조금만 늦었더라면 우리도 그 자리에 있었을 거다. 경찰들은 컴퓨터를 부수고 비디오테이프와 디스켓을 '압수'한 뒤 시위대 몇백 명이 숙소로 사용해 온 인디미디어센터 건너편 아르만

예스맨 프로젝트

도 디아즈 학교로 쳐들어갔다. 문짝을 부수고 안으로 난입한 경찰은 파시스트 군가를 부르며 안에 있던 시위대를 곤봉과 군홧발로 무차별 구타했다. 일부는 침낭 안에서 잠을 자고 있다가 변을 당했다고 한다.

뭇매를 맞은 시위대는 뼈가 꺾이고, 이빨이 부러지고, 두개골에 금이 갔다. 응급상황에 익숙한 구조요원들도 시위대의 부상 정도에 놀란 듯 창백한 모습이었다. 한 구조요원은 부상이 심한 몇몇은 목숨을 잃게 될 수도 있다고 털어놨다. 실제 중상자 두 명은 거의 죽을 뻔했다. 병원 신세를 진 인원만 61명에 이른다. 이들 대부분은 치료를 마친 뒤 경찰서로 끌려갔다. 당시 조사를 받은 사람들은 경찰서에서 더 맞았고, 모욕당했고, 파시스트 군가를 부르도록 강요당했다고 입을 모았다.

학교 건물 안으로 들어가 조용히 둘러보았다. 바닥에 피가 흥건했다. 피로 찌든 빈 침낭은 그 안에서 잠을 청하던 이가 무슨 짓을 당했는지를 알려준다. 벽에도 피칠갑이 돼 있었다. 만신창이로 두들겨 맞은 시위대가 아래층으로 끌려가면서 남겨놓은 흔적일 터다. 경찰이 습격했을 때 요행히 몸을 숨긴 서너 명은 여전히 발작하듯 흐느끼고 있었다. 몇몇 사람들은 옥상을 향해 소리를 지르고 있었다. 옥상으로 도피한 사람들에게 경찰이 정말로 철수했다는 점을 확인시켜주는 것이었다.

이튿날 차를 몰고 길을 나섰다. 기름을 넣기 위해 들른 주유소 한켠의 선물코너에서 파시스타당 창설자인 베니토 무솔리니의 흉상을 버젓이 팔고 있었다. 이탈리아에 대한 우리의 마지막 인상이었다.

MEN

섬유무역의
세계화를
위해

프랑스로 돌아온 우리는 저녁을 먹기 위해 길가 작은 식당에 들렀다. 제노바를 떠나온 뒤 그곳에서 목도한 끔찍한 장면에 대한 얘기 외에는 달리 할 수 있는 말이 없었다. 하지만 이제 다른 문제에 관심을 쏟아야 한다. 다시 WTO 대표단 행세를 해야 할 때까지 겨우 3주일이 남았기 때문이다. 이번엔 핀란드 캄페레에서 열리는 국제회의에서 WTO의 '행크 하디 운루' 씨가 '미래의 섬유산업'을 주제로 기조연설을 하기로 돼 있었다.

오스트리아 잘츠부르크에서 열린 회의에 참석할 때만 해도 우리가 저지른 짓에 안 좋은 결과가 뒤따를 것이라고 예상했다. 그저 오랜 세월 감옥에 갇히거나 제노바의 시위대처럼 무참히 두들겨 맞아 머리가 짓이겨지지는 않았으면 좋겠다고 생각하고 있었다. 어쨌든 뭔가 응분의 대가를 치르게 될 것이라 생각했다.

파리에서 생방송에 출연하기 전에도 마찬가지였다. 우리가 말도 안 되는 소리를 지껄이면 최소한 프로듀서가 방송을 중단시키거나 다른 조치를 취할 것으로 생각했다. 아니었다. 수고했다는 소리까지 들었고, 방송 내용을 녹화한 테이프를 자료용으로 보내주겠다고 했다.

이번엔 제대로 해야겠다고 다짐했다. 정말 말도 안 되는 짓을 할 참이었다. 아무도 참고 들어주지 못할 만큼 말이다.

2주일 전쯤에 미리 무슨 짓을 하는 게 좋을지도 생각해뒀다.

드디어 주문한 음식이 도착했다. 뭔가 만사를 잊어버릴 수 있게 해줄 만한 게 필요했던 앤디는 '테트 드 보(tete de veau)'를 시켰다. 메뉴에 있는 음식 중에 제일 역겨워 보이는 이름이었기 때문이다. "그건 송아지 머리로 만든 건데

요?" 웨이터가 '정말 그걸 시킬 거냐'는 듯 되물었다. '먹을 수나 있겠느냐'는 표정이었다.

기름기가 많아 끈끈하고 걸쭉해 보이는 소머리 요리를 테이블에 놓기 전에, 웨이터는 앤디 앞에 서서 요리가 담긴 접시를 앞뒤로 살살 흔들었다. 단 한 번도 맡아보지 못한 냄새가 코를 찔렀다. 역겹다는 표현도 어울리지 않을 정도로 이상한 냄새가 났다. "정말 이거 드실 거예요?" 웨이터는 '못 먹겠지?'라고 놀리는 듯 말했다. 앤디가 서글픈 표정으로 고개를 끄덕였다. 웨이터는 할 수 없다는 듯 테이블에 요리를 올려놓았다. "드신답니다!" 웨이터는 주방을 향해 큰 소리로 외쳤다. 아마도 앤디가 정말 먹느냐 마느냐를 놓고 자기들끼리 내기라도 한 모양이다.

마이크가 시킨 요리도 별반 나을 건 없었다. 방울양배추(브뤼셀 스프라우트)를 쌓아올린 위에 길이 15센티에 두께는 7센티쯤 돼 보이는 황금빛 소시지가 덩그러니 올려져 있었다. 마이크가 희망 섞인 눈빛으로 이렇게 말했다. "그래도, 핀란드에 가면 뭔가 먹을 만한 게 있지 않을까?

날짜: 2001년 6월 19일 화요일 12시19분58초 +300

보낸 사람: ////////////////

받는 사람: hhunruh@gatt.org

제목: [알림] 운루 선생님께 : 섬유의 미래

운루 선생님께

핀란드 탐페레에서 오는 8월 우리 대학이 주최하는 '섬유의 미래'에서 강연을 해달라는 저희의 제안을 수락해주셔서 감사합니다. 행사와 관련해 필요한 모든 정보를 전달받으셨기를 바랍니다. 미리 강연 원고를 보내주시면 행사에 앞서 자료집을 준비하는 데 큰 도움이 되겠습니다. 7월 15일까지만 보내주시면 됩니다. 아울러 회의 참가신청서 작성을 부탁드립니다. 호텔 예약에 필요하니 작성하시는 대로 회의 사무국 쪽으로 보내주시기 바랍니다.

기타 문의 사항이 있으시면 주저 마시고 저나 회의 사무국(////////////////)으로 연락주십시오. 회의 공식 홈페이지에도 관련 정보가 있으니 참조 바랍니다.

(http://www.Tut.fi/units/ms/teva/future/)

감사합니다.

탐페레 공과대학

////////////////

 예스맨 프로젝트

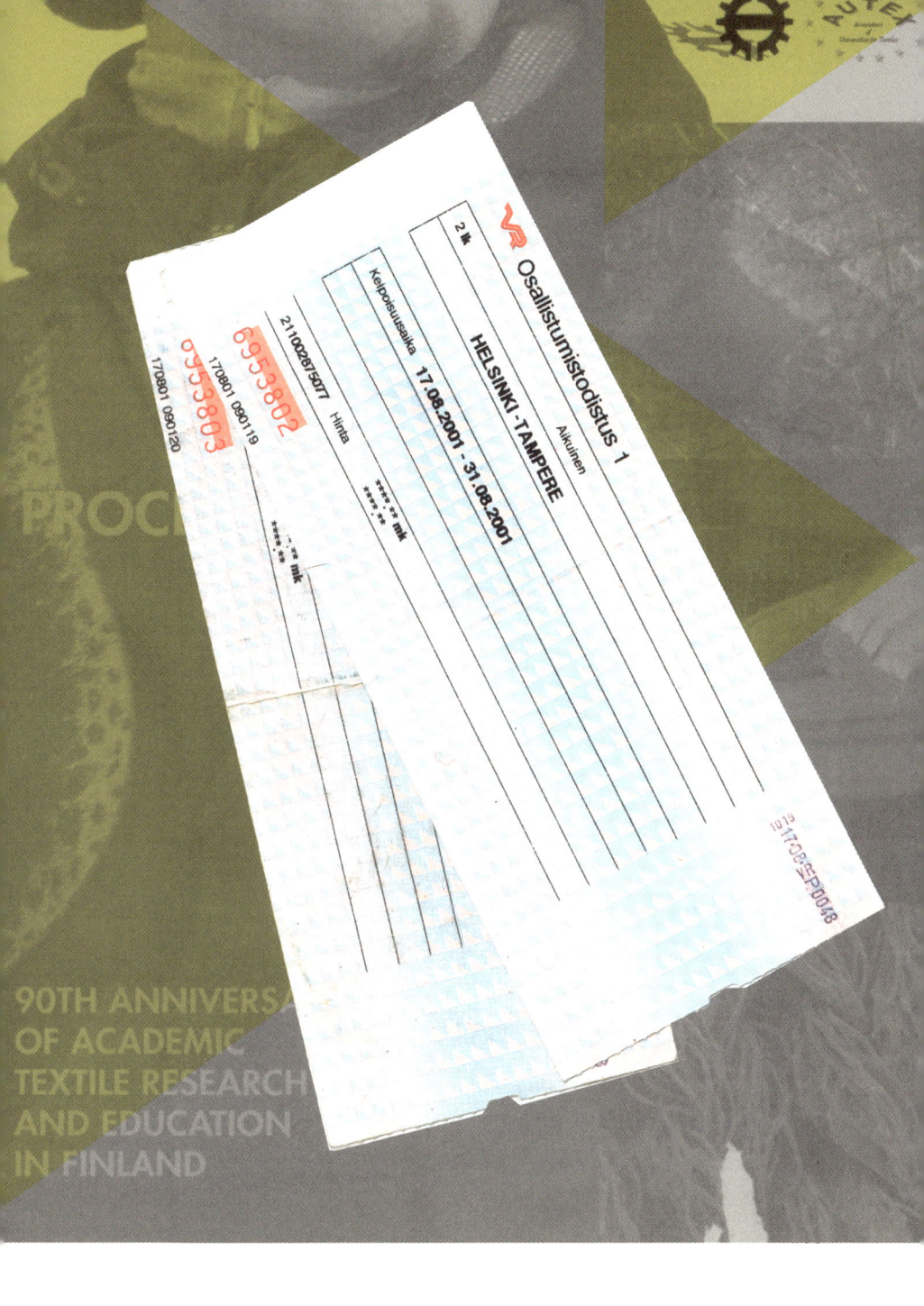

PROC[...]

90TH ANNIVERSARY
OF ACADEMIC
TEXTILE RESEARCH
AND EDUCATION
IN FINLAND

이 강연은 2001년 8월 18일부터 21일까지 핀란드 탐페레의 탐페레 공과대학에서 열린 '섬유산업의 미래'를 주제로 한 국제회의에서 '행크 하디 운루'란 인물이 기조연설로 발표한 내용이다. 의학에서 국방 분야에 이르기까지 150여 명의 세계적인 연구자들과 기업인, 고위 공직자와 유명 학자들이 청중석을 가득 메웠다.

섬유무역의 세계화를 위해

탐페레에 오게 된 것을 영광으로 생각합니다. 더구나 세계에서 가장 탁월한 섬유인들 앞에서 강연을 하게 돼 매우 기쁩니다. 청중석을 둘러보니, 다우 케미컬과 덴켄도르프, 렌징 등 섬유산업에서 소비자 만족도가 가장 높은 기업에서 오신 분들도 계시네요. 유럽연합 집행위원회와 유럽 의류 섬유연맹 (Euratex)을 비롯해 기업 사회의 시민들을 위해 규제완화에 애쓰고 계신 중요한 정치기구에서 오신 분들도 계십니다. 또한 기업과 손을 잡고 번영의 미래로 나아가고 있는 세계 유수의 대학에서 오신 교수님들도 보입니다. 공익기금을 지원받아 탁월한 섬유소재를 개발해서 이윤과 진보를 위해 소비자에게 판매하도록 노력하고 계신 분들이죠.

저는 오늘 여러분 모두의 표정에서 깊은 감동을 받았습니다. 섬유산업이 맞닥뜨린 가장 큰 문제에 대한 해결책을 찾아내고 말겠다는 어린아이와도 같은 열정이 느껴집니다. 동시에 우리가 찾아낼 해결책의 일부는 쉽지 않은 일이 될 것이며, 우리가 알지 못하는 미래로 나아가도록 배전의 노력을 기울여야 한다는 점을 깊이 이해하고 계시다는 점도 알 수 있게 됐습니다. 물론, 그로 인해 벌어들일 수 있는 경제적 이익은 예외로 하고 말이죠.

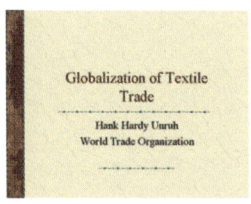

 예스맨 프로젝트

그럼 WTO는 이 과정에서 어떤 역할을 할 수 있을까요? 쉬운 질문입니다. WTO는 여러분의 투자가 경제적 이익으로 연결될 수 있도록 돕고 싶습니다. 보호무역주의든 물적 자산에 대한 직접적인 위해든 간에, 여러분의 경제활동에 장애가 있을 때면 WTO가 나서서 이런 장애물이 여러분의 경제활동을 방해하지 못하도록 확실히 지원하고자 합니다.

우리가 원하는 게 뭐죠? 바로 기업주와 주주들에게 최대한 이익이 되는 자유롭고 개방적인 세계경제입니다. 언제 이런 체제를 만들어내야 할까요? 바로 지금 당장입니다.

WTO가 하는 일

물론 자연계와 마찬가지로 시장은 스스로 문제를 해결할 수 있습니다. 찰스 다윈이 말한 것처럼, 자연계를 관찰해보면 한 가지 분명한 점을 발견하게 됩니다. 모든 일은 결국 잘 풀려간다는 거죠. 그리고 자연계의 법칙을 고스란히 인간세계에 도입해보면, 결국 모든 일이 잘 풀려갈 것이란 점을 알 수 있습니다.

하지만 야생동물도 때로 도움이 필요합니다. 우리 모두도 그렇죠. 시장도 마찬가집니다. 때로 약간의 도움이 긴요할 때가 있지요. WTO는 바로 그런 도움을 주기 위해 만들어진 조직입니다. WTO의 역할은 도움의 손길을 가장 필요로 하는 쪽에 시장이 도움을 줄 수 있도록 지원하는 겁니다. 그게 어디죠? 네, 바로 기업입니다.

이를 위해 WTO는 여러 가지 방법을 동원하고 있습니다. 모두 기업 모델에서 배워온 겁니다. 로비를 예로 들어볼까요? 저희는 기업이 운용해온 '게릴라 마케팅' 기법을 도입했습니다. 시간과 장소에 구애받지 않고 청소년들이 많이 모인 공간에 불쑥 찾아가 시장 자유화의 중요성을 설명하는 식이죠. 물론 우리의 정체는 밝히지 않고 말입니다.[1] 사례는 무궁무진합니다.

그리고 미래에 대비해 보다 세련된 대안도 염두에 두고 있습니다. 앞으로 20분 안에, 경영진의 최대 고민거리 두 가지에 대해 WTO가 자체 개발한 해법을 공개하겠습니다. 멀리 떨어진 노동자들과 긴밀한 유대관계를 유지하면서도, 건강한 삶에 필요한 일정한 수준의 여가를 즐길 수 있도록 하는 방법입니다. 더구나 이 해법이 섬유에 기반한 것이란 점에서 이 자리에서 발표하는 게 대단히 적절할 것 같네요.

노동력이 문제다 : 어떻게?

그런데 노동자들이 어쩌다가 이렇게까지 중요한 문제가 됐을까요? 말씀드린 해법을 공개하기에 앞서 우선 노사관계 문제의 역사에 대해 잠깐 말씀드리겠습니다.

산업화 이전 단계의 노동자에서 시작해 수입된 노동자 모델로, 다시 수입된 노동자 모델에서 원거리 노동력 모델로, 그리고 마지막으로 지금 현재 우리가 지나고 있는 원거리 노동력 모델에서 실제 효과가 있는 원거리 노동력 모델로

---

1) '윈루 박사님'께서 염두에 두고 계신 건 앞서 제1장 각주5에 나온 '인조잔디' 기법이다.

예스맨 프로젝트

의 이행에 대해 따져보겠습니다. 노동력의 변천사를 따라가다보면, 우연치 않게도 매 이행기마다 섬유가 중심적 역할을 수행했음을 알 수 있습니다.

그럼 경영의 역사를 되돌아보는 여행을 시작하겠습니다. 첫번째로 둘러볼 곳은 1860년대 미국입니다. 당시 미국은 남과 북으로 갈려 한창 내전중이었죠. 이 전쟁에 대해선 우리 모두 잘 알고 있습니다. 미국이 지금까지 치른 전쟁 중 사상자는 가장 많았지만 이윤은 가장 적었던 게 바로 남북전쟁입니다. 그리고 그 전쟁에서 믿기 힘들 정도로 막대한 자금이 다름아닌 섬유업계로 쏟아들어 왔습니다. 물론 남북전쟁이 유명한 이유는 따로 있습니다. 당시 전쟁으로 중 앙집권적이고 위계적인 경영 모델이 보다 분산되고 유연한 모델로 바뀌었다는 평가를 받고 있지요. 일종의 '히피 혁명'이라고 할까요? 아무튼 남북전쟁이 이렇게 경영의 패러다임을 바꾸는 데 결정적인 역할을 한 것으로 알려져 있죠. 잠시 뒤 이런 생각이 얼마나 잘못된 것인지 논의하겠습니다만, 우선 약간

의 배경을 알아보겠습니다.

믿거나 말거나, 미국인들조차 남북전쟁의 진정한 원인에 대해 아는 사람은 많지 않습니다. 당시 사람들이 왜 정말 싸우고, 죽고, 엄청난 돈을 쏟아부었는지에 대해 말이죠. 대답은 간단합니다. 놀랄 것도 아닙니다. 한 가지 단어로 모아집니다. 바로 '자유' 때문이었습니다.

1860년대로 접어들면서 미국 남부 지역에선 말 그대로 현금이 넘쳐났습니다. 목화에서 씨를 빼는 장치인 '씨아(cotton gin)'가 개발되면서 급속도로 산업화가 이뤄졌기 때문입니다. 자기가 태어난 나라에선 실업자로 빈둥거리던 수십만 노동자들이 미국으로 와 섬유산업에서 좋은 일자리를 얻게 됐죠. 이렇게 자유와 이익이 넘쳐나는 장밋빛 상황을 가로막은 것이 있었으니…… 누굴까요? 바로 북부 사람들입니다.

남부 사람들은 당연히 가장 싼 값에 산업장비를 구입하고 싶어했습니다. 그리고 가장 높은 가격을 쳐주는 쪽에 면화를 팔고 싶어했죠. 바로 영국입니다. 하지만 북부 쪽에선 남부가 이런 '자유'를 구가해선 안 된다고 생각했습니다. 남부는 북부와 사업을 해야지, 다른 곳과 해선 절대 안 된다는 거죠.

북부 사람들은 정부의 다수를 장악하고 있다는 점을 이용해 남부 지주들을 수탈했습니다. 저렴한 가격의 제품을 선택할 자유를 박탈했죠. 당연히 남부 사람들은 격노했습니다. 여러분도 선택의 자유를 박탈당하면 몹시 화가 날 겁니다. 그러니, 완벽히 훌륭했던 시장이 끔찍하고 이익도 없는 전쟁으로 내몰리게 된 것은 관세를 동원해 남부의 선택권을 제한한 북부의 권력 남용 때문이었습니다.

예스맨 프로젝트

남북전쟁이 노예제를 폐지시켰다고?

남북전쟁의 정당성을 주장하는 사람들은 흔히 이렇게 말합니다. 수많은 문제점이 있긴 했지만, 남북전쟁을 통해 최소한 '비자발적 수입 노동력'이 법으로 금지됐다고 말이죠. 물론 '비자발적 수입 노동력'을 활용하는 건 끔찍한 일입니다. 저 또한 노예제 폐지론자거든요. 하지만 다시 생각해보죠. 외부에서 개입하지 않고 내버려뒀더라도 결국 시장이 노예를 보다 '합법적이고 깨끗한' 노동력으로 대체했을 것이라는 점에는 의심의 여지가 없습니다.

제 주장을 증명하기 위해 앨버트 아인슈타인이 '사고 실험'이라 불렀던 방식을 활용하고자 합니다. '비자발적 수입 노동력'이 금지되지 않았다면 어땠을까 상상해보죠. 노예제도가 지금껏 남아 있고, 누구나 노예 한 명쯤 두는 게 그리 어렵지 않은 상황이라고 가정해보는 겁니다. 여러분 생각엔 이윤이 남는 수준에서 노예를 두고 생활하는 데 비용이 얼마나 들 것이라고 생각하세요? 이를테면, 이곳 탐페레에서 말입니다.

계산해볼까요? 핀란드에선 옷 한 벌에 최소한 50달러는 하죠. 하루 두 끼 맥도널드에서 식사를 하면 10달러 안팎이 듭니다. 제일 싼 방을 구한다고 해도 집세로 한 달에 250달러는 내야 합니다. 노예가 제 기능을 하려면 의료비용도 들겠네요. 노예의 '원산지'가 많이 오염된 곳이라면 의료비용이 꽤 많이 들 겁니다. 참, 어린이 노동이 금지돼 있으니 젊은 노예는 아예 시장에서 구할 수 없겠네요.

자, 이제 그 노예가 자기 나라에 그대로 머물러 있으면 어떨지 생각해볼까요? 예를 들어 가봉 같은 곳에 말입니다. 가봉에선 10달러면 하루가 아니라 2주일간 음식값이 해결됩니다. 250달러면 한 달이 아니라 2년간 집세 걱정을 하지 않아도 되죠. 50달러면 값싼 옷을 일평생 입을 수 있는 돈입니다. 의료비 역시 훨씬 저렴하죠. 게다가 말입니다만, 어린이 노동에 제한을 두지 않으니 젊은 노동력을 싼 값에 고용할 수도 있죠.

이런 '원거리 노동 시스템'의 가장 큰 수혜자는 바로 노예 자신입니다. 가봉에 선 노예를 해방시키지 말아야 할 이유가 전혀 없거든요! 왜냐? 노예가 없어지더라도 이를 보충할 인력을 수송해오는 데 전혀 돈이 들지 않기 때문입니다. 그러니 설령 노예가 탈출을 감행하더라도 잠재적 손실이란 건 누구나 금방 배울 수 있는 탈출 노예의 초보적인 직무능력 정도가 고작이죠. 그러니 노예를 자유롭게 해줘도 되고요, 이렇게 해방된 노예는 노동자로 살아가게 된다 이 말입니다. 다른 곳으로 옮겨져 향수병에 시달리거나 인종차별을 겪지 않고, 자기가 태어난 고장에서 계속 살아갈 수 있는 거죠.

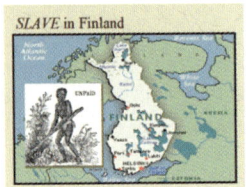

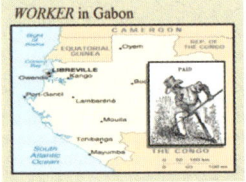

이 작은 '사고 실험'을 통해 이제 분명해진 것 같습니다. 1860년대 미 북부와 남부가 그저 시장에 모든 것을 맡겨놓았다면 노예제가 언젠가 보다 효율적인 방식으로 바뀌었을 것이라는 점은 확실합니다. 이 문제로 강제로 처리하려다 보니 북부는 남부 쪽에 끔찍한 불의를 저지르게 된 것뿐 아니라, 노예제가 자연스럽게 원거리 노동으로 바뀌어갈 수 있는 가능성까지 차단해버린 셈이 됐습니다.

다행스럽게도 심각한 문제를 해결할 수 있는 시장의 힘을 이해하고 있는 건 비단 WTO뿐만이 아닙니다. 조지 부시 미국 대통령의 발언을 인용하고 싶은데요. 지난 2001년 4월 캐나다 퀘벡에서 열린 미주정상회의에서 부시 대통령은 이렇게 말했습니다. "자유무역은 민주주의를 장기적으로 보전하는 데 중요한 자유로운 태도를 강화시킨다."[2] 오늘날의 지도자들이 이해하고 있는 바를 1860년대 지도자들도 이해하고 있었다면, 남북전쟁은 결코 일어나지 않았을 겁니다.

원거리 노동의 문제점

자, 이제 '현대식' 원거리 노동 모델에 대해 살펴볼까요? 중앙집권화했던 노동력이 분산됐다는 측면에서 수입 노동력 모델에 비해 훨씬 효율적이긴 합니다만, 원거리 노동 모델은 경영 측면에서 훨씬 복잡합니다.

2) 조지 부시 전 대통령이 2001년 4월 21일 퀘벡 정상회담에서 한 연설
전문은 www.tpa.gov/infodocs/tpa-potus.html에서 볼 수 있다.

기업의 본사는 뉴욕이나 홍콩, 핀란드의 에스포 같은 곳에 있지만, 노동자들은 가붕이나 랑군, 에스토니아 같은 곳에서 일하는 세상입니다. 경영자로선 먼 거리에 떨어져 있는 노동자들과 어떻게 원활한 관계를 유지하느냐 하는 것이 중요한 문제입니다. 어떻게 하면 멀리 떨어져 있는 노동자들이 지속적으로 열심히 일할 수 있도록 하느냐, 이런 게 중요해지는 것입니다.

우선 반례부터 살펴보겠습니다. 멀리 떨어진 곳에서 일하는 노동자들에게 경영자가 관심을 갖지 않고, 해서 노동자들의 불만이 극도에 이르면서 노동력의 기반을 아예 상실해버린 경우입니다. 이 사례를 통해 앞으로 이와 같은 재난을 피할 수 있는 반면교사로 삼을 수도 있을 것입니다.

19세기 영국은 비슷한 시기 미국 남부와 마찬가지로 호황을 구가하고 있었습니다. 현금과 잠재력, 자유가 넘쳐났습니다. 목화씨를 빼내는 '씨아'를 개발하면서 미국 남부가 흥청거렸던 것처럼 영국에선 이즈음 방적기(spinning jenny)가 개발됐습니다. 방적기를 이용해 목화에서 실을 뽑아내 바로 완성된 섬유를 만들어낼 수 있게 되면서, 영국은 곧 의류 대량생산 체제를 갖추게 됐습니다.

미국 남부와 마찬가지로 이제 영국에 필요한 것은 새 장비에 맞춰 원자재를 생산해낼 노동력을 확보하는 것이었습니다. 영국은 현대식 접근법을 택했습니다. 비싼 비용을 치르면서 노동자를 수입했던 미국 남부와 달리, 영국은 이미 노동자가 살고 있는 곳에서 일자리를 창출했죠. 바로 인도입니다.

하지만 초기부터 바로 문제가 불거졌습니다. 인도는 몇천 년 전부터 세계에서 가장 질 좋은 면직물을 생산해온 나라였습니다. 영국 산업에 원자재나 대

주는 신세가 되자, 노동자들은 모욕감을 느끼게 됐습니다.

이들 오합지졸을 말 그대로 달아오르게 만든 사람이 있었으니, 그가 바로 모한다스 간디였습니다. 뭐, 호감이 갈 만한 좋은 사람이기는 했습니다. 그저 동포를 돕고 싶은 마음에서 나선 거겠죠. 하지만 간디는 열린 시장과 자유무역이 얼마나 큰 혜택을 가져올 수 있는지 알지 못했습니다. 간디는 '자력갱생'을 강조했는데요. 인도도 얼마든지 부강한 나라가 될 수 있고, 이를 위해 고대의 섬유생산 방식을 새롭게 배울 필요가 있다고 주장했습니다. 이런 게 바로 보호무역주의 아니겠습니까.

이 사례에서 경영 측면에서 배울 점은 뭘까요? 인도 사례에서 가장 큰 문제점은 바로 경영자들의 노동자에 대한 이해도가 심각하게 떨어져 있었다는 점입니다. 약간의 조정만 있었다면 영국 경영자들은 인도를 현대화의 길로 이끌 수도 있었습니다.

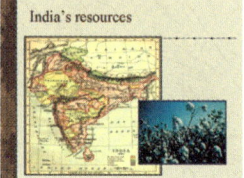

예를 들어보겠습니다. 간디와 그를 따르던 반세계화 운동가들은 집에서 자기 옷을 직접 만들어 입었습니다. 자기들이 보기에 강압적인 면화무역으로부터의 독립을 상징하는 행동이었죠. 누구나 지적할 수 있겠습니다만, 영국에 있는 경영진들이 현지 노동자들의 우려에 대해 충분히 알고 있었다면 분명히 적절한 대응책을 내놓을 수 있었을 겁니다. 당시 인도인들이 그렇게나 선호하던 집에서 만든 것 같은 스타일의 옷을 생산해 내놓을 수도 있었을 것이고요. 실제 요즘엔 그런 옷이 상당히 많은 의류 판매 카탈로그에 등장하지 않습니까. (1968년 스튜어트 브랜드가 창간해 히피 문화의 상징이 된) '홀 어스 카탈로그' 같은 데 말입니다. 하지만 영국인들이 그 당시 이런 관점을 갖고 있었을 리 없었겠죠. 당연히 아무 일도 해내지 못했습니다.

인도는 지금껏 보호무역주의라는 간디의 유물에서 완전히 벗어나지 못하고 있습니다. 마이크로소프트의 빌 게이츠 회장이 최근 인도를 방문해 이런 상

황을 정말 잘 정리해줬는데요. 게이츠 회장은 이렇게 말했습니다. "인도는 거대한 도전에 직면해 있다. 특히 좋은 뜻에서 만든 법률이 기업운영을 방해하고 있다. 이를테면, 노동자 해고나 기업 도산 같은 게 법으로 금지돼 있다. 기술과 함께 정치 및 경제 시스템이 현대화된다면 인도의 진보는 가속화할 것이다."[3]

원거리 노동이 실효를 거두려면

영국인들이 인도를 놓친 것이야 당시 수준이 그랬으니 할 수 없다 쳐도, 우린 그럴 수가 없죠. 요즘은 세계 인구의 상당수가 자기들이 상상 속에서 만들어낸 세계화의 문제점 때문에 끓어오르기 직전인 상황 아닙니까. 세계인의 상당수가 간디가 느꼈던 감정을 느끼고 있을지 모르는 상황이고, 어쩌면 극단적인 행동을 할 수도 있는 시점입니다. 그러니 가능한 모든 자원을 활용해 시장이 기업을 도울 수 있게 지원해야 합니다. 자연계에서처럼 인간사회에서도 모든 게 잘돼가도록 만들어야 합니다.

활용가능한 모든 정치적 수단을 동원해야 합니다. 로비 같은 것도 괜찮죠. 다시 말씀드립니다만, 특정 연령대를 겨냥한 마케팅으로 미래 세대의 관점을 바꿀 수도 있습니다. 비생산적인 일과 인물에 관심을 가지던 어린이들이 보다 생산적인 일과 인물에 관심을 갖도록 바꾸는 과정에서 시장은 교육 민영

---

3) 빌 게이츠 회장의 발언 내용은 www.microsoft.com/billgates/columns/1997q&a/QA970409.asp에서 자세히 살펴볼 수 있다.

 예스맨 프로젝트

화 등의 형태로 든든한 동맹군이 되어줄 수 있습니다. 우리도 이 과정에 도움을 줄 수 있을 것입니다.

하지만 이 모든 것보다 더욱 중요한 것은 바로 경영 현장의 효율성입니다. '또 다른 인도'의 출현을 막기 위해선 경영진이 멀리 떨어져 있는 노동자들과 지속적으로 접촉해야 합니다. 지속적인 접촉이 지적인 측면에서만 이뤄져선 곤란합니다. 모든 수단을 동원해 지속적인 접촉이 이뤄져야 합니다. 특히 감성적인 접근이 중요합니다. 경영진은 자기 노동자들과 반드시 직접적이고 본능적인 접근을 해야 합니다. 노동자들의 요구를 본능적으로 감지해내야 합니다.

이제 오늘날 경영진들이 맞닥뜨린 두 가지 난제를 풀기 위해 WTO가 마련한 시제품 형태의 해법을 공개할 시간이 됐습니다. 아시다시피 아무리 효율적으로 업무공간을 디자인하고 탁월한 경영자가 그곳을 운영하더라도 모든 노동자의 움직임을 일일이 파악하기란 쉽지 않습니다. 그러니 노동자들과 훨씬 긴밀한 관계를 유지하기 위해선 뭔가 다른 해법이 필요할 수밖에 없습니다. 원거리 노동의 경우는 특히 그렇죠.

운루 박사가 연단 뒤에서 앞으로 걸어나온다. 이제 청중은 그의 모습 전체를 볼 수 있게 되었다.

마이크, 준비됐죠?

마이크가 운루 박사를 따라나온다. 운루 박사의 양복 가슴 부분과 가랑이 부분을 움켜쥐더니, 한번에 확 잡아당긴다. 운루 박사의 몸이 앞으로 끌려나올 정도다. 단번에 양복을 찢어 벗겨냈다. 운루 박사가 양복 안에 입고 있던 몸에 딱 달라붙는 황금빛 보디슈트가 드러났다. 균형을 잡은 운루 박사는 의기양양하게 청중을

향해 손을 들어 보인다. 박수가 터져나온다.

아~ 훨씬 낫네요! 이게 '경영자 여가복(MLS)'입니다. 이게 바로 오늘날 경영자들이 고민하고 있는 두 가지 난제에 대한 WTO의 해법입니다. 멀리 떨어져 있는 노동자들과 긴밀한 유대관계를 맺는 한편, 경영자 자신의 건전한 정신 건강을 유지하는 데 필요한 일정한 여가를 즐길 수 있도록 고안된 것이죠.

여가복이 어떻게 작동하는지 궁금하시겠죠? 아주 편안하다는 점 **빼고** 말이죠. 이게 실제로 굉장히 편안하다는 점은 제가 보장합니다. 자, 그럼 여가복의 중요 성능을 알아볼까요?

운루 박사가 허리를 굽혀 가랑이 사이에 있는 낙하산 줄 같은 걸 확 잡아당긴다. 아무런 반응이 없다. 다시 당긴다. 소용없다. 두번째 낙하산 줄을 당긴다. 이번엔 변화가 있다. 쉬쉬식! 바람 들어가는 소리가 나면서 남성 성기 모양의 물체가 순식간에 부풀어오르며 운루 박사의 얼굴을 강타했다. 1미터는 족히 돼 보이는 황금색 남근을 위풍당당하게 앞세운 운루 박사는 청중을 향해 다시 한번 손을 들어 보인다. 더 큰 박수가 터져나온다.

이게 바로 '종업원 투시 보조기(employee visualization appendage)'입니다. 엉덩이에 차고 언제든 즉석에서 부풀려 쓸 수 있도록 설계됐습니다. 핸즈프리 기

능도 내장돼 있습니다. 경영자는 노동자들의 움직임을 직접 살펴볼 수 있고요, 한 사람 한 사람에 대한 관련 정보도 받아볼 수 있습니다. 정확한 노동의 양과 질에 대한 신호정보가 영상과 함께 직접 경영자에게 전달됩니다. 경영자의 앞뒤에 장착된 전기채널을 통해서 말이죠. 노동자들에게도 눈에 띄지 않을 정도로 자그마한 칩을 인도적으로 어깨 부위에 장착합니다. 이를 통해 모든 관련 정보가 경영자에게 직접 전달되죠. '경영자 여가복'이야말로 유례없는 수준에서 기업 내 토털 커뮤니케이션을 가능하게 함으로써 기업을 진정한 일심동체로 만들어줄 겁니다. 경영 측면도 대단히 중요합니다만, 이에 못지않게 중요한 성과가 있습니다. 바로 '경영자 여가복'의 여가적 측면이죠.

미국에선 지난 1970년대 이후 여가'다른 말로 하면 자유가 되겠지요'시간이 지속적으로 줄어들고 있습니다. 1973년 수준의 삶을 꾸려나가기 위해 미국인들은 현재 1년에 6주 이상 더 일해야 하는 상황입니다.[4] '경영자 여가복'은 경영자들이 어디서든 일할 수 있도록 함으로써 이런 경향을 뒤집을 수 있도록 해줍니다. 모든 장소가 동일합니다.

'경영자 여가복'은 물론 경영자와 노동자들에게도 보탬이 됩니다만, 기업경영 이외의 활용 방안도 무궁무진합니다. 이를테면 '경영자 여가복'의 '투사 보조기' 기능을 활용해 저는 반세계화 시위대의 모습을 직접 보고 느낄 수 있습니다. 만약 시위대 중 한 명이 참수된다면 어떤 일이 벌어질까요? 저는 참수형에

---

4) 이에 관해선 줄리엣 쇼어가 쓴 「과로하는 미국인 : 예상치 못한 여가의 몰락」(베이직 북스, 1992년) 79쪽~82쪽에 자세히 설명돼 있다.

반대합니다만, 카타르에선 시행하고 있죠. 다음번 WTO 회의가 그곳에서 열리거든요. '경영자 여가복'은 여러 정보를 제공함으로써 새로운 역학관계를 발견할 수 있게 해줍니다.

결론

'경영자 여가복', 공상과학영화에나 나오는 얘길까요? 아닙니다. 지금까지 얘기한 모든 성능은 이미 개발된 기술을 통해 구현이 가능합니다.

그리고 보다 흥미로운 기술들이 개발되고 있습니다. 오늘과 내일 바로 이곳 회의장에서 현재 개발이 진행중인 첨단기술의 내용을 개발자에게서 들으실 수 있을 겁니다. 예를 들어 전장에 나가 있는 병사들의 몸 상태와 움직임을 모니터 할 수 있는 '생체셔츠' 같은 탁월한 장비를 개발중인 바로 그런 분들이 직접 여러분 앞에서 발표를 하실 겁니다.

이곳에는 또한 무역정책과 관련한 고위 공직자들도 와 계십니다. 이분들이 그야말로 세계를 돌아가게 만들고 있는 분들이시죠. 저에 앞서 발표를 하신 유럽 의류 섬유연맹의 타피오 후스코넨 선생님도 계시고, 유럽연합 집행위원회의 에르키 리카넨 선생님도 오셨습니다. 리카넨 선생님께서는 내일 전통산업이 지구촌 경제에 보다 도움이 될 수 있는 방안과, 미래로 나아감에 있어 새로운 지평이 보일 때마다 언제나 앞을 바라보는 것이 얼마나 중요한지에 대해 설명해주실 겁니다. 번영의 열매를 얻기 위해 협력과 상호간의 기쁨이 얼마나 중요한지에 대해서 말입니다. 이곳에 오게 돼 정말 기쁩니다. 감사합니다.

예스맨 프로젝트

춥고 음산한 북구에서

젊은이와 늙은이가 얘기를 하네. 궁금해하네. 고심하고, 오래도록 토론하네
달빛조차 없는데, 은빛 석양도 없는데, 어떻게 살아가야 할까
춥고 음산한 북구에서, 칼레발라 신화의 땅에서[5]

핀란드로 향하는 항해는 항상 위험으로 가득 차 있다. 핀란드 민속 신화를 모은 서사시 『칼레발라』를 읽어본 사람이라면 누구나 알 것이다. 거대한 나무가 태양과 달을 가리자, 바다에서 튀어나온 손가락만 한 영웅이 이를 잘라냈다. 어머니는 산산조각난 자식을 일일이 다시 짜맞춰냈다. 사랑하는 여성을 위해 배를 건조해야 하는 영웅은 배에 선반을 설치할 때 쓰는 주문을 기억해내지 못한다. 영웅과 결혼하고 싶지 않은 아가씨는 차라리 바다로 몸을 던진다. 하지만 물고기로 변한 그 아가씨를 영웅이 낚는다. 뭐 이런 이상한 얘기들이 끝도 없이 몇백 페이지씩 이어진다.

현대에도 핀란드를 여행하는 사람들은 여러 가지 어려움을 겪는다. 이를테면 핀란드는 다른 유럽 나라들보다 한 시간 빠르다. 시계를 제대로 맞춰놓는 게 신화 속 영웅의 역할에 견줄 수 있는 건 아닐 게다. 어려움의 정도를 따진다면 말이다. 하지만 어려움이란 상대적인 거다. 그리고 지금은 영웅이 등장하는 고대 신화의 시대가 아니라 현대가 아니던가. 해서 우리가 회의장에 우리 생

---

5) 이 장에서 인용한 시들은 모두 『칼레발라』 또는 『핀란드 민중의 고대에서 온 옛 칼레리언의 시편들』에서 따왔다. 의사이자 민족주의자였던 엘리아스 뢴느로트는 1830년대 핀란드 농촌지역에서 구전되던 것을 집대성해 『칼레발라』로 묶어냈다

각으론 8시 30분에 도착했을 때, 손가락만 한 영웅이 우리를 도와주기 위해 기다리고 있지는 않았다는 말씀이다. 대신에 회의 주최 쪽 진행요원 한 사람만 우리를 기다리고 있다가, 앤디가 자신을 'WTO에서 온 행크 하디 운루 박사'라고 소개하자 크게 안도의 한숨을 내쉬었다.

"만나뵙게 돼 반갑습니다. 기다리고 있었어요." 그는 급히 운루 박사의 회의 자료를 챙기기 시작했다.

기다렸다고? 한 시간이나 전에? 진행요원 뒤쪽에 있는 시계를 올려다봤다. 큰 바늘은 예상대로 직각으로 아래를 향하고 있었다. 그런데 작은 바늘이 왼쪽에서 조금 윗부분을 가리키고 있는 게 아닌가. "지금 9시 30분, 아니죠, 8시 30분 맞죠? 그렇죠?" 앤디가 시계를 가리키며 말했다.

시계를 올려다본 진행요원은 다시 손목시계까지 본 뒤 별 말이 없다.

"음……" 그는 운루 박사의 이름표를 찾고 있다.

"지금 8시 30분 아닌가요?" 앤디가 조금 목소리를 높여 다시 물었다.

진행요원은 손목시계를 다시 본 뒤 시간을 말해줬다. "9시 30분입니다."

"지금이요?" 앤디가 되묻는다. "지금이 9시 30분이라고요?"

"네. 거의. 정확히는 9시 27분입니다."

우린 서로를 바라보며 말을 잃었다. "세상에……"

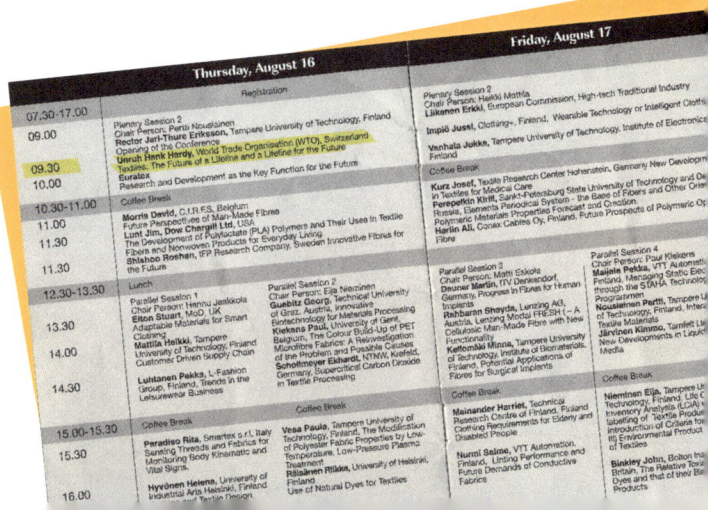

앤디가 간신히 입을 연다. "3분밖에 안남았어."

강연장으로 향하려는 데 진행요원이 마이크에게 묻는다.

"저, 등록은 하셨어요?"

"운루 박사님 비서입니다." 마이크가 대답했다.

진행요원은 마이크를 한 번 쓱 보더니 고개를 끄덕였다. "만찬에 참석하실 건가요?" 이번엔 앤디에게 묻는다.

"네, 그러겠습니다." 잠깐 생각하더니, 앤디가 되묻는다. "혹시 참가비가 있던가요?"

"아니요."

"좋습니다. 우리 둘 다 만찬에 참석하죠."

회의 자료를 챙긴 진행요원이 앤디를 데리고 회의장 쪽으로 걸어가기 시작했다.

"어, 저기, 그냥 바로 들어가시면 안 되는데……" 마이크가 앤디의 옷소매를 잡으며 말했다. "저, 음, 급한 전화가 와서……" 앤디가 순간 얼어붙었다. '그래, 경영자 여가복!' 아직 그걸 입지 않았다. 부피가 있는 옷이다보니 그걸 입은 채로 호텔에서 회의장까지 비척이며 걸어올 순 없었다. 대신에 '경영자 여가복'을 속에 입을 수 있는 크기의 양복을 입고 왔다. 일찌감치 행사장에 도착해서 갈아입을 요량이었다. 앤디가 진행요원에게 말했다. "저기, 대단히 죄송합니다만…… 저희가 뭘 좀 처리해야 돼서요."

"급히 전화를 걸 데가 있습니다." 마이크가 부연 설명을 했다.

"그러니까 정말 잠시만 늦으면 됩니다. 아니, 늦추면요."

"하지만 박사님 세션은 3분 뒤면 시작하는걸요." 진행요원이 말했다.

 예스맨 프로젝트

"딱 3분만 늦겠다고 말씀 좀 전해주십시오." 앤디가 손가락 세 개를 세우며 말했다.

진행요원은 눈을 잠시 크게 뜨더니, 곧 머리를 흔들며 행사장 안으로 바삐 들어갔다.

우리 둘이 공중전화 옆에 있는 화장실로 쏜살같이 함께 들어가는 장면을 아무도 보지 못했기만을 바랐다. 남자 둘이 함께 화장실로 들어가면 어떻게 생각할까? WTO에서 온 연사와 그 비서가, 그것도 동시에 방광의 긴급한 부름을 받았다고 생각할까? 아니면, 두 사람이 연설 준비 차원에서 짧은 섹스라도 즐기려고 한다고 생각할까?

마이크가 미친 듯이 가방에서 '경영자 여가복'을 끄집어내는 사이, 앤디는 속옷만 빼고 옷을 모두 벗었다. 이제 어려운 일을 할 차례다. 샐이 말해준 순서를 기억하면서 파리에서 연습할 때보다 훨씬 짧은 시간 안에 '경영자 여가복'을 입어야 한다.

샐 살라몬은 할리우드에서 일하는 특수효과 디자이너로 기이한 의상을 만들어내는 데 일가견이 있는 친구다. '경영자 여가복'도 샐의 작품인데, 그는 우리

에게 사용법을 인내심을 갖고 차근차근 설명해줬다. 샐은 단순하게 디자인했다고 하지만 바람을 집어넣을 수 있는 1미터짜리 '성기'가 그리 간단할 순 없었다. 서너 차례 실험을 해봤지만, 옷을 갖춰 입는 데만도 15분씩이나 걸렸다. 현장에서 최소한 두 배 이상 시간이 필요할 것으로 판단했다. 그래서 한 시간 일찍 도착하려고 했던 거다. 이제 연습 때의 십 분의 일도 안 되는 시간 안에, 열 배 이상 되는 긴장감 속에 옷을 입어야 하는 상황이다.

"빌어먹을, 한 시간이나 늦다니." 앤디가 바짓자락에 발을 집어넣으려 안간힘을 쓰며 말했다. "잠깐, 잠깐, 제기랄, 좀 천천히." 마이크가 말려서 꼬인 바지를 풀어내며 말했다. "빌어먹을 시간대…… 그래, 여기 집어넣어."

"빌어먹게, 한 시간이나……" 중얼거리며 발을 쑥 집어넣은 앤디가 이내 필사적으로 팔 쪽으로 손을 뻗는다.

> 어미는 머리의 반을 모았다. 팔뚝과 손목을, 등뼈의 반을 모았다
> 수많은 조각들, 이제 이 파편으로 아들의 모양을 빚어야 한다
> 그의 아들, 레민카이넨의 새 형상을

꼬인 걸 풀고, 손발을 집어넣고, 지퍼를 채우고, 띠를 두르고, 종업원 투시보조기에 카트리지, 백업용 카트리지, 착탈식 바지, 착탈식 셔츠, 착탈식 재킷 등등을 일일이 갖춰입는 끝없는 과정을 거쳐 마침내 경영자 여가복과 이를 감추기 위한 양복을 입는 데 성공했다.

미래 경영자의 의상을 안에 받쳐 입었지만 겉모습은 현재의 경영자와 똑같이

차려입은 행크 하디 운루 박사가 마침내 비서와 함께 화장실에서 나왔다. 운루 박사는 바짓단이 터지지 않도록 조심하면서 회의장으로 최대한 빨리 발걸음을 옮겼다.

안에선 200명가량이 기다리고 있었다. 탐페레 공과대학 총장이자 이번 행사를 주최한 타피오 후스코넨 박사가 청중들에게 설명을 하고 있었다. 기조연설자가 여행 중 약간의 문제가 생겼으며 게다가 회의장으로 들어오는 도중 긴급한 전화를 받느라 조금 지체되고 있지만, 곧 도착할 것이란 얘기였다. 운루 박사가 들어서는 모습을 본 후스코넨 박사의 눈이 빛났다. 할 말이 거의 떨어졌던 모양이다.

두번째 줄타기가 시작됐다. 애초 일찌감치 회의장에 도착해 여유를 갖고 프로젝터에 컴퓨터를 연결할 계획이었다. 이젠 만장하신 청중들이 보는 앞에서 해야 할 처지다. 컴퓨터를 연결하는 동안 후스코넨 박사는 기조연설자가 도착했으며 그가 어떤 사람인지를 다시 한번 소개했다. 앤디는 청중을 향해 손을 흔들었지만, 청중들은 아무 반응도 보이지 않았다.

컴퓨터도, 반응이 없었다.

그는 배를 마법으로 만든다네. 노래를 한 곡 부르면, 뼈대가 만들어지지
다시 한 곡 부르면, 배의 옆면이 완성된다네. 그런데, 아! 세 마디 주문이 필요했네
마법의 힘을 가진 주문, 선반을 세우는 주문을 잊고 말았네
이제 선미는 완성할 수 없게 됐네

3분 정도 앤디는 노트북 컴퓨터와 씨름했다. 청중들의 눈길이 점점 차가워지고 있었다. 아예 작동이 되지 않는다. 앤디가 천천히 머리를 흔들었다. 점점 심하게 흔들고 있지만 컴퓨터는 요지부동이다.

전에도 이런 일이 있었다.[6] 그래서 만약의 경우를 대비해 강연 내용을 CD에 따로 저장해오긴 했지만, 경영자 여가복의 실생활 활용법이 담긴 그 많은 비디오 파일을 일일이 다른 컴퓨터에 옮기려면 15분은 족히 걸린다. 마이크가 후스코넨 박사에게 상황을 설명하고 사과했다. 강연 순서를 바꾸는 수밖에 없을 듯 했다.

후스코넨 박사는 이 괴상하고 능력 없는 WTO 팀을 위해 할 수 있는 한 최선을 다했다. 두번째 발표자로 예정돼 있던 자신이 먼저 발표하고, 세번째 발표자가 두번째 발표를 맡기로 했다.

앤디의 강연에 필요한 파일은 후스코넨 박사의 컴퓨터에 복사하기로 했다. 고맙게도 후스코넨 박사가 자원해서 자기 컴퓨터를 쓰라고 했다. 우리 인생

6) 단 한번도 제대로 작동한 적이 없는 우리의 '쓰레기 같은' 노트북 컴퓨터는 소니의 최고급 기종인 '바이오 XG-9' 제품임을 밝혀둔다.

 예스맨 프로젝트

최악의 20분을 보낸 뒤에야 청중석에 앉을 수 있었다.

40여 분 뒤, 후스코넨 박사가 연단에 올라 청중들에게 기조연설자에서 그날 회의의 하일라이트로 바뀐 인물을 다시 한번 소개했다.

"행크 아디 운루 박사는 미국 텍사스주 몬토폴리스에서 자랐습니다. 부친께선 목장을 운영하셨습니다." 후스코넨 박사가 이력을 읽기 시작했다. "어려서부터 부친의 사업을 돕다보니 자연스레 무역에 관심을 갖게 됐고, MBA 학위를 마친 뒤인 1998년 WTO에 합류하셨다고 합니다. 이후 다양한 공간에서 국제무역에 관한 연설을 하고 계십니다. 현재 파리에 거주하고 계시고요."

기술적인 문제 때문에 시작하기도 전에 강연을 망친 경우, 너그러운 청중은 보통 강연자를 동정하게 마련이다. 강연에 좀더 집중하는 것으로 행사 전체에 대한 흔들리지 않는 신뢰를 보여준다. 반면 불쾌감을 숨기지 않는 경우도 있다. 수동적이며, 얼굴은 돌처럼 굳어 있고, 재판이 시작되기도 전에 피고에게 유죄 평결을 내리기로 결정한 배심원처럼 굴기도 한다.

우리의 청중은 후자에 가까웠다. 고대인들이 영원히 계속되는 신화 속 인물들의 고초에 대한 이야기를 들을 때처럼 침울하고 굳은 표정이었다. 노예제도를 근로조건이 열악한 공장에, 간디를 순진한 보호무역주의자로 비교하면서, 운루 박사는 『칼레발라』의 서사시라도 낭송하는 듯한 느낌이었을 게다.

> 와이나모이넨은 끝없이 말했다네. 아가씨가 잠이 들 때까지
> 젊은이도 늙은이도 얘기를 듣다 잠드네. 북구의 모든 이들이 잠에 빠진다네

이윽고 클라이막스 시간이 되었다.

 예스맨 프로젝트

"마이크, 준비됐죠?"

앤디가 두 팔을 벌렸다. 마이크가 앤디의 양복 앞섶을 잡고 두 번 세게 잡아당겨 옷을 뜯어냈다. 앤디가 입고 있던 쫙 달라붙는 황금빛 보디슈트가 모습을 드러냈다.

앤디가 의기양양하게 두 팔을 들어 보였다. "이게 바로, 경영자 여가복입니다." 앤디가 외쳤다. 삽시간에 청중들이 관심을 보이기 시작했다. WTO 대표단이 황금색 보디슈트를 입었다! 이제 모든 게 달라졌다. 사람들은 박수를 치며 환호성을 올렸다. 훌륭해! 대단해! 더 보여줘!

'종업원 투시보조기'가 완전히 부풀어오르자 청중들은 흥분의 도가니로 빠져들었다.

> 기쁨은 기쁨에서 샘처럼 솟아나네. 북구의 모든 이들이 발을 멈추고 듣고 있네
> 숲의 모든 피조물도, 기쁨의 연설에 귀 기울이네

'종업원 투시보조기'를 이용해 원거리 노동자들을 관리 감독하는 방법에 대해 설명하는 동안 청중들의 시선은 온통 운루 박사에게 고정됐다.

강연이 끝났을 때 우레와 같은 박수가 터져나왔다. 후스코넨 박사는 친히 앤디에게 강연 중 바닥으로 떨어진 황금빛 속옷을 건네준 뒤, 청중을 향해 질문이 있느냐고 물었다.

질문은 전혀 없었다. 강연 자체로 모든 게 설명된 모양이었다. 후스코넨 박사가 직접 질문을 던졌다. 운루 박사가 강연 중 설명한 것과 같은 열악한 노동조건에 공장을 운영하는 데 관심이 있는 사람이라면 누구나 흥미를 느낄 만한

 예스맨 프로젝트

질문이었다. "중국은 어떻습니까?" 후스코넨 박사가 중국의 WTO 가입과 관련해 물었다. "중국이 어때서요?" 운루 박사가 대답했다. "중국의 인권상황이 심각하다는 건 물론 사실입니다만, 무역정책에 관한 결정을 내릴 때 그런 점을 고려해선 안 됩니다." 말을 마치자 타피오 후스코넨 박사는 운루 박사의 손을 잡고 훌륭한 강의에 대해 따뜻한 감사의 말을 건넸다. 청중들은 다시 한번 힘찬 박수를 보냈다.

청중들을 따라 점심식사를 하러 가기 위해 준비하는 사이 수첩을 손에 든 젊은 여성이 앤디에게 다가왔다. 앤디는 여전히 황금빛 의상을 입은 채였다. '탐페레 아물레티'라는 지역신문에서 WTO 대표단이 엄청난 의상을 소개했다는 제보를 듣고 기자를 보낸 것이다.[7]

'경영자 여가복'에 대해 강연 때 말한 것과 똑같이 자세한 설명을 해줬다. '종업원 투시보조기'까지 다시 부풀리며 설명을 했다. 같이 온 사진기자는 이런 장면을 꼼꼼하게 카메라에 담았다. 이튿날 신문에는 WTO에서 온 괴짜 대표단의 행보에 대한 얘기가 자세히 보도됐다. '종업원투시보조기'를 최대한 부풀려놓은 앤디의 사진도 반면에 걸쳐 비중 있게 실려 있었다.

우리는 혼란에 사로잡혀 점심을 먹으러 갔다. 서서히 의문이 꼬리를 물기 시작했다. 대체 우릴 잡으러 온 경찰은 어디에 있는 거지? 흰 가운을 입은 정신병원 의료진이 환자가 난동을 부리지 못하게 입히는 구속복이라도 들고 와

---

7) 일주일 뒤 '운루 박사님'이 가짜였다는 사실을 기자에게서 전해들은 우리의 후스코넨 박사님께서는 이를 곧이곧대로 믿으려 하지 않았다고 한다. 후스코넨 박사님은 이렇게 말씀하셨단다. "하지만 그분은 정말 친절하셨다고요. 그리고 얼마나 광범위한 내용으로 강연을 하셨는데요."

있어야 하는 거 아냐? 우리한테 토마토나 썩은 계란을 던지는 사람도 없네. 이번엔 정말 최선을 다해 모든 걸 보여줬다. 지난 삼 주 동안 극단적으로 드라마틱한 상황이 벌어질 것으로 기대했다. 그런데, 아무런 일도 일어나지 않았다. 그저 웃음과 박수가 전부였다. 아무도 기분이 상하지 않았다는 얘긴가?

누군가는 조금이라도 감정이 상했을 것이다. 그 누군가를 찾아야겠다고 결심했다. 지금부터 핀란드 북부의 차가운 밤이 올 때까지, 시간이 아무리 많이 걸리더라도 꼭 찾아보기로 했다.

그대는 농어와 연어의 뇌에서도 지혜를 구하라
대양을 헤엄치는 대구의 입에서도, 뻐꾸기에게서도 지혜를 모아야 할지니

정말이지, 우리가 찾던 '뻐꾸기'를 발견할 수 있었던 것은 저녁이 이슥해질 무렵이었다. 그동안 우리는 다우 케미컬에서 온 친구도 만났다. "재미있는 강의"였다고 했다. 독일에서 온 화학자는 "강의는 재미있게 들었는데, 주장하는 바가 뭔지는 잘 모르겠다"고 했다. 영국 방산업체에서 온 친구는 "충분한 시간만

BULLETIN

PRANKS: CULTURE JAMMING

Slave-trade jokers, World Trade Center photo hoaxes and the world's tiniest night club

BATTERING BIG BUSINESS

If a man you were talking to suddenly stepped out of his business suit to reveal a golden leotard complete with huge, matching inflatable cock you would probably think, at the very least, that things had taken a turn for the weird. But what if that same man was a representative of the World Trade Organisation who was claiming the phallus was a device used to control sweat-shop workers in third-world countries with electric shocks? Well, you'd nod your head, clap enthusiastically and think, 'Hey, what a good idea,' of course. At least you would if you were one

impersonating WTO officials at big conferences (see Bizarre issue 43) and the man in the leotard was Andy Bichlbaum, one of their activists, who delivered an expert PowerPoint presentation on the positive points of slavery and explained how his giant reel of gold could mean increased leisure time for managers the world over.

'It's funny to see how much respect this organisation gets from truly smart people,' says Bichlbaum. 'And we wondered just how totally repulsive could it be and still get respect and allegiance from those really smart people? Could it say, 'Today's remote labour system

Action!

Mullistavat kuidut ja uudet tekniikat jyräävät perinteisen kutomateollisuuden

Tekstiiliteollisuus: Esimerkiksi älyvaatteet ja innovatiiviset kuidut ovat tulevaisuuden arkipäivää

Snomen tekstiiliteollisuudessa vuosittain liikkuvasta 8 miljardista markasta jo 3,5 miljardia pyörii tekniston kuitujen ja erikoistekstiilien ympärillä.

Perinteisen tekstiili- ja vaatetusteollisuuden raha vähenee, mutta uusilla erikoisaloilla lisääntyy.

– Yrityksiin on tällä osa-alueella tarjolla paljon kasvupotentiaalia sanoo professori **Perti Nousiainen** Tampereen teknillisen korkeakoulun kuitumateriaalitekniikan laitokselta.

Nousiaisen lakia on torstaina ja perjantaina järjestettävän *Fibers and textiles for the future* -seminaarin takana. Seminaari juhlistaa tusen 90 vuotta sitten perustetun kutomateollisuuden professuuria.

Kutomateollisuus on ensimmäisiä suuurastaan vanhanaikaisen sama – ilykkälät tekstiilit, innovatiiviset tai nainisto valmistetavat polyesterikuidut käikuvat ostelmissa.

Tekstiilikka kehittyy voimakkaasti ja se näkyy myös tutkimuksessa.

Kuitunnsternaaliteknikam laitoksessa rahoitukseta yli puolet tulee akkopuolelta.

– Me olemme hyvin mukana päätrendeissä, kuten uuden teknologian kuichioisa ja ympäristöystävällisissä tekstiileissä, Nousiainen sanoo.

Uutuuksen Iniksi seinnaarissa on tapetilla globalisaatio.

– Kansainvälistyminen on olut tekstiiliteollisuudessa arkipäivää jo pitkään.

– Sinal on tiettyti kaksi puolta. Työpaikkojen vähenemimen Suomesta on huono asia. Toisaalta työpaikkaja tulee muualle maailman liikä moinikertainen nukrä.

Vapaa-ajanvaateisiin uutuudet ensimmäisinä

L-Fashion Groupin hallituksen puheenjohtaja, vuorineuvos

Tuotanto nousuun. Kultaisessa tulevaisuushaatarissaan liikkunut WTO:n Hank Hardy Unruyh vakuutti, että johtajat tarskaset uit tulevaisuudessa alaisiaan impulssipukujen kaltaiosilla tekniikoilla.

Pekka Luhtanen mukaan kansainvälistyminen on surrin muutos hänen 40 vuotta kestäneellä uralliaan.

Avattuoeen mahdollisuudet kauppatrkoon ovat saneet vauteyritykset laajeneman koko maailman mittakavalla.

– L-Fashion Groupilla on oman tuotaitos selyteä massaa. Vierkonsäpnesse kautta teekleme vastteita 20 massaa. Kaukuti on tärkiin alaa.

Tekstiiliseminaarissa Lahtstnen pehuu vapaa-ajan vaatetuksen tulevaisuudesta.

– See nähkät, mitten professorit subnautivat liikemiesbecu, hän hynyijiee.

– Vapaa-ajan taminanci ja urheilvaatteet ovat osa-alueita, joihin uudet kuidut ja ideat tulevat ensimmäisinä.

– Näissä vaatteissa käytönkavmsa on tärkein, ei hinta. Eismerkkisi miesten muodollinen pukeutuminen muuttau tärimälisen hitaasti.

Seminaarilta Luhtanen odottaa alan yleistrendien hahmottumista.

– Tiede ja like-elimä ovat tietysti kovin erilaasia pervsahcoauteltaan. Mutta hyvä näissä kehyiteendeissä on olla mukana, hän halä.

Työvoiman kontrolli haalarin kautta

Sovinnaisesta tai tyhkästä pukeutumisesta ei voi haakkisa maailmankauppajärjestö WTO:n edustajan **Hank Hardy Unruhia**. Mies kulki seminaarissa kultaisessa äkonuytömissä haalarissa.

Hän selittäi vuolausanaiesti näyttävää asuaan.

– Puku on esimerkki sehokkainmasta mahdollisesta työvoiman kontrollista. lohtaja vaa puvun kautta jatkuvasti impulssiga seo mukaan mitén biteokket mukaan miteä biteokket mitä liivat.

– Jos tuotanto nupuu hyvin, väriittä puku mielyttviivä tantemaksa ja päivvantoin, Unruh kertoo.

– Johtaja voi myös olla puvun avulla yhteyteäset alaisiinsa, joki on paneet vastaanottimet. Tämä nii valvrists mahdollista johtamista.

Mullistavata kuuloiotavan ideaan tarvittava tekniikka on jo olemassa.

Puvun provokatiivisuus saa siuat jäämään ylieön mieleen, outta Unruhin mukaan miklöö totoutamanon fantasia ajateu ei ole.

– Kaikki mikä puvusaa on, tur toteutamaon jossakin vaiheessa.

주어졌다면 시장이 노예제를 대체했을 것이란 얘기 아니냐"고 했다. 그 외에 여러 사람을 만났고, 그들 모두 다양한 측면에서 강연이 흥미로웠다고 말했다. 후스코넨 박사는 만찬사에서 "언제나 창의적으로 생각하는 게 얼마나 중요한지를 보여주신 운루 박사께 특별히 감사드린다"고 말했다.

저녁식사를 마친 앤디는 벨기에 명문 겐트대학 섬유공학과 학과장이란 사람과 한잔 하게 되었다. "반세계화 시위가 극성을 부리는 건 다 언론 탓이에요!" 그는 무슨 음모라도 있는 듯 귓속말로 이렇게 말했다. "그러니 WTO가 밖으로 알려지지 말고 회의를 열어 일을 처리하는 게 차라리 낫죠. 언론이야 항상 뭔가 부풀려서 보도를 하잖아요. 그러다보니 수십만 젊은이들이 거리로 쏟아져 나오는 겁니다. 아무런 이유도 없이 말이에요!"

"아무런 이유도 없이 말이죠." 앤디가 따라 말했다.

"그렇죠. 아무런 이유도 없죠!"

"WTO가 아무도 모르게 회의를 하는 게 낫다, 이 말이죠." 자기가 제대로 들은 건지 확인하기 위해 앤디가 다시 한번 말했다.

학과장이란 사람은 고개를 끄덕이며 자기 명함을 앤디에게 건넸다. "연락주세요. 섬유산업과 관련해 필요한 정책에 대해 쓴 논문을 보내드리겠습니다. 유럽연합 쪽에는 이미 제출을 했습니다. 아주 중요한 논문입니다. 아시아 쪽에도 좀 알려져 있습니다. 당신도 꼭 읽으시면 좋겠습니다. 아주 중요한 논문입니다. 섬유산업과 관련한 제 견해를 소상히 밝혀놨습니다."

"그러겠습니다." 앤디가 말했다. 그가 말하는 견해가 그날 아침 WTO 대표단이 발표한 내용만큼이나 괴상한 내용일지 궁금했다.

 예스맨 프로젝트

그리고 몇 분 뒤 드디어 그 여성을 만났다. 강연이 전혀 재미없었단다. 너무 재미없었기 때문에 처음엔 우리한테 그렇게 느낀 이유조차 말하려 들지 않았다. "이번 회의엔 왜 참석하셨어요?" 다른 식으로 접근하면 혹시 대답해줄지도 모른다는 생각에서 마이크가 물었다.

"첨단의류를 개발하고 있어요. 일종의 작업복이죠. '스마트' 섬유를 이용한 작업복을 만들고 있습니다."

"우와." 앤디가 끼어들었다. "무슨 작업복인데요?"

"그건 말씀 못 드려요." 그 여성이 대답했다. "그냥 아주 특정한 일을 하는 사람들을 위한 작업복입니다."

"특정한 일이요?"

"음, 그냥 아주 혹독한 조건에서 일하는 노동자라고 해두죠. 정상적인 조건이 아니라요."

"딱 저희 얘기 같네요." 잠시 뜸을 들인 뒤 마이크가 이렇게 말했다. "아까 같은 강연은 정말 이례적인 거거든요."

"맞습니다." 앤디가 덧붙였다. "청중들이 어떻게 받아들였는지 모르겠어요. 앞으로 비슷한 강연을 계속해나갈 생각이거든요. 그래서 청중들이 솔직히 어떻게 생각하는지 궁금해서…… 당신은 어떻게 생각하는지 꼭 듣고 싶은데요."

"그래요……" 그 여성이 말했다. "정 그러시면 제가 당신네 강연이 뭐가 문제인지 말씀드리죠. 제 생각엔 안 들으시는 게 나을 것 같은데……"

"아뇨. 꼭 듣고 싶어요." 앤디와 마이크가 동시에 이렇게 말했다.

"좋아요." 그 여성이 말을 잇는다. "당신네 강연 내용은 아주 분명했습니다. 사실 썩 훌륭한 강의였죠. 경영자들이 공장 노동자들과 긴밀히 연계돼야 한다는 점을 탁월하게 보여줬다고 생각합니다. 하지만 전달하는 방식이 공정하지 못했어요."

"공정하지 못했다?" 앤디가 되물었다.

"그래요. 공정하지 못했죠." 그녀가 되풀이해 말했다. "전달 방식만 놓고 보면, 경영자는 남성이고 여성은 노동자란 느낌이었어요. 하지만 여성도 경영자가 될 수 있거든요."

고작 이거야? 마음이 무거워졌다. "그렇죠." 마이크가 말했다.

"그러니까 그냥…… 비유가 적절치 않았다는 얘긴가요?" 앤디가 겨우 물었다.

"바로 그겁니다."

"우리가 비유를…… 다르게 한다면……" 앤디가 두 손으로 앞가슴 쪽에 동그라미를 만들어 보이며 말했다. 그쯤에 황금빛 커다란 젖가슴이라도 만들어야겠다는 듯이.

"그래요." 그녀가 말했다. "오해하지는 마세요. 강연은 정말 대단했어요. 요점도 확실하게 전달했고요. 그게 중요한 거죠."

마이크는 어렴풋한 희망을 발견했다. "우리가 말하려고 한 요점이 뭐라고 생각하세요? 당신이 보기엔?"

"요점이야……" 그녀는 너무 당연하다는 듯 이렇게 말했다. "유럽이나 미국 등지에서 극동지역에 있는 공장을 어떻게 원거리 조정하느냐는 거죠. 문화가 전혀 다른 지역에 대해."

"그러니까 요점은 분명히 전달된 거네요." 앤디가 서글픈 듯 말했다. "그저 비

 예스맨 프로젝트

유로 든 '모양새'가 부적절했다는 거로군요."

"남성 성기 모양이야 나쁠 것 없죠." 첨단의류 전문가가 설명했다. "다만 그것이 함의하는 바가 문제라는 거예요."

"그게 뭘 함의하는데요?" 마이크가 다시 물었다.

"남성적 관점이요." 그녀가 말했다. "너무 지나치게 남성 중심적이에요."

최소한의 인사를 갖춘 뒤 행사장을 빠져나온 우리는 핀란드 북부의 찬 밤공기를 깊게 들이마셨다.

> 그때에 무모한 카오코멜리가 고개를 꺾은 채 바라본다. 언짢은 표정으로
> 고대의 지혜에 대해 말한다. "북구의 사냥꾼들이여, 절대로, 절대로
> 그대들이 숲에 대항하지 말라. 히시의 골짜기와 산자락을,
> 마법의 눈 신발을 망쳐버린, 이 어리석고 무모한 영웅처럼."

Offering the world

a helping hamburger™

McDonald's

WORLD TRADE
ORGANIZATION

당신의
햄버거는
무슨 색깔
입니까?

핀란드 사건 이후 우린 우리의 WTO '명의보정자' 노릇도 이제 끝이 났다고 확신했다. WTO는 웹사이트에 우리가 만든 '보정된' 사이트를 방문하지 말라는 경고 문구를 올렸다. 경제전문지《포춘》에서 텍사스주 지역신문《텍사스 페이건 뉴스》에 이르기까지 우리의 활동에 대한 보도도 더욱 많아졌다.

서글프게도 우린 크게 한방도 날리지 못했고 그저 투덜대는 수준을 벗어나지 못했다. 언론은 사실관계만 파악하려 들었고 우리의 강연에 대한 청중의 반응은 박수갈채뿐이었다. 마치 엄청나게 고집이 센 아이들 앞에서 서투른 인형극을 하는 느낌이었다.

인형극『펀치와 주디』에서 펀치는 주디에게 발길질을 한다. "투표권은 상품화해야 하며, 문화적 차이는 뿌리를 뽑아야 합니다!" 아무 반응이 없다. 펀치가 주디를 사정없이 두들겨 팬다. "노예제가 그리 나쁜 것은 아니었다. 간디는 너무 순진했다." 역시 반응이 없다. 마침내 펀치가 주디를 때려눕혔다. "자 이 황금빛 거대한 성기를 이용해 원거리 노동자를 통제합시다!" 아이들이 그제야 반응한다. "너무 남성 중심적인 거 아니에요!"

이제 끝났나 싶었는데, 이내 또 연설을 해달라는 초청장이 날아왔다. 이번엔 오스트레일리아 시드니의 회계사협회다. 회의의 주제는 '장벽 없는 기업활동'이란다. 주최 쪽에선 오스트리아산 양고기와 캐나다산 연어 수출에 초점을 맞춰 '농업분야의 세계화'에 대해 강연해달라고 요청했다.

이번에야말로 정말 제대로 한번 해보자고 다짐했다. 회의 개최일까지는 아직 몇 달이나 남았다. 완벽하고도 실패할 가능성이 전혀 없는 계획을 마련하기 위한 시간이 넘쳐났다. 아무도 오해할 수 없는 방식으로 WTO식 세계화에 대

해 100% 끔찍한 이미지를 그려내보자. 해서 우린 이제껏 생각하지도 못했던 일까지 하기로 결정했다. 실전연습을 감행하기로 한 것이다. 실제 청중 앞에서. 뉴욕 주립대 플래츠버로 캠퍼스의 리처드 로빈스 교수가 시드니 강연 두 달 전에 학교 강당을 빌려주기로 했다. 로빈스 교수는 또 진짜로 WTO에서 온 연사가 강연할 거라고 홍보까지 해주었다.

이후 넉 달 동안 파리 중심가의 거대한 고층 건물 꼭대기 층에서 앤디는 주도 면밀하게 '페휘크(perruque, 프랑스어로 '가발'이란 뜻)'를 수행했다. 직장에서, 업무시간에, 비영리 활동을 하는 일종의 프랑스식 전통이다.[1]

앤디는 당시 프랑스 거대 무선통신업체 세게텔(Cegetel)에 잠시 취직한 상태였다. 매일 업무시간 중 너댓 시간 짬을 내 회사의 업무용품을 적극 활용하며, 앤디는 현대 시장경제의 작동원리를 완벽하게 설명할 수 있는 체계를 만드는 작업을 했다.

처음엔 다섯 쪽 분량으로 강연을 준비했지만, 점점 서른 쪽 분량으로 늘어났다. 그러다 다시 열두 쪽 분량으로 줄여나갔다. 회사 프린터에선 종이가 떨어지기 일쑤였고, 잉크 카트리지도 두 번이나 갈았다. 앤디의 직장 상사는 신참 직원이 회사의 새로운 고객관리 정책에 대해 열심히 파고드는 모습을 흐뭇하게 바라보았다. 다른 직장 상사들과 마찬가지로 앤디의 상사 역시 무슨 일이

---

1) '페휘크'는 '업무시간에 회사 일을 하는 척하면서 개인적인 일을 하는 것'을 뜻하는 프랑스식 표현이다. 물질적 가치가 있는 것을 훔치는 건 전혀 아니니 좀도둑질과는 사뭇 다르다. 분명 회사에 출근했으니 대놓고 결근을 한 것도 아니다. 회사 물건과 장비를 개인 용도로 사용했지만 '페 휘크'에 몰입하는 노동자는 회사 업무시간을 보다 자유롭고 창의적이며, 이윤을 추구하지 않는 순수한 목적으로 탈바꿈시킨 셈이다. (미셸 드 세르투, 「일상의 경험」 중에서)

돌아가고 있는지 전혀 알지 못했다.

종이와 잉크와 시간은 넘쳐났지만, 남몰래 움직이는 건 쉬운 일이 아니었다. 비상구 계단만이 '사생활'이 보장되는 유일한 공간이었다. 그것도 잠시뿐이었다. "말도 안 먹히고, 영상도 안 먹혔잖아. 그러니까 이제 안으로 파고들어야 돼." 앤디가 마이크에게 말했다.

전화선 반대편 뉴욕에 있는 마이크는 앤디의 목소리가 이상하게 웅웅 울리는 걸 의아해했다.

"안으로 들어간다는 건 즉 음식을 말하는 거야." 앤디가 말을 이었다. "내 생각엔 햄버거가 어떨까 해." 앤디의 목소리가 더욱 커졌다. "아니, 햄버거 수백 개가 있어야지. 수천 개도 좋고. 안타깝게도 햄버거는 모두…… 그래, 맥도널드 제품이고 말이야."

"알겠어." 마이크가 답했다.

"그리고 맥도널드 얘기가 나와서 그런데, 안으로 들어간다는 게…… 음식 말고 또 뭐가 있을 수 있을까?"

"특권?" 마이크가 물었다.

"문자 그대로 생각해봐."

"접근성?"

앤디가 잠깐 생각에 잠긴다. "아닌 것 같아. 접근성이라고 부르긴 뭣한데."

"난 포기다." 마이크가 말했다. "그러니까, 안에 들어가는 게 음식 말고 뭔데?"

앤디가 막 대답하려는 순간, 마이크는 문이 열리는 소리를 들었다. 그리곤 갑자기 전화가 끊겼다.

 예스맨 프로젝트

대단히 실망스럽게도 플리츠버로 강연 2주일 전에 시드니 회의가 취소됐다. 지구 반대편으로 날아가 강연을 하기 위해 치밀하게 각본을 짰지만, 이제 그 모든 것을 마이크의 집에서 몇 시간만 차를 몰고 가면 되는 곳에서나 써먹을 수 있게 됐다. 그나마 '의상 연습'이 최대 관심사가 됐다. 할인매장에 가서 앤 디에게 어울릴 법한 구두를 한 켤레 장만했다. 마이크가 18년 전 잠깐 카운터 를 보던 맥도널드 매장을 그만두면서 '실례'해 온 조끼에 맞는 헐렁한 폴리에 스터 갈색 바지를 몇 벌 골랐다.

제3세계 농업분야
세계화의 새로운 지평

이 강연은 2002년 3월 뉴욕주립대 프라츠버로 캠퍼스에서 300여 명의 대학생을 대상으로
'키닌스렁 스프라트' 박사가 연설한 것이다.

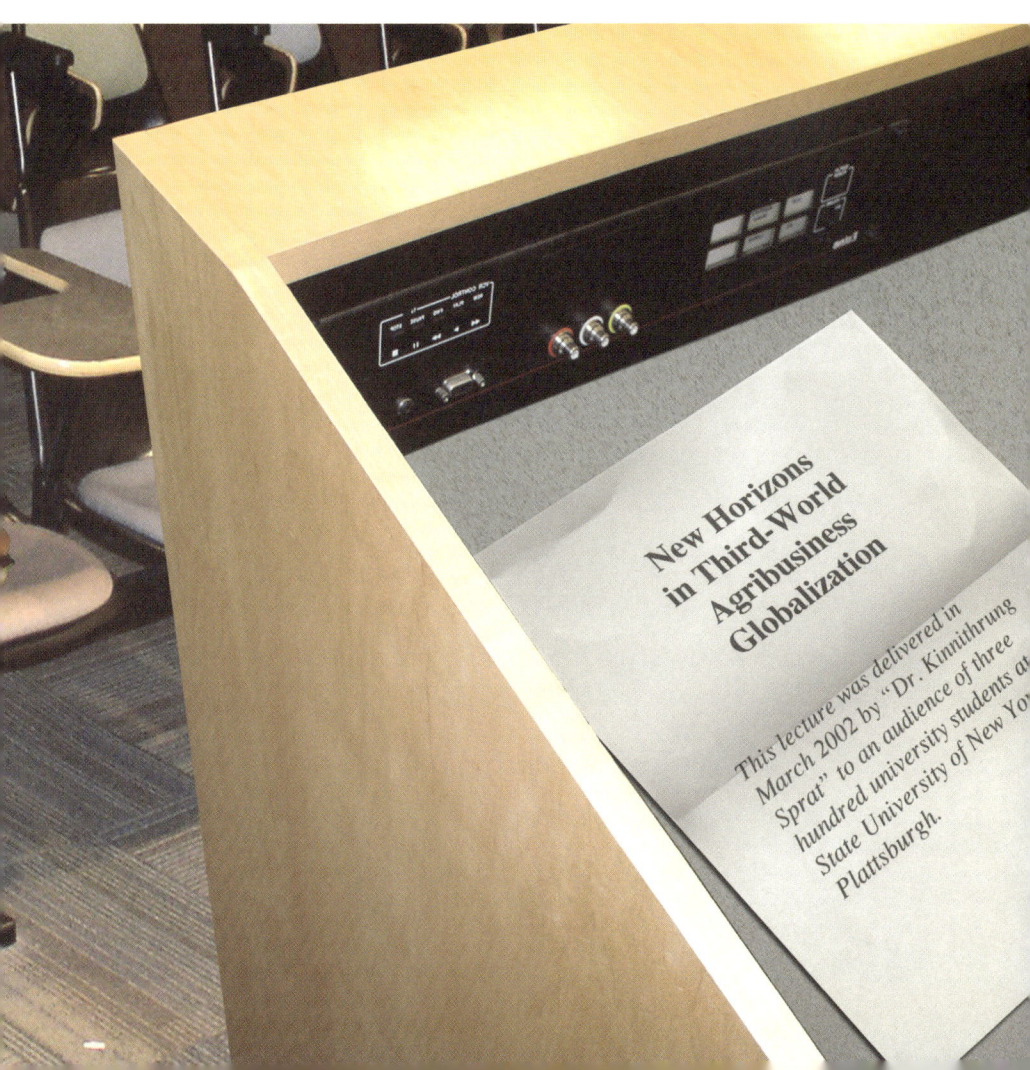

New Horizons
in Third-World
Agribusiness
Globalization

This lecture was delivered in
March 2002 by "Dr. Kinnithrung
Sprat" to an audience of three
hundred university students at
State University of New York at
Plattsburgh.

제3세계 농업분야 세계화의 새로운 지평

이런 훌륭한 자리에서 여러분을 만나게 되어 반갑습니다. 먼저 학생 고객 여러분들에게 우리가 '장벽 없는 기업활동'이라고 표현하는 거대한 분야에서 축적한 복잡다양한 지식의 일부라도 전달할 수 있게 저희를 이 자리에 초대해주신 경제학부와 디자인학부 측에 진심으로 감사를 드립니다.

WTO의 사명에 관심을 갖고 이 자리를 찾아주신 학생 고객 여러분들에게도 진심으로 감사의 말씀을 드립니다. 네, 저는 '사명'이란 표현을 썼습니다. 무역 자유화는 진정으로 종교적 임무와 마찬가집니다. 신념의 투영이라고 할까요? 일종의 십자군 운동이라고 할 수 있겠습니다. 일찍이 자유무역의 창시자들은 경제적 성공은 신이 내리는 것이라고, 부를 쌓은 것은 신의 은총을 받고 있는 걸 상징한다고 선언하지 않았습니까. 물론 요즘엔 무역자유주의란 말이 좀더 과학적인 용어로 들리기를 바랍니다. 신념에 기반한 게 아니라 사실에 기초를 둔 것처럼 말이죠. 그럼에도 우리의 확신이 신성한 것이란 점을 기억할 때에야만 무역자유주의를 굳건히 유지해낼 수 있겠습니다.

아울러 오늘 행사에 후원을 아끼지 않으신 기업이죠, 맥도널드 측에 심심한 사의를 표합니다. 맥도널드에서 푸짐하게 제공해주신 간식을 제 동료 마이크 버나노가 나눠드리고 있습니다. 마이크는 맥도널드사에서 뉴욕 북부지방 홍보담당자로 일하고 있습니다. 수고 많아요, 마이크!

마지막으로 플래츠버로 지역의 전통적 주인이었던 모호크족 원주민 여러분들에게도 감사의 말씀을 전하고 싶습니다. 사실 오늘 이 자리에서 저는 세계의 억압받는 모든 이들을 도울 수 있는 새롭고 야심찬 계획을 공개하고자 합

 예스맨 프로젝트

니다. 네, 뉴욕 원주민인 모호크족을 포함해서 말입니다. 억압받는 전 세계 모든 분들이 좀더 효과적으로 지구촌 시장 구조에 편입되어, 과도한 배고픔의 고통에서 해방되는 동시에 우리 모두가 더욱 부유해질 수 있는 방안을 말씀드리겠습니다.

왜 굶주림이 문제인가?

자, 그럼 핵심적인 질문을 던지며 시작해보죠. "제3세계의 굶주림이 왜 문제인가?"

먼저, 사실관계부터 따져보겠습니다.

잘 아시다시피 제3세계에서도 투자와 수출이 늘어나고 있습니다. 2001년 제1세계 선진개발국의 기업들이 제3세계에 투자한 금액은 10년 전에 비해 세 배나 증가했습니다. 제3세계 각국의 수출 총액도 이와 비슷한 규모로 급격히 늘었죠.

이렇게 무역이 활발하게 이뤄지고 있음에도 불구하고 전 세계적으로 극빈층 인구는 20년 전에 비해 50%나 증가했습니다. 같은 기간 빈부격차도 두 배 이상 벌어졌죠. 결과적으로 전 세계 인구의 절반가량이 하루 생활비가 2달러도 안 되는 극빈층으로 살아가고 있습니다.

투자와 무역이 증가하고 있음에도 빈곤층이 늘어만 가면서, 식량 부족에 따른 각종 질병에 허덕이는 인구도 갈수록 늘고 있습니다. 쇠약증, 단백 열량 부족증, 소아영양실조, 영양실조에 따른 왜소 발육증 등 각종 질병에 허덕이고 있습니다. 이에 따라 무기력증, 노동 능력 상실, 기타 각종 육체적 정신적, 정서적 질환을 앓고 있습니다. 평균 수명도 당연히 떨어지고 있고요. 예를 들어, 아프리카 일부 지역에선 젊은층 인구의 80%가 영양실조에 허덕이고 있기도 합니다.

이런 상황은 제1세계에도 심각한 문제를 만들어냅니다. 왜죠? 오늘 사람들이 음식을 제대로 소비하지 않으면, 내일 또다시 우리 모두를 부유하게 만들 국제무역에 제대로 참여할 수 없기 때문입니다.

"오늘의 빈민은 내일의 소비자다." 마이크 무어 WTO 총장께서 하신 말씀처럼 바로 지금 굶주림이 우리의 미래를 더욱 어둡게 만들고 있다, 이 말입니다. 그러니 조속히 굶주림에 대한 대안을 만들어내야 합니다. 굶주림에 지쳐 죽어가는 이들을 살려야 합니다. 어려움에 처한 이들을 도와서 발전하는 수입-수출-투자경제의 유용한 일원이 되게 만들어야 합니다.

앞에서 열번째 줄에 앉은 한 학생이 큰 소리로 뭐라고 한마디 한다. 주변에 있는 여러 명의 학생들이 킥킥거리기 시작한다. 스프라트가 두 손을 모은다.

다시 한번 주목을 부탁드립니다. 잠시 뒤 저는 WTO가 마련한 굶주림 극복 방안을 공개하겠습니다. 하지만 우선 저희가 마련한 방안이 왜 유일한 해법일 수밖에 없는지에 대한 이해를 돕기 위해 그동안 나온 여타 기아 극복 방안에 대해 살펴보도록 하겠습니다. 그리고 왜 이들 방안이 받아들여질 수 없는 것인지에 대해서도 살펴보겠습니다.

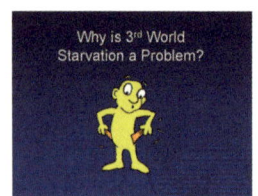
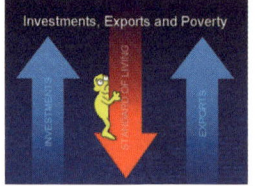

굶주림의 원인

　　지금까지 제시된 다양한 기아 극복 방안을 이해하기 위해선 우선 제3세계에서 기아가 지속되는 이유에 대해 알아봐야 합니다.

오늘날 지구촌에서 기아 문제는 인간이 완벽히 통제할 수 있는 상황입니다. 대중매체에서 보도하는 것처럼 가뭄이나 홍수, 전염병이나 무력갈등 등이 실제 굶주림과 직결되는 경우는 극히 드뭅니다. 기아가 기승을 부리는 경우는 대부분 사람들이 충분한 돈이 없을 때입니다.

강연장 전체가 완벽히 침묵 속으로 빠져든다.

19세기 중반 아일랜드를 쑥대밭으로 만들었던 '아일랜드 감자 기근' 당시의 상황을 예로 들어보겠습니다. 당시 아일랜드에는 충분한 양의 감자가 있었고, 부유한 아일랜드 지주들은 상당량의 감자를 영국 소비자들을 겨냥해 수출했습니다. 하지만 백만 명에 이르는 아일랜드인들은 굶어죽고 말았습니다. 감자 값을 낼 돈이 없었거든요.

오늘날에도 농업분야 거대기업들은 부유한 아일랜드 농부들처럼 다양한 방법을 동원해 개별 국가의 농지를 독점합니다. 그리곤 수출 가능한 한 가지 작물만 재배하죠. 쌀이나 콩, 옥수수, 감자 같은 것 말입니다. 이런 식으로 많은 농토가 새로운 수출용 작물 재배지로 바뀌면 부농들은 막대한 이윤을 챙기게 됩니다. 더욱 부유해진 농민들은 이웃의 땅을 더 사들입니다. 결국 양질의 농지는 모두 수출용 작물 한 가지만 재배하고, 모든 농부가 가장 부유한 농부 밑에서 일하게 되죠.

전에는 모든 농부가 서로 다른 작물을 재배했습니다. 한 가지 작물만 재배하지 않았죠. 해서, 한 가지 작물에서 손해를 보더라도 전체 인구의 생명을 지탱시켜주는 다른 작물이 있었습니다. 하지만 새롭게 도입된 수출용 단일품종 농법하에서는 아일랜드 감자 기근 때처럼 병해충이 유행하거나 또는 비가 제때 내리지 않는 등의 이유로 농업이 한꺼번에 무너질 수도 있습니다. 상당수 기근이 이런 식으로 초래됩니다.

하지만, 이보다 훨씬 빈번하게 기근을 유발하는 것이 있습니다. 바로 농산물 가격의 등락입니다. 양질의 농지가 한 가지 수출용 작물에 독점적으로 사용되다보니 농민들은 자기 경작지의 작황보다 세계 식량시장의 오르내림에 더 큰 영향을 받을 수밖에 없습니다. 재배하는 수출용 단일 작물의 거래가격이 경쟁 증가로 급락하기라도 하면, 수많은 농업 노동자들이 일자리를 잃거나 임금을 삭감당합니다. 모든 농지가 단일 작물 재배에 이용되는 상황이다보니 달리 식량을 구할 길이 막막하겠죠. 이런 식으로 수많은 빈곤층이 굶어죽게 되는 겁니다.[2]

거의 모든 제3세계 국가의 시장이 제1세계 기업들에 의해 개방됐습니다. 이런 식의 건강한 경쟁으로 가격이 떨어집니다. 따라서 가격 등락에 의한 굶주림

2) 이를테면, 브라질 북동부 일대는 한때 생계형 농업이 성했고, 자체 생산한 식량으로 충분히 먹고살 만한 지역이란 평가를 받았다. 하지만 2차 대전 이후 미국 설탕업계가 진출해 이 일대의 경작 가능한 농토 대부분을 사탕수수 재배 농장으로 탈바꿈시켰다. 이 지역 부유층 엘리트들은 막대한 외국자본을 투자받았지만, 지역 주민들이 먹고사는 데 필요한 충분한 수입 식량을 사는 데는 턱없이 모자란 임금을 줬다. 결과적으로 이 지역 주민들은 차츰 굶주림에 시달리게 되었다.

예스맨 프로젝트

이—어떤 때는 느리게, 어떤 때는 매우 빠른 속도로—지구촌 대부분 지역에서 발생하는 겁니다.

다행스럽게도, 최악의 현금 부족 상황이 닥치면 국제통화기금(IMF)과 세계은행의 동료들이 일정한 구제금융을 지원해줍니다. 구제금융은 경제성장과 개방화, 현대화 과정에 발생한 굶주림을 일시적으로 누그러뜨립니다. 하지만 구제금융을 받기 위해 해당 국가는 농업부문 거대기업에 더욱 문호를 개방해야 합니다. 안타깝게도 이런 식으로 번영을 향해 나아가는 과정에서 조금 더 많은 이들이 굶어죽게 되지요.

청중석 중간쯤에서 경악스럽다는 듯 헐떡이는 소리가 들린다.

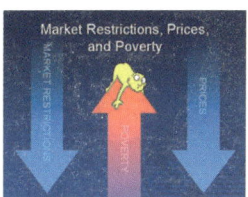

'로빈후드'식 해법?

이 때문에 비전문가들은 쉽게도 맹목적인 결론에 도달하게 됩니다. 즉, 제1세계 거대기업들이 현지의 생활방식을 저버리고 수출용 단일품종 생산에 집중하면서 취약한 제3세계 주민들을 날씨는 물론 변덕스러운 세계 시장에 무방비로 노출시켰다. 그러니 제3세계의 극심한 기아와 이로 인한 사망에 사실상 책임이 있는 것 아니냐. 뭐, 이런 식이죠.

이런 주장이 우리가 익히 아는 '잘못된 진실' 중 하나입니다. 농업개혁을 내걸고 봉기한 멕시코의 '사파티스타 민족해방운동'이나 국제농민운동단체 '비아 캄페시나(농민의 길)', 또 여성 생태운동가인 인도의 반다나 시바를 추종하는 사람들이나 세계화에 반대하는 '세계개발운동' 같은 단체들도 다들 시작은 좋은 뜻에서 했을 겁니다. 이분들은 관세나 기타 수출 제한 조처를 통해 거대 농업기업의 활동을 제한해야 한다고 주장하고 있죠.

이런 조처를 통해 거대 기업들이 제3세계 시장에서 자기들 멋대로 굴 수 없게 만들면, 해당 국가 안팎의 소수 엘리트 계층만 부유하게 만드는 대신 현지인들의 식량권을 보장하는 쪽으로 농지가 전용될 것이란 얘기죠. 돈벌이가 잘 되는 수출시장에 제한을 가하면, 지역 단위 소규모 시장이 다시 활성화되고, 농민들도 한 가지 수출용 작물만 재배하지 않고 다양한 작물을 재배하게 될 것이라는 게 이분들의 주장입니다. 이를 통해 극심한 가뭄이나 홍수, 국제 식량 가격 폭락 등의 사태가 벌어지더라도 제3세계 농민들의 생존 가능성이 높아질 것이라는 겁니다.[3]

자, 이런 식으로 '부자 괴롭히기'를 하면 신께서 듣기는 좋을지 모르겠습니다. 하지만 기아를 조금이라도 줄일 수 있다 하더라도 이런 방식에는 아주 극단적이고 치명적인 문제들이 있습니다. 따라서 이런 방식은 100% 해법이 될 수 없죠.

이제 청중의 절반가량이 당황하거나 겁에 질린 표정으로 바뀌어 있다.

3) 조제 보베와 농민단체 '비아캄페시나'는 이를 '식량주권'이라고 부른다. 이에 대해선 책 말미에 있는 부록을 참조하시라.

1. 문화적 둔감증

수출을 제한하고, 관세를 부과하는 식의 해법이 가진 첫번째 치명적인 문제점은 이런 방식이 문화적으로 지나치게 둔감하다는 점입니다.

상상해보죠. 여러분이 세계 최초로 농업 경작을 시도했고, 종자은행도 처음 만들었고, 가축 사육도 제일 먼저 시도한 문화권에 살고 있다고 칩시다. 그런데 다른 나라들이 이런 기술을 받아들여 더욱 발전시키고, 이를 통해 여러분을 수지가 맞는 새로운 시장에 합류할 수 있게 해줬다고 해보죠. 그런 상황에서 다른 사람들이 그 시장에서 철수하라고 주장하면 모욕감을 느끼지 않겠어요? 최고의 시민들이 수출을 통해 부를 축적할 수 있도록 해주는 대신 그저 생존을 위한 농작물이나 재배하는 시절로 돌아가라고 한다면 어떻겠느냐고요. 바로 이런 문화적 둔감증이 제3세계 시장에서 제1세계 농업기업의 활동을 제한해야 한다는 주장에 해당국 부유층과 힘있는 분들이 분개하도록 만드는 건지도 모릅니다. 굶주림을 일부 줄일 수 있다고요? 그 대가가 너무 크지 않나요? 인류의 진보를 가로막는 것이나 다름없는 주장이죠.

청중석에서 세 명이 벌떡 일어나 강연장을 빠져나간다.

2. 투자자본 감소

이런 주장도 있습니다. 제3세계 각국이 자국 내부의 수요에 좀더 집중하면, 수

출을 통해 부를 축적하는 건 더 어려워지는 반면 가난한 사람들은 좀더 나은 땅에서 농사를 지을 수 있는 기회가 생기면서 좀 덜 가난해질 것이란 거죠. 그에 따라 빈부격차도 점차 줄어들 것이고요.

어쩌면 괜찮은 아이디어라 여기실지도 모르겠습니다. 그러나 안타깝게도, 여러분 모두 잘 아시다시피, 현대 기업경제는 빈부격차에 의존하는 바가 매우 큽니다.

자, 보시는 것처럼 가난한 사람들은 생계를 위해 돈을 씁니다. 거의 투자를 할 수가 없지요. 빈민과 중산층이 어느 한 나라의 자산 95%를 소유하고 있다고 가정합시다. 이럴 경우 기업의 성장을 위한 투자에는 그 나라 자산의 15% 남짓만 사용될 수 있게 됩니다.

반면 부유층은 배를 곯지 않고도 엄청난 금액을 투자할 수 있습니다. 부유층이 한 나라의 자산 95%를 점하고 있다고 가정하면, 그 나라 자산의 75%가 기업의 성장에 투자될 수 있습니다. 부자들에 대한 교육이나 의료세 감세가 이뤄진다면 투자 규모는 더욱 늘어나겠죠. 자유시장경제 강의시간에 다들 배우신 것처럼, 바로 이런 방식으로 모두가 부유해질 수 있게 됩니다.

3. 자본주의 간섭

거대기업이 제3세계 시장에서 활동하지 못하게 함으로써 벌어질 문제점이 하나 더 있습니다. 이런 식으로 기아 문제를 해결하고자 하는 사람들은 자유시장경제 이론을 전혀 이해하지 못하고 있다는 점입니다.

지난 1786년, 현대 신자유주의 경제학의 비조로 불리기도 하는 영국의 위대한 경제학자 조지프 타운센드는 자유시장 자본주의의 근간에 대해 이렇게 말한 바 있습니다.

"굶주림은 인간이라는 흉폭한 짐승을 길들일 것이다. 굶주림이 그들에게 예의와 범절을, 순종과 복종의 미덕을 가르쳐줄 것이다. 가장 야만적이고, 완고하며, 사악한 자들에게 (……) 굶주림만이 게으르고 가난한 자들이 일을 하도록 만들 수 있으며 (……) 배고픔은 비단 평화롭고, 조용하며, 지속적인 압박일 뿐 아니라 근면과 노동의 가장 자연스런 동기가 된다. 배고픔이야말로 열심히 일해야 하는 이유를 가장 강력하게 일깨워준다."[4]

달리 말해 자연계와 마찬가지로 인간세계에서도 배고픔이 때로 도움이 된다는 겁니다. 특정 계층의 사람들이 열심히 일하지 않아 배고픔과 고통을 겪는 모습을 보면 이를 지켜본 다른 부류의 사람들은 배전의 노력을 기울여 열심히 노력하게 됩니다. 국민 전체의 활력이 높아지고 어려운 근로 조건도 참아낼 수 있게 되죠. 그러니 굶주림은 자유시장경제 이론은 물론 인류 진보의 근간이라 할 수 있습니다. 굶주림을 영원히 근절시키면 견고한 노동력의 기반이 위협받을 겁니다. 자유시장제도의 뼈대와 모든 문명의 발전도 위협하는 결과를 낳게 되겠죠.

타운센드가 말한 '굶주림의 미덕' 모델이 잊혀졌을 때 무슨 일이 벌어졌는지는 쉽게 확인해볼 수 있습니다. 제1세계 여러 나라를 비롯해 일부 제3세계 국

4) 조지프 타운센드가 1786년 펴낸 『인류에 대한 선의가 만들어낸 빈곤의 법칙에 관한 보고』에서 따온 내용이다.

 예스맨 프로젝트

가에서 전 국민에게 최저생계를 보장해주고 있습니다. 노숙자건, 무능력자건, 범죄자건 지능이 떨어지건 게으르건 가리지 않죠. 누구라도 매달 일정한 생계보조비를 받습니다. 영구적으로 말입니다. 해서 꽤 나이를 먹을 때까지 굶어죽지 않게 만들어주는 거죠. 이런 나라들, 그러니까 네덜란드나 쿠바 같은 나라와 미국의 GNP를 한번 비교해보시기 바랍니다. 결국 굶주림 없는 세상을 얘기했던 나라가 한참이나 뒤져 있다는 걸 쉽게 확인하실 수 있으실 겁니다.

미국식 해법

자, 우리 모두 적절한 대학 교육을 받았습니다. 그러니 제가 굳이 여러분께 제3세계의 극심한 아사 사태의 원인이 뭔지에 대한 정답을 가르쳐드릴 필요는 없을 겁니다. 여러분도 아시고, 저도 압니다. 언제나 그렇듯 정답은 간단합니다. 바로 시장 때문이죠.

이제 청중 대부분이 강연에 대한 혐오감을 여실히 드러내고 있다. 분노에 몸을 떠는 사람도 있다. 연단을 향해 뭔가 집어던지는 사람까지 있다. 앤디는 못 본 척한다.

여러분도 알고 계시리라 믿습니다만, 이미 시장 경제체제 아래서도 굶주림을

줄일 수 있는 방법이 있기는 합니다. '굶주림의 미덕'을 오늘에 되살려낸 자본주의, 즉 미국식 해법이 있다는 겁니다.

미국 인구 상당수가 빈곤층으로 분류된다는 점은 잘 알려져 있습니다. 사실 미국의 빈민층의 상황이 제3세계 빈민과 비슷한 수준인 경우도 있죠.

하지만 미국인들이 영양실조에 걸리는 경우는 극히 드뭅니다. 좀더 정확히 말해, 미국 빈민들은 제3세계 빈민들처럼 쇠약증이나 단백 열량 부족증, 소아영양실조, 영양실조에 따른 왜소 발육증 등 굶주림 때문에 노동능력이 떨어지는 질병에 허덕이지는 않는다는 거죠. 사실 미국 빈민들은 오히려 '식량 과잉'으로 골치를 앓고 있습니다. 수면무호흡증이나 당뇨병, 고혈압, 심혈관질환, 담석증, 가성뇌종양 등 대부분의 질병은 노동능력에 치명적인 손상을 입히는 것과는 거리가 멀죠. 이런 결과가 나타난 것은 배고픔이 추동시킨 시장의 미덕

때문에 가능했습니다. 시장에 개입했기 때문이 아니란 얘깁니다!

이 기적의 원인을 어디로 돌려야 할까요? 여러분 대부분이 지금쯤 마음속으로 정답을 떠올리셨을 겁니다. 그렇습니다. 바로 패스트푸드 덕분입니다.

1950년 이전까지만 해도 대부분의 미국 빈민층은 식량을 가능한 한 자급했습니다. 말하자면 시장체제 바깥에서 허리가 휠 정도로 힘겹게 먹을거리를 마련했던 거죠. 지금도 제3세계 일부 지역에선 이런 방식이 여전히 성행하고 있습니다.

하지만 오늘날 미국에선 이런 식량생산 양식이 비교할 수 없을 만큼 훨씬 효율적인 패스트푸드 산업으로 대체됐습니다. 이를 통해 미국의 빈민층이 하루 단 5달러만 투자하면 굶주리지 않고 상대적으로 생생하게 살아남을 수 있게 됐죠. 물론 작은 부작용이 있긴 하지만 말입니다.

분노로 씩씩거리는 소리가 '상대적으로 생생하게' 들리기 시작한다.

패스트푸드 시장이 대중에게 자유롭게 음식을 공급할 수 없게 되면 어떤 상황이 벌어지는지에 대한 예로 다시 유럽을 들어보겠습니다. 1900년대 초반 프랑스에서 '보육'이란 이름의 사이비 과학이 유행했습니다. 아이의 음식 섭취량을 측정하고, 몸무게가 느는 추이를 주의 깊게 관찰하라고 어머니들에게 가르쳤죠. 패스트푸드는 법 제도와 교육을 통해 최대한 억제시켰습니다. 오늘날 프랑스 빈민들이 미국의 빈민들보다 훨씬 오래 살지는 모르겠습니다만, 두 나라의 GNP는 어떨까요? 뭐, 더 말씀드릴 필요도 없을 줄 압니다. 프랑화를 사려는 사람 보셨습니까?

실효를 거두기 위해서

지구촌은 매우 복잡한 곳입니다. 미국에서 기적을 일으킨 해법이라고 해서 이를 곧바로 제3세계에 이식해 그곳에서도 기적이 이뤄지기를 기대할 순 없는 노릇입니다.

문제는 빈곤입니다. 미국의 빈민들은 어떻게든 하루 패스트푸드 비용으로 5달러씩을 만들어낼 수 있습니다. 하지만 제3세계 '문제인구'들에겐 하루 1달러짜리 햄버거를 사먹는 것조차 너무나 어려운 일입니다. 수출용 단일품종 농산물 생산으로 이들이 하루 벌 수 있는 돈은 대부분 2달러에도 미치지 못하거든요.

장기적으로 이들이 많은 돈을 벌어서 살아가는 데 충분한 만큼의 햄버거를 사먹을 수 있을 것이라고 생각하시는 분들도 있을 겁니다. 하지만 그건 너무 먼 미래의 얘깁니다. 현재로선 이들의 수입이 오히려 감소하고 있거든요.

다른 각도에서 해법을 모색하는 분들도 있습니다. 충분한 양의 식량을 확보하는 것보다 빈민들 자체에 관심을 기울이는 분들이죠. 이분들은 수술을 통해 빈민들이 필요로 하는 식품 섭취량을 줄이는 것도 하나의 방법이 될 수 있다고 주장합니다.

두말할 필요 없이, 저희 WTO는 이런 방법에 대해 대단히 비판적입니다. 수술이란 방법을 동원하면 그 대상을 영구적으로 바꿔놓게 되기 때문입니다. 이렇게 수술을 통해 '배고픔을 모르게 된' 소비자들은 시장에서 산송장이나 다름없습니다. 시장이 되살아난 뒤에도 소비를 할 수 없기 때문이죠. 수술법은 또한 문화적으로도 매우 둔감한 방법입니다. 관료주의 상층부에 있는 사람들

 예스맨 프로젝트

손에 일을 맡겨야 하거든요. 물론 게으른 정부나 유엔 관료가 아니라 숙련된 외과의사나 유전학자가 집행하겠습니다만, 그들에게도 문제가 있기는 마찬가지입니다. 사회주의에서 사용하는 '인간 개조론'도 굶주림을 줄이는 한 가지 방법으로 차용할 만합니다. 경제를 최대한 발전시킬 수 있는 쪽으로 자본이 흘러갈 수 있게 만드는 미덕도 있지요. 특권층 쪽으로 말이죠. 하지만 여기서 이 방식의 장점은 멈추고 맙니다.

다행스럽게도, 세계 식량 시장이 선택한 수출용 단일품종에 의지하는 가난에 찌든 나라 사람들을 위한 훨씬 나은 방법이 있습니다. 부를 창출해내는 소비나 노동을 추동해내는 굶주림을 무력화시키지 않으면서도 굶어죽는 것은 막을 수 있는 해법 말입니다. 바로 시장에 기반을 둔 방법입니다.

인권?

인류 진보의 긴 여정 속에서 우리는 종종 이런 상투적인 말을 듣게 됩니다. "어, 그런 식으로 행동하시면 안됩니다. 그건 옳지 않아요. 인권을 침해하는 겁니다." 19세기와 20세기 산업화의 매 길목마다 우린 이런 말을 듣곤 했죠. 노사관계의 효율성을 높일 때마다 이런 말이 어김없이 나왔습니다. 심지어 요즘도 비슷한 소릴 듣고 있죠!

하지만 생각해볼 일입니다. 인권의 영역에선 모든 문제를 이렇게 간단하게 취급해도 되는 건가요?

잊지 말아야 할 것은, 불과 150년 전만 해도 공장 노동자들에겐 인권이라는 개념조차 없었다는 점입니다. 계층 상승의 사다리를 올라가기 위해 노동자들은 그저 열심히 일만 하면 됐습니다. 하지만 요즘 들어 노동자들에게 자신감을 심어줄 수 있는 이런 식의 비전이 실종돼버리고 말았습니다. 제3세계 노동자들에게 쓸데없이 '인간이란 존재'의 의미 따위나 고민하게 만들고, 결국 우리 제1세계인들이 이미 성취한 생활수준으로 향해가는 그들의 진보만 정체시키고 말았죠.

과학자들 사이에서는 상황을 더욱 우울하게 만드는 보고서도 나오고 있습니다. 하루 열두 시간 이상 반복적인 일을 하는 사람들의 뇌파는 보통의 인간보다 햄스터의 뇌파와 더 비슷하다는 연구 결과가 발표되기도 했죠. 제3세계 인구 절대 다수가 이런 식의 생활방식을 선택할 수밖에 없는 상황임을 감안할 때, 이들의 인권을 평가함에 있어 이와 같은 생물학적 범주와 관련된 질문을 피할 수 있을까요? (햄스터, 물론 귀엽죠. 보살핌을 받을 자격이 충분합니다. 하지만 햄스터한테도 인권을 인정해줘야 하나요?)

이런 질문들에 대해 생각할 때면, 세계은행 수석경제학자 출신으로 현재 하버드 대학 총장으로 재직중인 로렌스 서머즈가 비슷한 문제에 대해 말했던 실용적인 답변을 기억할 필요가 있습니다.

우리끼리 하는 얘깁니다만, 세계은행이 공해산업을 저개발국가(LDCs)로 이전하는 것에 대해 좀더 적극적으로 나서야 한다고 생각하지 않으세요? (……) 독성 폐기물을 임금 수준이 열악한 국가로 보내는 것의 경제적 논리는 사실 나무랄 데가 없습니다. 그 점은 인정해야 합니다. (……) 인구가 많지 않은 아프리카 국가들은 오염도도 대단히 낮습니다. 로스앤젤레스나 멕시코시티와

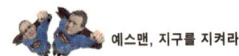

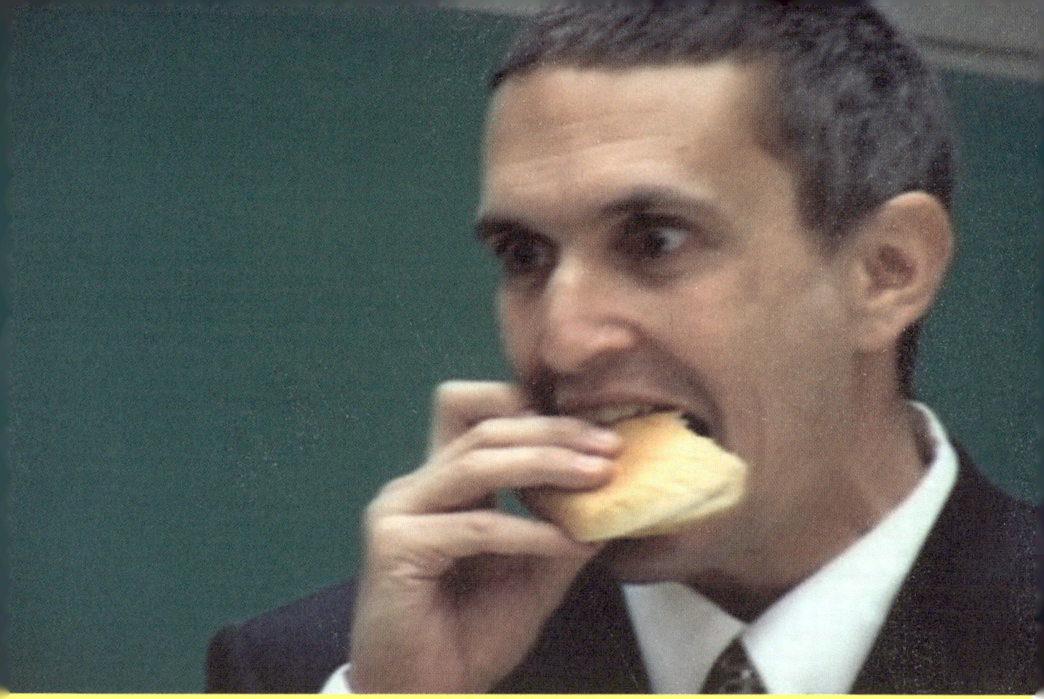

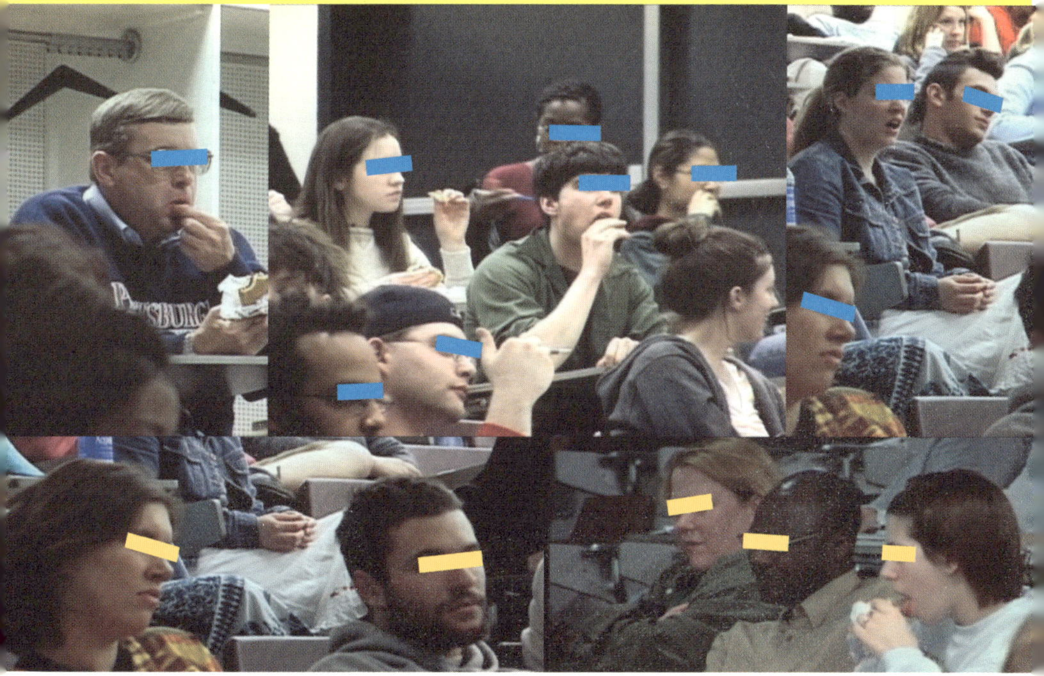

비교해볼 때 이들 국가의 대기 오염도는 대단히 '비효율적'으로 낮을 겁니다. ……백만 명에 한 명 꼴로 전립선암을 유발하는 오염물질이 있다고 할 때, 인구 절대다수가 전립선암에 걸릴 수 있을 때까지 살아남는 국가가, 5살 이하 영유아 사망률이 천 명에서 2천 명이나 되는 나라보다 실제 암에 걸릴 확률이 당연히 훨씬 높은 거거든요.[5]

서머스는 당연해 보이는 것의 이면을 살펴볼 필요가 있다는 점을 잘 알고 있는 겁니다. 우리가 제3세계 국가에 끼치는 영향을 그저 피상적으로만 봐서는 안 된다는 얘기죠. 이런 식의 실용주의야말로 오늘날 시장제도를 방해하지 않으면서 제3세계 기아 문제를 해결할 수 있는 유일한 해법을 이해하는 데 도움이 됩니다.

'제3세계를 위한 제3의 길'

　자, 우리 제1세계 사람들에게 재활용이란 개념은 매우 익숙합니다. 재활용을 상징하는 커다란 녹색 깡통 그림 같은 건 다들 익히 보셨을 겁니다. 우리 대부분은 재활용 문제를 그리 심각하게 여기지 않습니다. 재활용 대상 품목이 문제의 극히 일부라는 점 정도만 알고 있는 수준이죠. 이를테면 개인이 소비하고 남은 먹을 수 없는 산업 생산품에 국한돼 있다는 정도로 말입니다.

5) 영국 시사주간지 〈이코노미스트〉 1992년 2월 8일자에서 당시 세계은행 수석경제학자인 로렌스 서머스의 말을 따 전한 「그들에게 공해를 먹게 하라」는 제목의 기사에 등장하는 발언이다.

하지만 다른 형태의 재활용도 존재합니다. 중요한 것은, 그것이 중요한 곳에서 재활용하는 겁니다.

이런 논리의 배후 이론을 이해하기 위해 먼저 인간의 몸이 그리 효율적이지 않다는 점을 인식해야 합니다. 소화가 잘 되지 않는 음식을 먹었을 때는 섭취한 음식물이 함유한 영양소의 단 30%만 소화과정에서 인체에 흡수됩니다. 나머지 70%의 영양소는 소비한 뒤 남는 부산물로 배출되는 셈이죠.

이미 20년 전에 미 항공우주국(NASA) 과학자들은 이와 같은 영양의 보고를 개발하려고 시도한 일이 있습니다. 우주비행사들이 남긴 부산물을 건강하고, 위생적이며, 맛까지 좋은 음식으로 다시 탈바꿈시킬 수 있는 필터 개발을 추진한 거죠. 이 기술을 이용하면, 예를 들어 햄버거 한 개를 열 번 이상 먹을 수 있습니다. 이 과정을 통해 애초 만든 햄버거의 영양학적 가치보다 세 배 정도

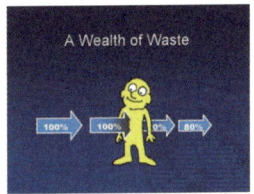
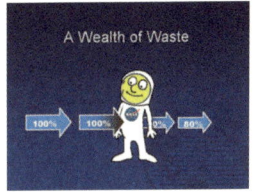

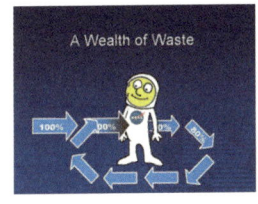

의 영양소를 축적해 소비할 수 있게 됩니다.

이미 상업 부문에서 이 기술이 성공적으로 활용될 수 있다는 점이 증명됐습니다. 지난 2년 동안 패스트푸드 업계의 연구 개발을 주도하고 있는 맥도널드는 특정 자사 제품의 20~30%에 소비자가 사용하고 남은 부산물을 활용해왔습니다. 여러분이 좀전에 받으신 햄버거 제품을 포함해서 말입니다. 맥도널드는 특히 햄버거를 좋아하지만 새로 만든 햄버거를 살 수 없는 소비자를 겨냥해 일부 제3세계 시장에서 100% 재활용한 햄버거 제품도 이미 출시했습니다.

그리고 이들보다 더욱 가난한 소비자들을 위해 WTO와 맥도널드가 공동으로 새로운 음식 필터링 기술을 개발해냈습니다. 매우 간단한데다 비용까지 저렴해서 제3세계 전체 목표 인구층에 직접 공짜로 음식을 제공할 수 있게 된 겁니다. 새로 개발한 필터는 '개인 식생활 보조기(Personal Dietary Assistant—PDA)'

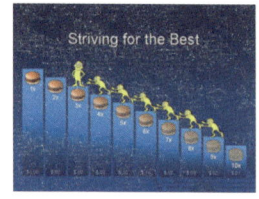
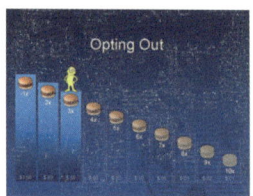

라 불립니다. 커피 필터 정도 크기인 PDA를 이용해 소비자들은 자신의 필요에 맞게 음식물을 몇 차례나 재활용할 것인지를 스스로 결정할 수 있습니다. WTO는 향후 5년 안에 전 세계 20억 빈곤층 인구에게 PDA를 보급하는 것을 목표로 하고 있습니다.

아마도 여러분들은 "이것도 로빈후드식 해법 아니냐"고 생각하실지 모르겠습니다. 공짜로 음식을 나눠주는 거나 마찬가지 아니냐는 거죠. 사실은, 그와 전혀 다릅니다. PDA는 쌀 한 공기 생산하는 정도의 저렴한 비용으로 제작이 가능할 뿐 아니라—다시 말씀드리지만, 잘 만들어진 커피 필터 정도를 생각하시면 됩니다—또한 무한정 재사용이 가능하기 때문에 단 한 차례만 투자하면 됩니다.

더 큰 장점은 재활용을 통해 궁극적으로 현대 시장 체제 아래서 완전하고 정상적인 소비 패턴으로 나아갈 수 있다는 점입니다. 어떻게 그런 일이 가능하냐고요? 생각보다 간단합니다. PDA 사용자들이 안전하게 햄버거의 수명을 열 배까지 늘일 수 있습니다만, 재활용 과정에서 햄버거 맛 체감의 법칙이 적용됩니다. 재활용을 할 때마다 햄버거의 맛이 조금씩 떨어진다는 얘기죠. 시장의 관점에서 보면 단 한 차례 재활용을 한 햄버거일지라도 전혀 재활용을 하지 않은 햄버거에 비해 매력이 떨어질 수밖에 없겠죠. 물론 저는 여러분들이 재활용 햄버거와 재활용하지 않은 햄버거 간에 맛의 차이를 거의 느끼실 수 없을 것이라고 생각합니다만 말입니다.

모든 사람은 자연스럽게 자기가 구매 가능한 최상의 맛을 가진 제품을 사고 싶어합니다. 따라서 PDA 사용자들은 최대한 재활용을 적게 한 제품을 소비하려 들 겁니다. 그러니 가능하면 빨리 재활용을 멈추고, 햄버거를 '보내'버리려 할 겁니다. 말하자면, 네 번 재활용하는 것보다 세 번쯤만 재활용하는 걸 선호하겠죠. 그리고 자기들이 재활용했던 햄버거를 좀더 고품질의 햄버거를 소비할 수 없는 사람들에게 판매하게 됩니다. 이를 통해 그냥 '앉아' 있기만 해도 일정한 부를 축적할 수 있게 되는 거죠.

모든 사람들이 최대한 재활용 햄버거를 다시 먹지 않기를 원할 것이기 때문에 지구촌 시장은 자연스럽게 재활용되지 않은 상품 쪽으로 움직이게 될 겁니다. 보호무역주의나 소화기관 축소수술 같은 문제 많은 사회주의적 해법에 기대지 않고서도 말이죠.

하지만 정작 광범위하게 확산된 재활용 기술의 혜택은 시장 회복이라는 목적이 달성되기 전에도 분명하게 나타납니다. 오스트레일리아를 예로 들어보죠.

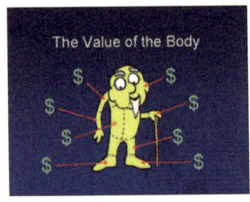

오스트레일리아는 수지가 맞는 무기급으로 전용 가능한 우라늄 광산 개발로 인해 수많은 원주민들의 식량과 식수원이 파괴되고 있어 골치를 앓고 있습니다. 하지만 PDA와 패스트푸드를 잘 활용하기만 하면, 이런 문제를 해결할 수 있죠. 원주민들이 먹을거리를 위해 더이상 땅에만 기대 살 필요가 없어지기 때문입니다. 그러니 자신들이 태생적 권리를 가진 우라늄 광산에서 이익을 챙길 수도 있죠. 그야말로 모두가 '윈-윈' 할 수 있는 상황이 가능해지는 겁니다. 식량과 핵폭탄을 동시에 얻을 수 있으니까 말이죠.

제1세계 쪽에서도 얼마든지 활용이 가능합니다. 기분 좋으려고 제공해오던 식량원조 버릇을 끊기가 쉽지 않다면, 우리가 소비하고 남은 영양 많은 고품질 음식 부산물을 굶주린 제3세계 사람들에게 공급해줄 수도 있으니까요. 재활용이야말로 인도적인 지원의 형식으로는 최상 아니겠습니까?

더 많은 활용 가능성

이제 개방성에 대한 얘기로 결론을 내리고자 합니다. 재활용의 중요한 장점 가운데 하나는 해당 국가 시장의 문화와 잘 통합될 수 있다는 점입니다. 문화적으로 매우 민감하다는 거죠. 정말 기존 문화와 아무런 충돌 없이 끼워넣을 수 있습니다.

하지만 재활용이 아무리 기존 문화와 잘 맞아떨어지더라도, 여전히 조금은 이물감이 있을 법합니다. 뭐랄까요, 외부에서 강제한 문화적 이식이라고 할까요? 그러니 우리가 직면한 다음 도전과제는 훨씬 더 어려워질 겁니다. 기왕에 존재하는 이윤을 얻을 수 있는 잠재력을 개발해보는 것, 그러니까 기존 문화의 인프라를 활용해 건강한 이윤추구를 도모해보는 것 말입니다.

한 가지 대안을 바로 이곳 뉴욕 북부지역에서 찾을 수 있습니다. 이 지역에서 거주하던 아메리카 원주민들은 죽음이 가까워지면 다른 집단 구성원들에게 부담을 주지 않기 위해 길을 떠나는 전통이 있다는 얘기를 들어보신 분들 있을실 겁니다. 아주 감동적인 얘기입니다만, 그 속에는 아직까지 개발하지 못했던 이윤의 가능성이 내포돼 있습니다.

인간의 몸은 죽음에 가까워서도 수천 달러의 가치를 충분히 지닙니다. 그 정도 돈이면 죽어가는 노인의 친지들에게 큰 도움이 되겠죠. 자기가 속한 집단에 부담을 주지 않으려 하는 전통에도 부합하지요. 그러니 이를 활용하는 게 더 생산적인 선택이 아닐까요?

국가적 차원에서도 마찬가집니다. 생각해봅시다. IMF는 특정 국가가 얼마나 많은 자원을 보유하고 있느냐에 따라 구제금융의 규모를 결정합니다. 말하자면 제1세계 거대기업들이 활용할 수 있는 자원을 얼마나 지니고 있느냐를 보고 구제금융의 액수를 판단한다는 거죠. 인간의 신체가 가진 막대한 가치를 자원에 포함시킨다면, 구제금융의 규모도 훨씬 커지지 않겠습니까? 그러니 잘 활용하기만 하면 각 국가의 국민 한 명 한 명이 세계경제에 직접 참여할 수 있게 되고, 또 자기 나라의 미래를 짊어질 수도 있게 된다는 거죠.

이렇게 전통 속에 깊숙이 숨어 있는 잠재적 '황금광'을 찾아내는 과정에서 영감을 얻을 수 있게, 두 가지 역사적 사례를 인용하는 것으로 제 강연을 마칠까 합니다. 그 하나는 20세기 산업화 과정에서 따온 것이고, 다른 것은 콜럼버스가 신대륙을 발견하기 이전의 아메리카에서 따온 겁니다.

 예스맨 프로젝트

먼저 자동차의 아버지로 불리는 헨리 포드가 1923년에 현대 제조업 기술의 특장점을 설명하면서 했던 말을 살펴보죠. 포드는 세계 최초로 대량생산된 자동차인 '모델 T'를 완성하기 위해선 약 8천 가지 공정이 필요하다는 점을 간파했습니다. 그런데 전체 공정 가운데 단 12%만이 '강하고, 신체 능력이 좋으며, 육체적으로 완벽한 남성' 노동자가 필요한 일이었습니다. 포드는 나머지 7천여 가지 공정은 한쪽 팔 또는 양팔을 잃거나, 한쪽 다리 또는 두 다리 모두 없거나, 혹은 신체적 기형이 있는 남녀도 충분히 할 수 있다고 했습니다.

둘째, 지금의 멕시코 땅에서 찬란한 문명을 이뤄냈던 아즈텍 인들도 되돌아볼 필요가 있겠습니다. 아즈텍 인들은 자신들이 먹여 살릴 수 있을 만큼의 인구만 살 수 있는 지역에서 살았습니다. 평소 육류를 섭취하지 않았고, 여가활동도 즐기지 않았죠. 하지만 정기적으로 아주 질 좋은 육류를 섭취하기는 했습니다. 이를 '야만적인 희생'이라고 불렀습니다.

다른 나라가 소비 문호를 개방하도록 도와줄 때마다 기억해야 할 것이 있습니다. 아즈텍 인들과 헨리 포드 같은 이가 익히 알고 있었던 것처럼, 가치란 풍부하면서 유동적인 것이란 점입니다. 또한 가치는 항상 그것이 있는 것처럼 보이는 곳에만 있는 건 아니라는 점도 기억해야 할 겁니다. 이것이야말로 계몽된 이윤 추구의 시대에 식량 문제를 그저 생존과 안락함의 문제 차원을 넘어 모두에게 이익이 되는 방향으로 한 차원 끌어올리려는 우리 모두에게 가장 큰 도전일 것입니다.

감사합니다.

아니멀 트리스테 에스트, 세드 논 시네 포시빌리타티부스[6)]

　강연을 마친 앤디는 질문을 받겠다고 말했다. 순식간에 10여 명의 학생이 한꺼번에 싸울 듯이 손을 들었다. 앤디는 인도계로 보이는 여학생을 지목했다.

"저도 제3세계에서 왔습니다만……" 그 여학생은 입을 열었다. "연사께서 하신 거의 모든 말씀에 심한 거부감을 느꼈습니다. 그러니까 모든 사람은 평등하지만, 어떤 사람은 다른 사람보다 더 평등하다는 거죠? 그리고, 제3세계 사람들이 햄버거를 먹고 싶어한다는 얘기는 누가 하던가요?"

"그거 아세요?" 앤디가 대답에 나섰다. "저는 어떤 경우엔 문화의 특수성을 매우 중요하게 고려해야 한다는 주장에 동의합니다. 그 문화가 독자적인 발전을 이룰 수 있도록 말이죠. 하지만 말입니다, 제1세계에 사는 우리와 제3세계에 사는 그들은 정말 다릅니다. 문화적으로 너무 다르죠. 우린 부유하고, 그들은 가난하지 않습니까. 시장의 논리를 따르자면, 제가 말씀드린 그런 방식이 가장 인도적인 해법이라고 생각합니다."

야유와 웃음과 헛기침 소리가 하나로 어우러지면서 앤디의 주장에 대한 청중들의 완벽한 거부감을 유감없이 웅변해주었다.

맥도널드 유니폼을 입은 마이크가 나섰다. "괜찮으시다면 저도 그 질문에 일

---

6) Animal Triste est, sed non sine possibilitatibus. '짐승은 슬펐지만, 믿을 만한 구석이 없는 건 아니다'라는 뜻의 라틴어 문장이다. 이 문장이 인쇄 출판물에 등장한 것은 이번이 처음이다. 단 영국의 대문호인 지오프리 초서가 그의 대표작인 『켄터베리 이야기』에서 비슷한 표현을 사용하기는 했다. '짝짓기를 한 뒤 모든 짐승은 슬퍼하지만, 여성과 수탉만은 예외다.'

부 답변을 드리고 싶은데요. 햄버거를 먹고 싶어하는지 어떻게 아느냐는 질문에 대한 답변입니다. 맥도널드가 가장 큰 성장을 이루고 있는 곳이 바로 개발도상국들입니다. 그러니까, 실제 제3세계 사람들이 햄버거를 먹고 싶어한다는 얘기죠. 왜 그분들이 햄버거를 좋아하는지 이유를 설명할 수 있는 비디오테이프를 가지고 왔습니다."

마이크는 연단 아래에 있는 비디오플레이어에 테이프를 끼워넣었다. 화면에는 맥도널드 매장의 내부 모습이 화려한 3차원 애니메이션으로 등장했다. 햄버거를 맛있게 먹어치우는 한 여성의 입 모양을 클로즈업한 장면이 뒤를 이었다.

"이건 제1세계 맥도널드 매장에서 햄버거를 먹는 소비자의 모습입니다." 마이크가 설명을 시작했다.

화면에선 햄버거를 다 먹은 여성이 화장실로 가 변기에 앉는다.

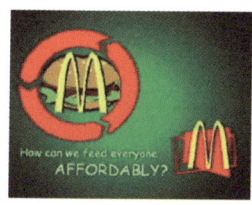

"이 과정은 우리 모두 잘 아는 내용이죠." 마이크가 말했다. "더 설명할 필요는 없을 것 같습니다."

볼일을 마친 여성이 자리에서 일어나 변기 뚜껑을 닫는다. 뚜껑에는 맥도널드를 상징하는 '로널드 맥도널드' 캐릭터의 얼굴과 함께 '감사합니다!'라는 문구가 적혀 있다. 여성이 변기 물을 내리자 변기 배관을 따라 지하의 터널 시스템으로 화면이 이동한다.

"이건 일반적인 파이프 시스템입니다." 마이크는 설명을 이어갔다. "별로 특별할 것도 없죠. 원유 파이프라인을 생각하시면 되겠습니다. 음식과 관련해서도 활용이 가능할 겁니다."

비디오 화면이 한동안 지하 터널을 휙 훑고 지나간다. 파이프에는 몇 미터 간격으로 맥도널드의 로고가 선명히 새겨져 있다.

"이 영상을 세밀한 3차원 애니메이션으로 제작한 이유가 있습니다. 연구 결과 이런 애니메이션에 소비자들이 가장 잘 반응하는 것으로 나타났거든. 제3세계 개발도상국에서는 특히 그렇다고 하네요."

불만의 신음소리가 합창으로 들려왔다.

화면은 다시 지상으로 올라와 맥도널드의 튜브 모습이 보이기 시작한다.

"자, 이제 여러분들이 보시는 것처럼 제3세계의 또 다른 매장으로 '재료'가 옮겨졌습니다." 로널드 맥도널드 모양의 거대한 기계의 뒤쪽에서 찐득찐득한 갈색 물질이 한 덩어리씩 햄버거 빵 위에 떨어진다. 청중들이 탄식하기 시작한다.

"물론 여기 나오진 않았지만, 당연히 필터링 과정을 거칩니다." 마이크가 설

명했다. "완벽하게 위생적이죠."

화면에는 이제 터번을 쓴 남성이 맥도널드 매장에서 메뉴를 고르고 있는 모습이 나온다. "자, 제3세계 소비자 한 분께서 뭘 드실지 고르고 계시네요. 이분은 1번 버거, 2번 버거, 3번 버거, 4번 버거…… 등에서 선택하실 수 있습니다. 여기서 말하는 번호는 버거에 어떤 재료가 들어가 있는지를 뜻하는 게 아니라, 몇 차례나 재활용된 제품인지를 뜻합니다." 다시 한번 불만의 신음소리가 합창으로 들려오는 가운데 비디오 영상이 막을 내렸다.

"당연히 아직까지는 이 시스템을 대중에게 공개할 수 없습니다." 마이크가 설명을 이어갔다. "하지만 저희로선 최대한 투명하게 경영하려고 노력하고 있고요, 이번 행사처럼 제한된 분들에게라도 저희가 하고 있는 일을 알려드릴 수 있도록 힘쓰고 있습니다. 더구나 오늘은 운 좋게 세계무역기구와 함께 행사를 진행하게 됐는데요, 물론 WTO와 저희는 목표가 약간 다르긴 합니다만. 맥도널드의 경영 목적은 이윤을 남기면서 성장을 거듭하는 겁니다. 이 과정에서 영양가 높고 맛 좋은 제품을 소비자들에게 제공해드리는 게 저희들의 희망입니다."

"그리고 저희의 목적은……" WTO를 대표해 앤디가 다시 나섰다. "맥도널드가 이윤을 남기며 성장할 수 있도록 지원하는 겁니다. 그리고 다른 모든 기업들도 마찬가지고요."

"WTO에 결여된 게 있다고 생각진 않으세요? 인간적인 측면 같은 거요." 뒷줄에 앉은 말쑥하게 생긴 친구가 질문을 던졌다. "실제 굶주린 사람들을 보신 적은 있으신가요?"

"당연히 봤죠, 사진으로는." 앤디가 목소리를 높였다.

"그럼 한번 말씀해보세요." 터져나온 비웃음이 잦아들기를 기다려, 뒷줄 학생이 질문을 이어갔다. "누군가 굶어서 죽어가는 모습을 봤다면, 좀더 민감하게 반응해야 한다는 생각이 안 드세요? 시장이나 돈보다는 사람을 먹여 살리는 게 더 중요하게 느껴지지는 않으시냐고요?"

앤디는 힘까지 줘가며 고개를 끄덕였다. "그렇습니다. 저도 당연히 그렇게 느낀다고 말씀드릴 수밖에 없습니다. 이 문제에는 개인적인 측면이 있을 수밖에 없지요. 인간으로서 이 문제에 대해 당연히 의문을 품을 수 있겠습니다. 그러나……" 가장 중요한 문제를 짚어낸다는 듯 앤디가 손가락 하나를 세웠다. "우리 WTO 구성원들은 평균적인 인간보다 이론적 기반이 탄탄합니다. 이런 식의 감정에 그리 흔들리지 않지요. 결과적으로 WTO는 세계무역을 훨씬 지적인 방식으로, 이론적인 방식으로 이끌어갈 수 있습니다. 거대기업의 동료들과 함께 말이죠."

사태가 이 지경이 되자, 학생들은 공책을 구겨 연단 쪽으로 집어던지기 시작했다. 종이를 입으로 씹어 연단 쪽으로 날리는 학생들도 있었다. 먹다 만 햄버거가 날아들어 앤디의 오른쪽 귀 곁을 스쳐 벽에 맞은 뒤 바닥에 떨어졌다.

우리가 마침내 해낸 것이다!

강연이 끝난 뒤 강당 앞에서 성난 학생들과 얘기를 나누는 사이 앤디와 마이크 왼쪽에서는 몇몇 학생들이 싱글싱글 웃고 있었다. 레게 머리를 한 친구도 있었다. 그중 한 명은 직접 만든 구호판을 들고 있었다. "WTO를 KO시키자!" 그 학생이 구호판을 앤디에게 건넸다.

"잘하시던데요." 학생은 살짝 찡그리며 말했다. "덕분에 흥미로운 시간 보냈습니다."

폐쇄
하라

날짜: 2002년 5월 6일 월요일 06시 40분 10초 +1000
보낸 사람: ////////////////
제목: 2002년 5월 21~23일 시드니 전략적 경영관리 회의

스프라트 선생님께

유감스럽게도 지난 5월 3일 금요일 캐나다 회계사협회와 오스트레일리아 회계사협회는 위에 언급한 국제회의를 취소하기로 결정했습니다. 회의 참가 신청자가 너무나 적은 탓에 어쩔 수 없이 이런 결정을 내리게 됐습니다. 이런 소식을 이메일로 전해드리게 돼 대단히 송구스럽게 생각합니다. 주말 사이에 연락을 드렸습니다만 연결이 되지 않았다는 점 혜량해 주시리라 믿습니다......

날짜: 2002년 5월 6일 월요일 21시 10분 32초 -0400
보낸 사람: 힐레드가르트 베스테 weste@gatt.org
받는 사람: ////////////////
참조: sprat@gatt.org
제목: 2002년 5월 21~23일 시드니 전략적 경영관리 회의

//////////////// 선생님께

저는 스프라트 씨의 개인 비서로 일하고 있는 힐레드가르트 베스테라고 합니다. 스프라트 씨가 출장중이실 때는 제가 대신 이메일 답신을 보내고 있습니다. '전략적 경영관리 회의'가 전격 취소됐다는 소식에 충격을 금할 수 없습니다. 더구나 개최 날짜가 얼마 남지 않은 상황에서 취소 통보를 접하게 돼 더욱 당혹스럽습니다.

매우 난처한 상황입니다. 스프라트 씨는 이미 시드니 회의 참석을 위해 출국하신 상태입니다. 그리로 가는 도중에 회의와 강연이 예정돼 있는 몇몇 장소에 들르시기로 하셨거든요......

 예스맨 프로젝트

날짜: 2002년 5월 7일 화요일 12시40분38초 +1000

보낸 사람: //////////////

받는 사람: 힐데그가르트 베스테 *weste@gatt.org*

제목: RE: 2002년 5월 21~23일 시드니 전략적 경영관리 회의

베스테 선생님께

이메일 답신 감사합니다. 급작스럽게 회의가 취소되는 바람에 심려를 끼쳐드리게 됐습니다. 신속하게 알려드리는 게 나을듯 해 짤막하게나마 일단 소식 전합니다. 스프라트 선생님께서 5월 21일 약 40분 동안 오찬 강연을 하실 수 있도록 관심이 있는 분들을 모아보겠습니다. 현재로선 구체적인 계획을 마련하는 중입니다. 조만간 보다 구체적인 내용을 전해드리도록 하겠습니다.

행사 계획이 구체적으로 결정되는 동안, 스프라트 선생님께도 관련 내용을 전해주시기 부탁드립니다. 감사합니다.

오스트레일리아 회계사협회-뉴사우스웨일즈

전화: (02) //////////////

팩스: (02) //////////////

휴대폰: //////////////

이메일: //////////////

좋은 소식이 있다! 시드니 회계사협회를 설득하는 데 성공했다. 예정된 대규모 회의는 취소됐지만, WTO 대표단이 발언할 수 있도록 특별 오찬 강연회를 열기로 했다.

플라츠버로 '실전연습'을 통해 얻은 교훈을 시드니에서 어떻게 활용할 것인지

를 두고 심사숙고를 거듭했다. 그런데 우리가 플라츠버로에서 얻은 교훈이 대체 뭐지?

한편으로 생각해보면, 인류의 절반에게 똥을 먹인다는 발상 자체가 워낙 말도 안 되는 얘기였다. 국제 상거래를 관장하는 WTO 같은 조직에서 파견한 인사가 그런 식의 주장을 내놓는다는 건 아무도 믿지 않을 것이다.

하지만 그저 대학 재학생이 대학 졸업생보다 훨씬 똑똑하다는 게 이유일 수도 있었다. 무슨 말이냐 하면, 경영대학원을 졸업한 사람들은 입학하기 전보다 지적 능력이 떨어진다는 얘기다. 학생들이 앤디가 말도 안 되는 주장을 처음 내놓자마자 반응을 보인 걸 보면 이 설명이 더욱 타당해 보인다.

처음엔 시드니 행사에서 이 가설을 실험해보려고 했다. 하지만 결국엔 새롭게 나온 아이디어가 더 낫다는 결론을 내리게 됐다. 아주 간단하고, 직접적이며, 우리가 거부할 수 없을 정도로 명료한 것이었다.

그 아이디어가 처음 나온 것은 앤디가 파리에서 출연했던 CNBC 방송의 '유럽 시장 정리' 프로그램 비디오테이프를 밥에게 보여줬을 때. 테이프를 다 보고 나서 밥은 낮게 휘파람을 불며 이렇게 말했다. "잘했네. 아주 잘했어. 하지만 좀더 막나갈 수도 있었을 텐데, 그게 좀 아쉽네."

"어? 그게 무슨 소리야." 앤디가 말했다. "난 완전히 바보 천치 같은 말만 골라서 했다고. 더이상 뭘 어떻게 하냐?"

"아예 폐쇄를 시켰어야지." 밥이 대답했다.

"뭐? 그건 또 뭔 소리야?" 앤디가 말을 받았다.

"폐쇄시켰어야 했다고. 말 그대로 폐쇄를 선언했으면 좋았잖아. WTO가 내부

 예스맨 프로젝트

검토를 해봤더니…… 세상에나! 새로운 데이터를 분석해보니까, 밖에서 비판하는 것처럼 세계화가 어려운 사람들에게 상처를 주고 있다는 점이 밝혀졌다고 하는 거지. 그에 대해 WTO는 아주 유감스럽게 생각하고, 그래서 자진해서 문을 닫기로 결정했다고 말이야. 그렇게 했으면 하루 종일 난리가 났을 걸, 아마."

물론 시드니 회계사협회 행사를 황금시간대에 방송되는 텔레비전 프로그램에 비할 바는 아닐 것이다. 그럼에도 밤의 구상을 행동에 옮기기는 충분해 보였다. 이번 행사가 WTO를 대신해 '명의보정'에 나서는 마지막 무대가 될 것이 확실하다. 이제 강연을 해달라는 요청이 오더라도 더는 수락하지 않을 생각이었다. 인생은 짧다. 지구촌 이곳저곳을 떠돌아다니며 가면무도회에도 나가는 양 WTO 관료로 행세하기를 1년 반이나 계속 했다. 그것으로 충분하고도 남는다.

WTO의 '명의보정자'라는 우리의 역할이 끝을 맞게 될 판인데, WTO를 폐쇄시키는 것도 나쁘지 않을 것 같았다. 더구나 WTO를 폐쇄하는 건 분명 옳은 일 아니던가.

'똥버거'를 나눠주는 대신, 우린 사실에 충실하기로 했다. 수많은 사실을 쏟아낼 참이다. 과장하고 부풀리지 않은 사실 그 자체에 집중하기로 했다. WTO가 가난한 사람들의 것을 빼앗아 부자들에게 고스란히 갖다바치는 현실에 대해 단순명확하고 체계적인 설명을 해볼 계획이다. 그러고 나서, WTO를 폐쇄할 것이다.

유일한 문제는 우리에게 뭔가 체계적으로 똑똑한 일을 하라고 하는 것은 고슴도치한테 앞마당 잔디를 깎으라고 하는 것이나 마찬가지라는 점이다. 우리는 우스꽝스럽고, 비천하며, 오지랖 넓은 짓에나 익숙해 있다. '체계적'이라거나 '건설적'이란 낱말은 우리 사전에 없다, 이 말씀이다.

몇 주 동안이나 동그란 구멍에 네모난 나무 막대기를 꽂아보려고 발버둥쳤다. 하지만 소용없었다. 결국 외부에서 도움을 구하기로 했다. 마이크가 파리에 있는 앤디에게 전화를 걸었다.

"저 말이야, 배리 코츠 기억해? CNBC에 같이 출연했던 그 똑똑한 친구 말이야. 혹시 너 그 친구한테 우리가 진짜 WTO에서 온 사람이 아니라는 얘기 해줬어?"

"어, 음…… 아니, 그러고 보니 그런 적은 없어."

시드니로 가는 길에 우린 런던에 먼저 들렀다. 배리 코츠는 런던에서 세계개발운동(WDM) 사무총장으로 일하고 있었다. 우리는 '그랜위스 홀라트베리 대변인' 선생의 정체에 대해 설명해주었다. 코츠 총장은 배꼽을 부여잡고 한참을 웃어댄 뒤, 시드니 행사와 관련해 실타래마냥 엉켜 있던 우리의 생각을 기꺼이 정리해줬다.

오찬 강연이 예정된 날 아침, 우리는 면도를 두 번이나 하고 넥타이를 고쳐 매고 또 고쳐 맸다. 모든 면에서 완벽을 기했다.

마침내 시드니 시내에 있는 오스트레일리아 공인회계사협회 사무실로 향했다. 가능한 늦게 나타나는 게 좋을 듯해 시작 10분 전에야 건물 안으로 들어섰다. 로비의 안내판을 보니 같은 건물에 캐나다 영사관도 입주해 있었다.

로다 라슨 회계사협회 사무간사가 반갑게 인사를 건넸다. "스프라트 선생님이시죠? 모시게 돼서 정말 영광입니다."

"예, 뜻있는 분들과 중요한 얘기를 나눌 수 있게 돼 저로서도 영광입니다." 앤디가 우울한 목소리로 답하며 악수를 건넸다.

"버나노 선생님 되시죠?"

"마이크라고 부르셔도 됩니다." 마이크가 말했다.

"어쨌든 잘 오셨습니다. 청중들은 벌써 기다리고 있습니다."

라슨 간사는 협회 임직원들을 우리에게 소개했다. 이어 특이한 직함을 가진 사람도 소개받았다. 캐나다 총영사였다.

"정말 총영사님이세요?" 앤디가 물었다.

"그렇습니다." 그 사람이 선선히 대답했다.

"와주셔서 감사합니다."

"좋은 기회를 놓칠 수 있나요. 캐나다 연어 문제와 관련해 뭔가 해법이 필요하거든요. 물론 오스트레일리아는 양고기 문제에 관심이 많을 겁니다만. WTO에서 조속한 시일 내에 연어 문제와 양고기 문제에 대해 좋은 결정을 내려주시기 바랍니다." 그가 외교적인 어투로 말했다.

연어? 양고기? 앤디는 그날 강연의 주제가 캐나다산 연어와 오스트레일리아산 양고기를 중심으로 본 '농어업 분야의 세계화'였다는 걸 까맣게 잊고 있었다. 6개월 전 강연 주제를 전달받은 마이크는 연어와 양고기 무역 자유화와 관련된 수많은 자료를 내려받아 강연에 써먹을 만한 것이 있는지 훑어보기 시작했다. 정신이 멍해지도록 자료를 분석하는 동안 앤디는 연어나 양고기 같은 '사치재'에 대한 흥미를 잃고, 자유시장경제가 만들어낸 전혀 다른 영역에 집중하기로 결심했다. 바로 굶주림이었다. 그래서 햄버거 얘기를 하게 된

것인데, 이젠 거기서 또 밥이 제시한 훨씬 세련되고 흥미로운 주제로 옮겨가 있었다.

마이크가 나섰다.

"저는 WTO 홍보실에서 나왔습니다. 스프라트 씨는 오늘 연어나 양고기에 대한 강연을 하시지 않으실 겁니다. 계획이 바뀌었습니다."

"급작스럽고도 극적인 변화죠." 앤디가 덧붙였다. "믿을 수 없을 만큼 극적입니다. 하지만 전체적으로 만족하실 만할 겁니다."

우리의 캐나다 총영사께서는 두 사람이 번갈아 던진 말에 당황하는 기색이 역력했다. 그가 막 질문을 짜내려는 순간 그날 행사의 사회를 맡은 트래비스 매딩턴이 끼어들었다.

"이제 자리를 잡아야 될 것 같네요. 시작할 준비가 다 됐습니다."

다음은 2002년 5월 21일 WTO 개발경제연구부의 '킨니스렁 스프라트' 오스트레일리아 시드니 회계사협회 오찬 강연 내용이다. 행사 안내문에는 '농업부문 세계화 : 그 방향과 결과' 란 제목으로 소개되었다.

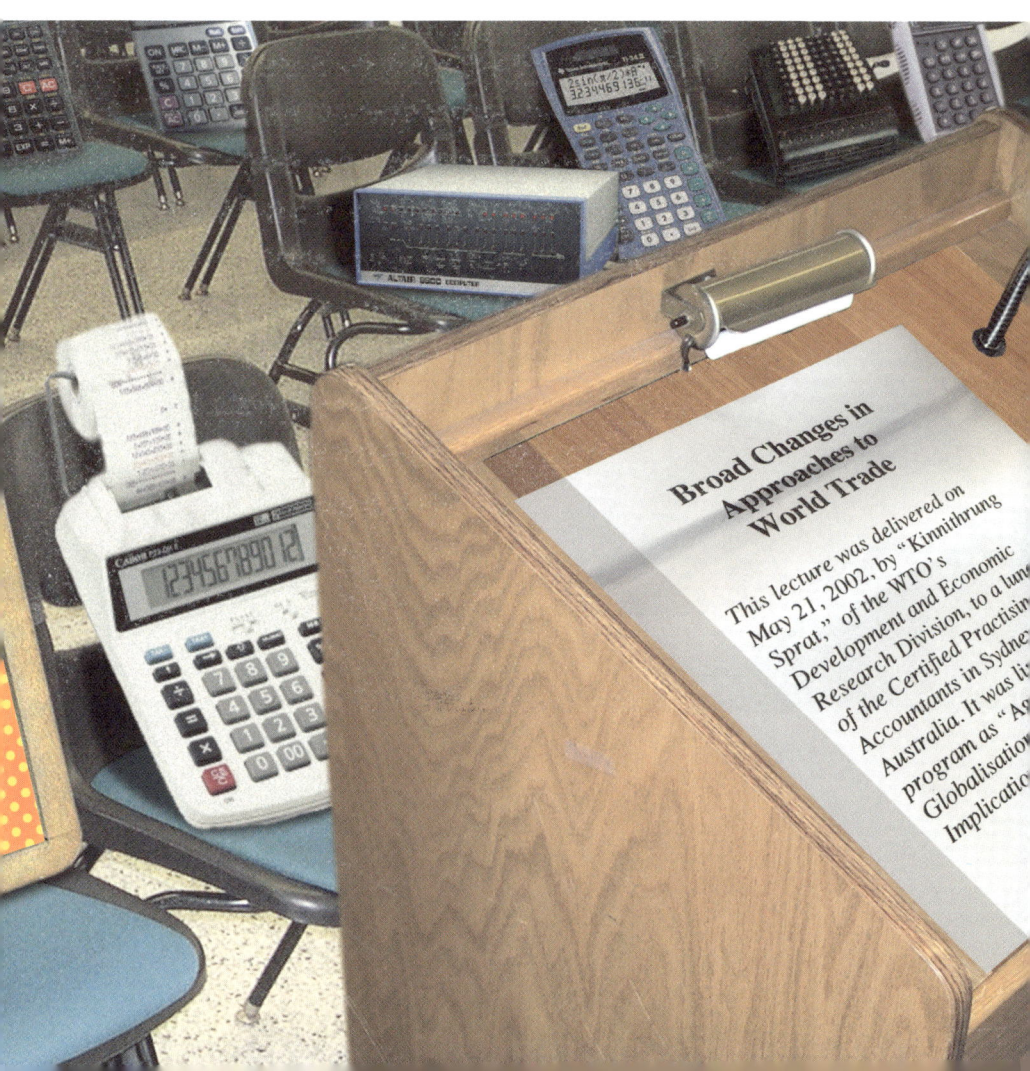

Broad Changes in Approaches to World Trade

This lecture was delivered on May 21, 2002, by "Kinnithrung Sprat," of the WTO's Development and Economic Research Division, to a lunc of the Certified Practisin Accountants in Sydne Australia. It was lis program as "Ag Globalisatio Implicatio

동료 여러분,

　오늘 이 자리를 찾아주신 여러분 모두에게 감사의 말씀을 드립니다. 아울러 어제 제네바의 WTO 본부에서 벌어진 극적인 변화에 따라, 미리 계획됐던 강연 주제가 갑자기 바뀌게 된 것에 대해 사과의 말씀 전합니다.

저는 애초 오늘 강연에서 세계무역의 낙관적인 현황에 대해 말씀드리고자 했습니다. 하지만 그 대신 저는 오늘 이 자리에 있는 우리 모두에게 대단히 근본적인 영향을 끼칠 수 있는 다소 당혹스러운 소식을 전달하게 됐습니다. 앞으로 무역 파트너들과 인적자원 관련 업무를 담당하고 계신 분들과 WTO의 관계에 진정 커다란 변화가 찾아올 것으로 보입니다. WTO 내부적으로도 그렇습니다. 우리 중 일부에겐 이런 변화가 고통스러울 수도 있을 듯합니다.

방금 전 제가 제네바에서 전달받아 오늘 여러분과 나눌 소식은, 사실 지난 몇 달간 WTO에서 활동한 이들에게는 그리 새로울 게 없습니다.

지난해 9월 뉴욕과 워싱턴에서 '그 일'이 있고 난 뒤, 제네바 로잔 거리에 있는

WTO 본부에서 열린 회의에서 다소 불쾌한 제안이 흘러나왔습니다. 지금까지 WTO가 해온 활동에 대해 전반적으로 재검토를 해보자는 것이었습니다. 이를 통해 9. 11 동시테러 이후 세계가 요구하는 WTO의 리더십이 무엇인지에 대한 기본틀을 다져보자는 취지였습니다.

당시 회의에 참석했던 저희들 대부분은 그런 식의 재검토 작업이 WTO의 정열적인 활동에 대한 찬사로 귀결될 것으로 생각했습니다. 하지만 이후 진행된 일련의 과정은 저희 모두를 충격에 빠뜨렸습니다.

재검토가 결정된 지 얼마 지나지 않아, WTO 내부는 두 진영으로 갈라서게 됐습니다. WTO 헌장이 규정하고 있는 역할이 본질적으로 바람직한 방향이며 약간의 손질만 하면 된다는 부류와, 헌장 자체에 문제가 많으며 지금과 같은 형태로는 조직 자체를 유지하기도 어렵다는 부류로 말입니다.

저는 개인적으론 전자의 부류와 뜻을 같이했습니다. 개혁은 바람직하며, 그것으로 충분하다고 생각했습니다.

제가 1996년 처음 WTO에서 일하기 시작했을 때, 제겐 세계평화로 가는 가장 확실한 길은 경제적 번영을 통하는 것이라는 근본적인 믿음이 있었습니다. 그리고 경제적 번영으로 가는 가장 확실한 길은 무역 자유화라고 믿었습니다. 한 세기 전체를 통틀어 대규모 전쟁이 거의 발생하지 않은 것은 전례를 찾을 수 없는 무역 자유화 때문이 아니던가요? 저는 19세기의 상대적 평화를 되살려낼 수 있을 것이라고 생각했습니다.

저는 언제나 확신을 가지고 있었습니다. 사실 고등학교 시절부터 가져온 생각입니다. 바로 정부의 억압적인 규제로부터 해방된 자유로운 시장이야말로 행복한 사회로 가는 확실한 길이라는 점입니다. 고등학교 시절 경제학 시간에 1년에 걸쳐 밀턴 프리드먼이 '자유방임' 경제학에 대해 해설한 10편짜리 비디오 시리즈를 본 기억이 있습니다. 당시 부모님께 이웃집에 설탕을 빌려주면 안 된다는 말씀을 드렸던 기억이 납니다. 시장에 대한 간섭이 될 수 있다고 생각했기 때문입니다.

이런 식의 주장을 하는 능력은 대학에서 훨씬 좋아졌습니다. 자연스런 인간의 힘이 자유롭게 전개되면서 유지되는 재화와 아이디어의 시장이 인간사회에 안정을 가져다주는 방식을 정확히 배울 수 있었습니다. 이 과정에서 제 논쟁 능력도 더욱 정교해졌습니다. 기업이 공정한 조건에서 오직 이윤만 추구할 수 있다면, 가난한 사람을 포함해 대중 모두에게 혜택이 돌아간다는 점을 설득력 있게 제시할 수 있게 되었습니다.

때로 시장체제에 균열이 있다는 점을 알아채기도 했지만, 제가 공부한 경제학자들과 마찬가지로 저 역시 자유무역의 원칙이 제대로 적용되지 못했기 때문에 그런 일이 빚어진 것이라고 생각했습니다. 그렇습니다. 불평등이 일시적으로 늘어날 순 있겠죠. 하지만 이는 잘 굴러가는 시장을 통해 세계가 보다 공평한 부의 분배를 향해가는 이행기적 현상일 뿐이라고 믿었습니다. 물론 거대 인수합병과 경기 위축 속에 시장 지배력을 가진 기업에만 유리한 구조가 지속되고 있습니다만, 궁극적으로 시장경제 이론에 따라 이런 상황이 약화할 것이라 판단했습니다.

그랬기 때문에 빈곤과 불평등이 사라지기는커녕 갈수록 심해지는 현실을 받아들이기가 쉽지 않았습니다. 시장의 실패가 일시적인 게 아니라 자유방임주

의 이론의 근본적인 문제 때문이라는 점도 마찬가지입니다. 하지만 주변 동료들이 하나둘씩 자유시장경제 이론에 치명적인 결함이 있으며 지금과 같은 형태의 WTO는 살아남을 수 없다는 진영으로 넘어가면서, 저 역시 고민에 휩싸이지 않을 수 없었습니다.

지금도 저는 WTO, 아니 적어도 GATT는 전 세계의 가난한 사람들을 염두에 두고 탄생했다고 믿고 있습니다. 자유로운 시장이 모든 이들에게 혜택을 가져다줄 것이며, 빈민을 포함한 인류 모두를 번영으로 이끌어줄 것이라고 여전히 확신합니다. 하지만 제 동료들과 마찬가지로, 이제 저는 그동안 신봉하고 떠받들어온 자유무역의 여러 방식이 저를 배반했다는 점을 받아들이게 됐습니다.

어제 제가 전달받은 소식을 이 자리에서 여러분들에게 편안한 마음으로 발표할 수 있는 것도 그 때문입니다. WTO는 이번 주말 안에 성명을 발표할 예정입니다. 하지만 주사위는 이미 던져졌습니다. 보다 풍요롭고 평화로운 지구촌을 건설하기 위해 추진해온 정책이 실제 어떤 결과를 불러왔는지를 살펴본 결과, 2002년 9월부로 현재와 같은 형태의 WTO는 폐쇄하기로 결정했습니다.

웅성거리는 소리가 들리기 시작한다.

향후 2년 동안 WTO는 세계 무역의 목적에 대한 새로운 이해를 바탕으로 다양한 분야에서 쇄신 작업을 수행해나갈 것입니다. 새롭게 태어날 조직은 유엔 세계인권헌장에 기초해 만들어질 것입니다. 이를 통해 기업의 이해가 아닌 인간의 이해를 증진시키는 데 맞춰질 수 있도록 보장하는 데 좋은 토대가 될 것으로 기대합니다.

WTO 체제 아래서 합의된 각종 협약은 가칭 '무역규제기구(TRO)'로 불릴 새로운 조직이 만들어져 비준절차를 거칠 때까지 그 효력이 정지됩니다.

상당수 협약은 새롭게 만들어질 기구에서 수정 작업을 거쳐 재비준될 것으로 보고 있습니다만, 아무것도 확실히 보장할 순 없는 상황입니다. 따라서 이들 협약과 관련된 일을 하고 계시는 여러분들은 향후 석 달 동안 인권과 공공의 이익이란 관점에서 관련 협약을 주의 깊게 검토하시기를 당부드립니다.

많은 분들이 충격을 받으셨을 줄 압니다. 지난 몇 달간 이런 순간이 올 것을 대비해온 제게도 여전히 충격적인 일입니다. 그 기간 동안 저는 많은 것을 배우게 됐고, 지금까지 우리가 해왔던 일을 바라보는 제 관점도 근본적으로 바뀌었습니다. 이를 통해 저는 우리가 추진해온 정책이 애초 의도했던 것과 정반대의 결과를 낳고 말았다는 점을 받아들일 수 있게 되었습니다.

우리가 얼마나 큰 실수를 저질렀는지를 이해함으로써 저는 편안한 마음으로 어려운 결정을 내릴 수 있었습니다.

우리가 저지른 실수가 얼마나 큰 것이었는지를 이해하는 가장 분명한 방법 중 하나는 우리가 믿고 따른 철학이 세계를 지배했던 지난 20년과, 경제가 인간의 삶에 끼치는 영향에 대한 정부의 감독 기능이 훨씬 강력했던 그 이전 20년을 비교해보는 것입니다.

1960년부터 1980년까지, 아프리카 사하라 사막 이남 국가 경제는 약 36% 성장을 이뤘습니다. 하지만 1980년부터 2000년까지 이들 국가의 수입은 15%나 하락했습니다. 대공황 때도 이 정도는 아니었습니다.

라틴아메리카의 경우 1960년부터 1980년까지 경제가 74%나 성장했습니다만, 1980년부터 2000년까지는 단 6% 성장하는데 그쳤습니다.

 예스맨 프로젝트

지구촌 인구의 10%를 차지하는 세계 49개 최빈국은 1980년 이후 전체 국제무역에서 차지하는 비중이 40%나 감소했습니다. 현재 이들 국가가 세계 무역시장에서 차지하는 비중은 단 0.4%에 불과한 실정입니다.[1]

세계 전역에서 약 16억 인구가 15년 전에 비해 경제적으로 어려워졌습니다.[2] 지구촌 인구의 절반가량은 하루 2달러 이하로 생활하는 빈곤층입니다.[3] 절대빈곤층 인구는 1980년 이후 50%나 늘어난 상황입니다. 20억 인구가 만성적인 영양실조에 시달리고 있으며, 하루 생활비가 1달러도 안 되는 절대 빈곤층—13억 명—역시 세계 대부분의 지역에서 지속적으로 늘어나고 있습니다.[4] 심지어 부유한 나라에서도 1980년 이후 상황은 지속적으로 악화했습니다. 미국에서도 지난 20년 동안 평균 수입은 정체되거나 오히려 낮아졌습니다. 때문에 오늘을 사는 미국인들은 1년에 평균 6주나 더 일해야 1973년 수준의 생활을 꾸려나갈 수 있습니다.[5] 유럽에선 경기변동에 의한 일시적 현상이 아니라 경제구조의 변화에 따른 만성적인 구조적 실업률이 대단히 높고, 상황이 지속적으로 나빠지고 있다는 점을 보여주는 지표가 수없이 많습니다.

한 가지 비교를 해보겠습니다. 2001년 9월 11일 뉴욕의 세계무역센터를 덮친 테러로 3천 명이 목숨을 잃었습니다. 같은 날 2만4천 명이 굶주림에 지쳐 생을 마감했습니다. 그날 6020명의 어린이가 만성적인 설사로 숨을 거뒀고, 2700명

1) 유엔무역개발회의(UNCTAD)가 1999년과 2001년 주최한 '최저개발국가 회의' 자료를 참조하시라. (www.unctad.org/conference/)
2) 유엔이 펴낸 1999년 판 『인간개발보고서』 31쪽에서 따왔다.
3) 세계은행이 펴낸 『2000년 지구촌 경제전망』 보고서 내용이다.
4) 세계은행의 앞서 인용한 보고서에서 따왔다.
5) 줄리 쇼어가 쓴 『과로하는 미국인: 예상치 못한 여가의 몰락』(베이직북스 펴냄, 1992년)의 79쪽~82쪽을 보시라.

예스맨 프로젝트

의 어린이는 홍역으로 숨졌습니다.[6]

그럼 이 새로운 체제가 누구에게 도움이 됐을까요? 아주 간단히 말씀드리겠습니다. 무역 자유화를 통해 부자는 더욱 부자가 됐고, 가난한 사람들은 더욱 가난해졌습니다.[7]

지난 40년 동안 지구촌의 빈부 격차는 두 배로 벌어졌습니다. 상위 5% 부유층이 전 세계 수입의 80%를 차지하고 있는 반면, 하위 5%는 단 1%에 그치고 있습니다.[8] 유엔아동기금(UNICEF)은 이렇게 지적한 바 있습니다. "새로운 얼굴을 한 '아파르트헤이트(인종분리)'가 지구촌 전역으로 확산되고 있다……비참한 상황에서 살아가는 수백만 인구가 전례 없이 번영을 구가하는 이들과 나란히 살아가고 있다."[9]

제1세계 내부에서도 이런 현상은 어김없이 벌어지고 있습니다. 상류층 경영자와 평범한 노동자의 임금격차는 20년 전에 비해 몇 배나 늘어 사상 최대 규모로 벌어진 상태입니다.[10] 1984년부터 1995년 사이 세계적으로 비숙련 노동자의 임금은 약 25%나 떨어졌고, 미국에선 1970년 이후 비숙련공의 실질임금이 20% 추락했습니다.[11]

물론 빈부격차 자체가 새로운 현상은 아닙니다. 19세기 초반, 부자 나라와 가난한 나라 사이의 평균 1인당 실질 수입의 차이는 삼 대 일 수준이었습니다.

---

6) 2001년 11월자 월간 《뉴인터내셔널리스트》 18쪽~19쪽을 보시라.
7) 세계은행이 1999년 펴낸 『세계화와 불평등』 보고서를 참조하시라. (www.worldbank.org/poverty/inequal/abstracts/milanov.htm)
8) 1999년 판 유엔 『인간개발보고서』에서 따온 내용이다.

9) UNICEF가 인용한 수치는 세계은행이 펴낸 『1997년 세계개발지표』 보고서를 재인용한 것이다. (www.unicef.org/newsline/pr11.htm)
10) 유엔무역개발회의의 1997년 자료에서 따왔다.
11) 위와 같은 자료에서 따왔다.

20세기 초반, 이 비율은 십 대 일로 벌어졌습니다. 2000년 현재 이 비율은 육십 대 일(2만9천 달러 대 5백 달러)까지 커졌습니다.[12] WTO가 추진하고 있는 방식의 무역 자유화로 부자는 더욱 부유해지고 가난한 사람은 더욱 가난해지는 현상이 극적으로 빨라지고 있습니다.

물론 이런 수치는 매우 장기적인 통계입니다. 그럼 단기적인 상황은 어떨까요? 가장 최근에 이뤄진 다자간 무역협상은 '우루과이 라운드'로 불립니다. 우루과이 라운드 통과 이후 사하라 사막 이남 아프리카 국가들은 해마다 6억 달러 이상의 '비용'을 치르고 있습니다.[13]

유엔국제개발회의(UNCTAD)는 우루과이 라운드 이행에 따라 저개발국가들은 해마다 1억6300만 달러에서 2억6500만 달러 상당의 수출이 줄어드는 반면, 수입은 1억4600만 달러에서 2억9200만 달러까지 늘어날 것으로 추정한 바 있습니다.[14]

지난 1999년 6월 아프리카 30개 나라가 새로운 무역협정에 반대하는 공동선언문을 발표한 것도 이런 현실 때문으로 보입니다.[15] 또한 시애틀 시위를 시작으로 개발도상국들이 기회가 있을 때마다 WTO의 무역협상에 대해 반대의 목소리를 내고 있는 것도 이 때문으로 보입니다.[16]

---

12) 앵거슨 매디슨이 『옥스퍼드 경제정책 리뷰』 1999년 겨울호에 쓴 「평가: 20세기─성과, 실패, 교훈」이란 글을 영국 일간 《파이낸셜 타임스》가 2000년 1월 26일 인용 보도한 내용에서 따왔다. (http://specials.ft.com/ln/specials/sp57de.htm)
13) 유엔이 1999년 펴낸 『아프리카 회복』이란 보고서에서 따왔다. (www.un.org/ecosocdev/geninfo/afrec/vo113no4/30tradbx.htm)

14) 유엔무역개발회의 자료를 참조했다.
15) 위에 언급한 유엔의 『아프리카 회복』 보고서에서 따온 내용이다.
16) 이 강연이 이뤄진 이듬해인 2003년 멕시코 칸쿤에서 열린 각료회담에서 개발도상국가들은 WTO의 회의 진행을 마비시키면서, 새로운 협상을 사실상 저지해냈다.

SEATTLE

SEATTLE PROTESTS

"SCHEDULE"
CORRIDOR
CHAT
WITH

만약 WTO가 진심으로 지구촌 빈곤 문제를 줄이고자 했다면, 가능한 한 부자 나라보다 가난한 나라에 도움이 되는 쪽으로 무역 규정을 마련했어야 할 것입니다. 하지만 실제 벌어진 일은 이와는 정반대였습니다.

유엔은 불공평한 무역 규정 탓에 가난한 나라들이 입고 있는 무역 손실이 하루 20억 달러에 이를 것이라고 추정한 바 있습니다. 이들 무역 규정 대부분은 WTO가 제정한 것입니다. 가난한 나라들이 입고 있는 무역 손실액은 이들 국가가 지원받고 있는 각종 원조금 총액보다 무려 열네 배나 많습니다.[17]

WTO는 그동안 제1세계 국가들이 자국 기업을 보호하기 위해 무역장벽을 세우는 것을 일관되게 허용해왔습니다. 제3세계 국가들에게 무역장벽을 계속해서 낮추도록 요구하는 제1세계 국가들의 목소리를 전달하는 통로 구실을 하면서 말입니다.

예를 들어보겠습니다. 미국에선 설탕 수입세의 세율이 151%에 이릅니다. 서부 유럽 각국에선 176%고, 일본에선 278%나 됩니다. 우간다에선 설탕 수입세의 세율이 25%에 불과합니다. 그럼에도 더 낮추라는 압박을 받고 있습니다.[18] 개발도상국이 생산한 공산품에 대한 수입관세는 선진개발국이 생산한 공산품에 대한 수입관세보다 평균 네 배 이상 높습니다. 이런 식의 관세 체계

17) 유엔무역개발회의가 2001년 개최한 최저개발국가 회의 내용과 앨런 윈터스 교수가 쓴 「무역자유화와 빈곤」의 내용을 인용해 세계개발운동이 펴낸 「도하에서 보내온 브리핑」을 참조하시라. (www.wdm.org.uk/presrel/current/myths.htm)

18) 2001년 8월 우간다 수도 캄팔라에서 설탕 생산업자 엠 마데비는 개발도상국이 경쟁을 하기 어렵게 만드는 무역체제의 엄청난 불평등에 대해 이렇게 지적했다. '우간다에선 설탕 수입세가 단 25%에 그치고 있음에도 세율 인하 압박을 받고 있습니다. 이에 따라 설탕업계에서 일하고 있는 이십오만 명의 우간다 노동자가 타격을 입게 될 전망입니다. 정말 슬픈 얘기 아닙니까?'

는 제3세계 국가들로 하여금 높은 기술력을 필요로 하는 공산품 생산에 적극적으로 나서지 못하게 만들고 있습니다. 결국 경제개발도 지체될 수밖에 없습니다.

가난한 나라들은 WTO에서 여러 측면에서 불리한 상황에 처해 있습니다. 이 때문에 불이익을 당하는 경우가 많지요. 한 가지 예를 든다면, WTO 의사결정 과정에서 가난한 나라들은 부유한 나라에 비해 훨씬 접근성이 떨어집니다. 29개 저개발국가 가운데 WTO 본부가 있는 제네바에 사무실을 둔 나라는 단 12개국에 불과합니다. 많은 WTO 회원국과 참관국(옵서버)은 제네바에 사무실을 마련할 능력이 없습니다. WTO는 일주일에 50차례 가까이 각종 회의를 개최합니다. 그러니 설령 제네바에 사무실을 확보하고 있는 저개발국가라도 인력부족으로 인해 이들 회의에 모두 참여하는 것은 현실적으로 불가능합니다. 세계은행 수석경제 학자 출신인 조지프 스티글리츠 미 컬럼비아대 교수가 세계은행에 대해 이렇게 비판한 바 있습니다. "아무런 능력이 없는 곳에 있을 때, 가난한 나라는 빈털터리로 전락한다." WTO에도 똑같이 적용될 수 있는 지적입니다.[19]

부자나라는 공식 협상 테이블이 아닌 이른바 '복도 대화'를 통해 저개발국가 협상단을 코너로 몹니다. 원조와 투자를 미끼로 어르기도 하고 달래기도 하지요. 저개발 국가 대부분은 이런 식의 협박과 회유를 물리칠 수 있는 능력이 없

---

19) 유엔무역개발회의가 「1999년 무역개발보고서」를 펴내면서 인용한 문구다.

습니다. 돈을 주는 쪽의 뜻을 거스른다는 게 심리적으로 결코 쉽지 않은 일입니다. 뇌물을 주고받는 상황과 마찬가지인 셈이죠.[20]

저개발 국가들이 우루과이 라운드 협정에 합의하기 전에 그것이 몰고 올 파장에 대해 전혀 알아채지 못했다는 점은 분명합니다. 우루과이 라운드가 효력을 발휘하기 시작한 뒤에야 협정의 규정이 어떤 결과를 낳을 수 있는지에 대한 인식이 가능해졌기 때문입니다.

현재 진행중인 무역협상의 의제는 가난한 나라의 시장을 더 많이 개방하고, 또 WTO의 규정을 투자와 서비스 부문까지 확대하는 데 초점이 맞춰져 있습니다.[21] 하지만 개발도상국 대부분은 그보다는 기존 무역규정을 보다 공정하게 만드는 게 중요하다고 주장하고 있습니다.

세계은행은 제1세계에 유리한 무역장벽만 제거해도 지구촌 전역에서 빈곤층을 3억 명이나 줄일 수 있다는 내용의 보고서를 내놓은 바 있습니다.[22] 또 유엔무역개발회의(UNCTAD)는 부유한 국가가 저개발 국가에 자국 시장을 온전히 개발한다면, 이를 통해 늘어난 수출 기회로 개발도상국들의 교역량이 7천억 달러 상당 늘어날 것이라고 추정하기도 했습니다.[23]

왜 이런 일이 이뤄지지 않을까요?

WTO의 협정은 기업이 아닌 각국 정부의 정책과 행동에만 적용됩니다. 기업 대신 정부에 초점을 맞추는 방식은 1947년 체결된 '관세 및 무역에 관한 일반협정(GATT)'에 그 뿌리를 두고 있습니다. WTO의 탄생으로 이어진 GATT 체제를 만든 사람들은 자기들의 시대가 '국가는 강력하지만 기업은 취

약한 시대'라고 생각했습니다. 지구촌이 두 차례나 세계대전으로 빨려든 것도 일부 국가들이 세운 무역장벽 때문이라고 믿었습니다.

작금의 상황은 이와는 근본적으로 다릅니다. 이제 세계경제를 지배하는 건 누가 뭐래도 거대 다국적 기업입니다. 가장 강력하고 부유한 나라도 이들의 행동을 규제하지 못하는 상황입니다. 그럼에도 WTO는 여전히 국가의 행동에 대해서만 문제 삼고 있습니다. 결과적으로 기업의 움직임은 아무런 제한도 받지 않게 됐습니다.

거대기업들은 각국 정부가 기업활동을 규제하기 위해 그나마 내놓은 극히 일부 규정마저 무마시키기 위한 통로로 WTO를 활용하고 있습니다. 지금까지 환경이나 공중보건과 관련해 WTO에 제소된 거의 모든 사건은 불법 판정을 받아왔습니다. WTO에 제소만 한다면, 미국의 현행 환경 관련법 가운데 약 80%가 불법 판정을 받을 것이란 말까지 나오고 있는 상황입니다.[24] 민주적 절차를 통해 결정된 법률을 이렇게 막무가내 식으로 비난해도 되는 걸까요? 물론 그렇게 해선 안 됩니다. 그럼에도 그런 상황이 지속되고 있습니다. 왜 그럴까요? 바로 그것이 거대기업들이 원하는 바이기 때문입니다. 결국 최종 결정

20) 2001년 9월 5일 BBC방송은 "아프리카 각국이 무역 문제와 관련해 단일한 전선을 형성하고 있다"고 보도했다. 영연방연구소가 펴낸 『2001년 영연방 금융장관 회의 정책 브리핑 자료』도 참조하시라.

21) 배리 코츠 세계개발운동 사무총장이 2002년 11월 7일 BBC방송 인터넷판에 기고한 『도하 회의에서 잘못된 점은』이란 글에서 따왔다. (news.bbc.co.uk/hi/English/business/newid_1639000/1639676.stm)

22) 세계은행이 펴낸 『지구촌 경제해설 2002』 보고서에서 따왔다. (www.worldbank.org/prospectus/gep2002/)

23) 유엔무역개발회의가 펴낸 1999년 판 『무역개발보고서』를 보시라.

24) 인터넷 매체 '제3세계 여행자'에 올라 있는 세계무역기구 소개 글에서 따왔다. (www.thirdworldtraveler.com/WTO_MAI/The_WTO.html)

권을 가진 건 거대기업들인 셈입니다.[25]

새롭게 탄생할 '무역규제기구(TRO)'의 윤곽이나마 좀더 구체적으로 설명드리지 못한 점 송구스럽게 생각합니다. 새 기구의 윤곽을 잡는 데서 실질적인 일이 시작될 겁니다. 어떻게 보면 그간 WTO는 문제를 만들어내는 데 전문가였다고 할 수 있습니다. 문제를 해결해내는 전문가로 거듭나기 위해선 힘겨운 이행과정을 거쳐야 할 것입니다.

지금 현재까지 우리가 TRO에 대해 알고 있는 것은, 이 새로운 조직이 유엔 세계인권선언에 기초해 설립될 것이라는 점과, 세계무역을 적절히 규율해 인류 모두에게 고루 그 혜택이 돌아갈 수 있도록 하는 게 근본적인 목표라는 점입니다.

이제 우리 모두 힘없는 이들을 위해 뭔가 강력한 일을 해낼 수 있는 길을 찾겠다는 마음가짐과 용기를 가져야 합니다. 그리고 만약 필요하다면, 우리가 그동안 걸어온 길의 방향까지 바꿀 수 있어야 합니다. 오랜 세월 쌓여온 동력이 있는데다 현 체제와 이해관계도 결려 있으니 움직이는 게 쉽지만은 않을 것입니다. 여러분 모두에게 부탁드립니다. 그리로 향해 가는 투쟁의 장정에 동참해주십시오. 국제 무역이 인류 모두에게 채무가 아닌 자산이 되도록 바꾸려는 우리의 노력에 함께해주십시오.

25) 이상의 내용은 '스프라트 선생'께서 한 시간 이상 떠들어댄 강연 내용을 극히 일부만 요약한 것이다. 보다 자세한 내용을 원하시면 www.GATT.org/trastat_e.html을 참조하시라.

 예스맨 프로젝트

오늘 이 자리에서 점심식사를 하면서, 지금도 굶주림에 시달리고 있는 이들을 잊지 않았으면 좋겠습니다. 그간 우리가 시행해온 정책들이 가난한 이웃들의 먹고사는 능력에 얼마나 치명적인 영향을 끼쳤는지도 잊지 말아야겠습니다. 그렇다고 음식을 앞에 놓고 목이 메일 필요까지는 없겠습니다. 우리에게 의욕도, 능력도, 대중적 지지도 있습니다. 오늘과 내일, 그리고 먼 미래에 우리가 내리게 될 정책 결정이 세계의 가난한 이들과 인류 모두의 삶의 질을 향상시킬 수 있다는 점을 떠올리면서 식사를 즐기시기 바랍니다.

감사합니다.

Mike Bonanno

Public Relations
Counsellor

Tour De Alberti
11 rue Ste. Marthe
75010 Paris, France

phone: (+33)6-1581-3744
bonanno@gatt.org

Kinnithrung Sprat

Development and
Economic Research
Counsellor

Tour De Alberti
11 rue Ste. Marthe
75010 Paris, France

phone: (+33)6-1581-3744
sprat@gatt.org

드디어 명백해졌다

명확한 줄거리도 없고, 핵심을 찌를 만한 문구도 없는 연설을 한 시간이나 들어주는 건 결코 쉬운 일이 아니다. 그럼에도 앤디가 섬뜩할 만한 사실을 단조롭게 내놓는 동안 청중들은 강연에 몰두했다. 몇몇은 공감한다는 듯 때때로 고개를 끄덕거리기도 했다. '스프라트 선생'이 마침내 강연을 마무리했을 때, 청중들은 진심에서 우러나온 박수갈채를 보냈다.

WTO 해체 소식에 충격을 받은 것으로 보이는 사회자 트래비스 매딩턴이 질문을 받기 시작했다. 이 시점에서 분명해졌다. 청중들은 실제 WTO가 문을 닫기로 했다는 얘기를 믿었고, 또 그에 대해 기쁘게 생각했다. 도움이 될 만한 제안도 쏟아져나왔다.

"오늘 이 자리에서 강연을 해주신 스프라트 선생님께 진심으로 감사의 말씀을 드립니다." 매딩턴이 마무리 발언에 나섰다. "(WTO 해체는) 우리를 포함해 전 세계가 비즈니스를 하는 방식에 근본적인 변화를 불러올 것으로 확신합니다. 세계 역사에서 흥미로운 부분을 차지해온 WTO를 개혁하기 위해 스프라트 선생님께서 하시는 모든 일이 잘 되시기를, 또 언제나 행운이 함께하기를 기원하겠습니다. 다시 한번 감사의 말씀 드립니다."

"저도 다시 한번 감사드립니다." '스프라트 선생'이 대답했다.

우리가 알고 있던 형태의 세계경제를 해체하자는 데 뜻을 함께한 뒤, 모두들 점심을 먹으러 갔다.

강연에 맞춰 준비해둔 연어와 양고기로 차려진 오찬장으로 걸어가면서 우리는 앞선 행사장에서 경험했던 불안감을 전혀 느낄 수 없었다. 이유를 한 가지

꼽자면, 어색한 침묵이 흐를 새가 없었기 때문이다. 모두들 뭔가 실제 중요한 문제에 대해 얘기하고 싶어했다.

모두들 불평등에 대해 자신이 경험한 사연을 말하고 싶어하는 것 같았다. 한 손해사정인은 대만의 빈민가에 있는 공장으로 출장을 갔던 경험을 앤디에게 들려줬다. 강도가 약한 지진이 나서 공장에 설치된 초정밀 기계 백 대의 눈금이 흔들려, 이를 다시 맞추는 데 드는 비용만 수백만 달러로 평가됐단다. 그는 이렇게 말했다. "공장 주변 일대가 입이 다물어지지 않을 정도로 온통 가난한 지역이어서, 피해액으로 산정한 금액과 너무 대조가 되는데…… 게다가 대만은 세계 기준으로 보면 가난한 나라도 아니지 않나!"

"저도 남들 못지않게 보수적인 사람입니다." 체격이 좋은 한 남성은 화라도 난 듯 마이크에 말했다. "하지만 그동안 우리가 우대해준 나라들에 대해서 이젠 정말 뭔가 조치를 취해야 할 때가 됐습니다. 이런 식으로 계속 해나갈 순 없죠. 아예 불가능해요."

회계사협회 임원 한 사람은 앤디에게 새로 설립될 기구의 로고를 제안하고,

회계사협회 임원 한 사람은 앤디에게 새로 설립될 기구의 로고를 제안하고, 냅킨에 스케치까지 해서 전달했다.

냅킨에 스케치까지 해서 전달했다.

또다른 사람은 새 WTO의 본부건물에 대한 제안을 공모하면 당선될 만한 아이디어를 내놓기도 했다.

진짜 WTO가 수백만 달러짜리 건물을 떠올리고 있을 때, 우리는 5만 달러 정도면 충분할 만한 제안을 받았다. 더구나 WTO의 최대 실수 중 하나인 가난한 회원국들의 접근성 문제를 일거에 해결할 만한 제안이기도 했다. 개념 자체는 매우 단순한 것이었다. 한 문장으로 정리가 가능하다.

"새 WTO 본부는 제3세계 국가에 설치하자!"

디자인 같은 건 잊어버리자. 다른 것도 다 잊어버리자. 물과 전기가 들어오는 오래된 건물이면 충분하다. 다만 WTO의 모든 회원국이 사무실을 마련할 수 있는 곳에 본부를 두자. 가장 부유한 나라가 아닌 가장 가난한 나라에 말이다. 개발도상국 대표단도 회의가 있을 때마다 참석할 수 있도록 말이다. 제1세계

회원국 대표단은 일상적으로 극심한 빈곤을 목격하면서, 새로 출범한 TRO의 인도주의적 사명과 아직 해내지 못한 막중한 과제를 끊임없이 떠올려볼 수도 있을 것이다.

그래서 결국, 마지막으로 한 가지 놀랄 만한 일이 벌어졌다. 여러분은 국제무역 전문가들로 채워진 청중들이 우리를 놀라게 할 만한 일은 더이상 없을 것이라고 생각했을 게다. 우린 더이상 무대에서 쫓겨나는 일 따윈 걱정도 하지 않는다. 토론만 진행되지 않는다면 정체가 탄로나는 일도 걱정할 필요가 없다는 점도 알고 있었다. 그저 모두들 순한 양처럼 점심이나 먹으러 간다면 말이다. 그런데 우리가 전혀 예상하지 못한 일이 그날 시드니의 오찬장에서 벌어졌다. 사람들이 모두…… 너무나 행복해했다는 점이다.

"강연을 듣고 정말 충격을 받았습니다. 그저 WTO가 오스트레일리아 무역과 관련해 하고 있는 일에 대한 강연일 것으로 예상했거든요. WTO가 경제학이 아닌 인간과 관련된, 뭔가 전 세계 가난한 사람들과 개발도상 국가들에게 커다란 도움이 될 수 있는 문제에 집중하기 위해 완전히 탈바꿈할 것이란 소식은 그야말로 충격 그 자체였습니다.

사실 우리 모두 개발도상 국가들이 늘어나는 빈곤과 떨어지는 삶의 질 등의 문제에 직면하고 있다는 점에 대해 일반적으로 잘 알고 있다고 생각합니다. 스프라트 선생께서 오늘 해주신 말씀은 우리 모두가 열망해온 것에 크나큰 희망을 던져준 것이라고 생각합니다. 가난한 사람들에게 도움이 되는 지구촌 경제를 건설하는 것 말입니다."

 예스맨 프로젝트

"정보적인 측면에서 볼 때 강연 자체가 감탄할 만한 수준이었다고 생각합니다. WTO를 정말 해체하기로 했다는 얘기를 듣고는 깜짝 놀랄 수밖에 없었습니다. WTO가 실패작이었을 수도 있다는 고백을 들었을 때도 마찬가지였고요. 국제 상거래에 엄청난 파장을 몰고 올 것이 분명합니다. 특히 우리 같은 단체에는 더욱 그렇겠지요.

하지만 제 생각엔 유럽과 유럽연합, 일본 등과 관련한 문제가 가장 풀기 어려운 숙제가 아닐까 싶습니다. 앞으로 세워질 새로운 기구 체제 아래서 이들이 진정으로 변화할 수 있을까요? 진정한 변화가 이뤄지고, 가난한 사람들에게 실질적으로 혜택이 돌아갈까요? 아직은 좀더 두고 봐야 할 것 같습니다."

"농업무역과 그와 관련된 WTO의 활동에 대한 강연을 들을 것으로 예상했습니다만, 솔직히 말해 강연 내용이 정말 긍정적이었다고 생각합니다. 연사께서도 말씀하신 것처럼, 저 역시 강자는 더욱 강해지고 약자는 더욱 약해지고 있다고 생각하기 때문입니다. 이런 상황을 그대로 놔둬선 안 되죠. 심지어 오스트레일리아에 사는 우리도 기왕에 체결된 몇몇 무역협정에 문제가 있다고 느끼고 있었습니다. 힘이 있으면 원하는 건 뭐든지 얻을 수 있고, 힘이 없으면 모든 것을 잃게 된다고 말입니다. 지구촌 인구 규모를 생각할 때, 이런 식으로 계속 갈 순 없지요.

그래서 제 생각엔 강연이 매우 긍정적이었다고 생각합니다. WTO가 그동안 잘못된 방향으로 가고 있었다는 점을 인정하고 자진해서 해산하고, 뭔가 새로운 것을 찾아나서기로 한 것은 아주 용기 있는 결정이라고 생각합니다. 아주 환상적이에요!"

기업 중심의 세계화에 대한 우리의 명확한 해법에 청중들도 명확히 반응했다. 이런 기쁨은 전 세계와 고루 나눠야 한다. 해서 우리는 2만 명의 '절친들'에게 보도자료를 뿌렸다.

스위스 제네바21 CH-1211 로잔 거리 154번가

세계무역기구

2002년 5월 21일 [바로 배포]

세계무역기구 헌장 전면 개정키로

현행 정책과 관련한 장기간의 검토 작업 결과, 세계무역기구는 현행 헌장에 따른 기구를 해체하고, 국제 무역의 목적에 대한 전혀 다른 이해를 바탕으로 한 운영원칙에 따라 새로운 기구를 설립하기로 결정했다. 이와 같은 구조개혁안은 오늘 오스트레일리아 회계사협회에서 공식 발표됐다.

비준 절차를 거치게 될 새로운 기구는 '무역규제기구'로 불리게 될 것이며, 유엔 세계 인권선언을 그 준거로 삼게 된다. 이는 TRO의 사명이 기업이 아닌 인류 모두의 이익을 보장하는 것임을 보장하기 위한 조처다. 현행 양자무역협정 체계는 다자간무역협정 체계로 대체될 예정이다.

이런 변화는 현행 자유무역 규정과 정책이 빈곤과 환경오염, 불평등을 증가시키고, 민주적 원칙을 훼손하며, 특히 최빈국들에게 무차별적으로 막대한 부정적 영향을 끼치고 있다는 최근의 연구 결과에 따른 것이다.

9월 현재까지 WTO와 GATTS, TRIPS 및 기타 체제 아래서 맺어진 모든 무역협정은 무역규제기구가 비준 절차를 거칠 때까지 그 효력이 정지된다. 상당수 기존 무역협정은 TRO에서 재비준될 것으로 보이지만, 모든 협정은 일단 개별적으로 지구촌 전체 차원에서 윤리성 검토 작업을 거치게 된다.

TRO 창립에 관한 각종 제안과 결의안은 TRO 헌장의 확대 강화에 도움이 될 수 있는지 여부에 따라 6월부터 평가 작업에 들어갈 계획이다. 이를 구체적으로 보면, 기존 무역협정의 불균형을 해소하고, 선진개발국 시장에 대한 개발도상국의 접근성을 보장하고, 과거 무역 자유화의 파급효과를 평가해 가능한 한 그에 따른 문제점을 해결하고, 무역협정으로 인해 개발정책이 훼손되지 않도록 선별적으로 실행 가능한 정책들을 개발하는 것 등에 관한 내용이 될 것이다.

기존 체제가 낳은 핵심적 문제를 해결하는 것뿐 아니라 회원국(특히 선진 개발국과 개발도상국 사이), 시민사회단체(NGO) 등과 신뢰를 바탕으로 한 새로운 체제를 구축하는 데에도 새로운 원칙의 초점이 맞춰질 것이다. 그 궁극적인 목적은 가난한 이들에게 혜택이 돌아가게 하고, 환경을 개선하며, 민주적 원칙을 강화하는 새로운 규정을 마련하는 것이다.

2002년 5월 24일 금요일에 보다 구체적인 내용이 발표될 예정이다.

연락처: 세계무역기구 홍보실 마이클 버나노
       세계무역기구 개발경제국 킨니스렁 스프라트
이상 오스트레일리아 회계사협회 뉴사우스웨일즈지부 ////////////////
(이메일 주소가 바뀌었습니다. 업데이트 부탁드립니다. 감사합니다.)
자료: 오스트레일리아 회계사협회 - 원본 팩스

인터넷 속임수에 넘어간 보수연합당 의원 망신
WTO 사칭단체
《사우스햄 뉴스》 제임스 백스터 기자

국제적인 인터넷 속임수에 넘어간 오타와 보수연합당 의원은 어제 WTO가 해체됐으며 개발도상국의 요구에 더욱 충실할 수 있는 새로운 조직으로 탈바꿈하기로 했다고 주장했다.

반세계화 단체 '예스맨'이 인터넷 사이트에 올린 가짜 '공식 보도자료'를 진본으로 오인한 보수연합당 존 던컨 의원은 이에 관해 공식 질의까지 하는 소동을 벌였다. 그는 의회에서 이렇게 말했다.

 예스맨 프로젝트

"의장님, 세계무역기구가 오는 9월까지 앞으로 넉 달 안에 모든 활동을 종료하기로 결정했습니다. 세계무역기구는 새로운 무역 관련 조직인 무역규제기구로 탈바꿈할 예정입니다. 이런 변화가 목재와 농업, 기타 무역분쟁을 겪고 있는 사안과 관련해 어떤 영향을 끼치게 될지에 대해 정부의 답변을 듣고 싶습니다."

피에르 페티그루 통상장관의 의회담당 보좌관인 팻 오브라이언은 이같은 질문에 당황해 WTO에서 통상문제 해결을 위해 노력하겠다는 일반적인 답변만 내놓았다.

하지만 WTO 해체 결정이 인터넷 속임수였다는 사실이 알려지면서, 던컨 의원은 자신의 발언을 취소해야 했다.

회의를 마친 던컨 의원은 기자들과 만나 "대단한 속임수였다"고 껄껄거리며 얼굴을 붉혔다. 그는 '예스맨'의 창의적인 접근에 대해 칭찬을 아끼지 않았으며, 새롭게 설립될 무역규제기구의 본부를 제네바에서 저개발국가의 수도로 옮길 것이라는 부분을 읽으면서 보도자료의 진위 여부에 대한 의구심이 들긴 했다고 말했다. 그는 "안타깝게도 보도자료를 절반가량 읽은 상태에서 질의 차례가 돌아와 진상을 제대로 파악하지 못한 채 질문을 하게 됐다"고 덧붙였다. 던컨 의원은 "이런 식의 발표가 나왔을 때는 좀더 주의를 기울여야 한다는 점을 확실히 배웠다"고 말했다.

분명 분노가 치밀었을 WTO도 '예스맨'의 활약상만은 인정했다. 키이스 록웰 WTO 공보국장은 따로 보도자료를 내어 이렇게 밝혔다.

"여러분 중에 '예스맨'이란 단체의 재기 넘치는 친구들이 보낸 자료를 받아보

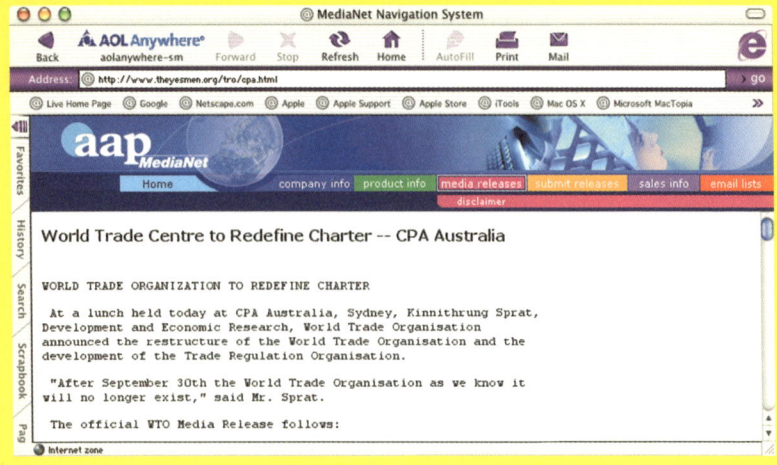

aap MediaNet

Home   company info   product info   media releases   submit releases   sales info   email lists

disclaimer

World Trade Centre to Redefine Charter -- CPA Australia

WORLD TRADE ORGANIZATION TO REDEFINE CHARTER

At a lunch held today at CPA Australia, Sydney, Kinnithrung Sprat, Development and Economic Research, World Trade Organisation announced the restructure of the World Trade Organisation and the development of the Trade Regulation Organisation.

"After September 30th the World Trade Organisation as we know it will no longer exist," said Mr. Sprat.

The official WTO Media Release follows:

Internet zone

NATIONAL POST ONLINE
www.nationalpost.com

WEATHER | CAREERS | HEADLINE SCAN | E-MAIL UPDATE   ---Shortcuts---

MAIN ▼
NEWS
FINANCIAL POST
COMMENTARY
SCIENCE & TECH
ARTS & LEISURE
SPORTS
DIVERSIONS
FORUMS

SITE MAP
SUBSCRIPTIONS
ADVERTISE
CONTESTS
NP EVENTS
CONTACT US
USER HELP

HAVE YOUR SAY
POST★VOTE

Do you blame Canada or the United States for our lack of influence on President Bush's protectionist policies?

E-MAIL THIS STORY   PRINT THIS PAGE

May 25, 2002

Internet hoax convincing enough to fool Alliance MP
WTO imposter

James Baxter
Southam News

OTTAWA - A Canadian Alliance MP fell victim to an international hoax yesterday that announced the World Trade Organization was closing down and returning as a new organization more sensitive to the needs of developing countries.

The official-looking press release, posted on a Web site run by an anti-globalization group called the Yes Men, appeared so authentic to Alliance trade critic John Duncan that he raised the matter in Question Period.

"Mr. Speaker ... the World Trade Organization has decided to effect a cessation of all operations to be accomplished over the next four months, culminating by the end of September," Mr. Duncan said. "The World Trade Organization will reintegrate as a new trade body, the Trade Regulation Organization. Will the government inform Canadians what impact this will have on our

Internet zone

신 분들이 있을 줄 압니다. 두말할 필요 없이 그 보도자료는 가짜입니다. 그 유머감각만큼은 평가할 만하지만, 여러분처럼 존경받는 뉴스 기관이 '예스맨'에게 속아 넘어가는 일은 없기를 바랍니다."

보낸 사람: Enquiries@wto.org
받는 사람: ////////////////
제목: RE: 취재요청
날짜: 2002년 5월 17일 월요일 14시28분32초 +0200

//////////////// 기자님께

질의하신 내용은 '예스맨'이란 단체의 재기 넘치는 친구들이 '세계무역기구 홍보실' 명의로 보낸 것입니다. 이들은 문제의 보도자료에서 WTO가 해체되고 새로운 헌장에 따라 무역규제기구로 탈바꿈할 것이라고 주장했습니다. 두말할 필요 없이 그 보도자료는 가짜입니다. 문제의 보도자료는 상당히 재기발랄하게 작성됐으며 고결한 정서를 표현해내기도 했습니다. 이를테면 가난한 나라의 시장 접근성을 높여야 한다거나, 무역협상에서 개발의 문제를 고려하는 것이 중요하다는 등의 문제를 언급했습니다. 실제로 이러한 정서는 대단히 고결한 것이어서 지난해 11월 카타르 도하에서 열린 각료회의에서 144개 WTO 회원국 정부도 이와 관련한 의견을 모은 바 있습니다. (http://www.wto.org/english/thewto_e/minist_e/min01_e/mindecl_e.htm) '예스맨'은 자기들 웹사이트(www.gatt.org)와 기타 미디어를 활용해 세계 각국의 수많은 언론사들로 하여금 자신들이 WTO를 대변한다고 믿도록 만드는 데 상당한 성공을 거둬왔습니다. 그 유머감각만큼은 평가할 만하지만, 여러분처럼 존경받는 뉴스 기관이 '예스맨'에게 속아 넘어가는 일은 없기를 바랍니다.
추가 질문이 있으시면 언제든 연락주시기 바랍니다.

세계무역기구 공보국장 키이스 록웰
////////////////

——원본 메시지——
보낸 사람: ////////////////
보낸 시간: 2002년 5월 27일 14시 03분
받는 사람: WTO 질의
제목: 취재 요청

안녕하십니까? 캐나다 《토론토 글로브 앤 메일》지에 나갈 기사를 작성하고 있습니다. 지난주 캐나다 의원 한 분께서 하원에서 WTO가 해체되고 이른바 '무역규제기구'로 대체될 것이란 발언을 한 바 있습니다. 그와 관련해 WTO가 낸 보도자료도 받아봤습니다. WTO 해체 과정에 대해 보다 상세한 설명을 듣고 싶습니다. 이와 관련한 보도자료가 wto.org 사이트에 올라와 있는지요? 기사 마감시간이 다 돼 갑니다. 가능한 빠른 답변 부탁드립니다. 감사합니다.

받는 사람: communications@gatt.org
보낸 사람: ////////////////

정책 변화와 인권 보장을 위한 새로운 다짐을 내놓으신 것을 칭찬하고 싶어 메일 띄웁니다. 이번 조치로 세상은 분명 더 나아질 것이고, 여러분은 앞선 정책이 불러온 엄청난 고통을 되돌릴 기회를 얻게 될 겁니다. 이런 웅대한 사명을 떠맡아주신 데 대해 깊이 감사드리고 싶습니다.

MD 20742, 칼리지 파크 매릴랜드대학교, 밸리 드라이브

보낸 사람: ////////////////
받는 사람: communications@gatt.org
제목: WTO 보도자료

훌륭하십니다! 제 생애 동안 부의 재분배로 가는 진정한 진보가 이뤄지는 걸 지켜볼 수 있게 돼 경이로울 뿐입니다.

 예스맨 프로젝트

담당자 선생님께

WTO의 해체 발표와 관련된 소식을 미국 주류 언론에선 전혀 찾아볼 수가 없습니다. 제가 말씀드리는 내용은 2002년 5월 20일 나온 '보도자료/295'와 관련된 사항입니다. 이 정보가 사실인지에 대해 확인을 부탁드리며, 이에 대해 추가 정보를 얻을 수 있는 방법을 알려주시기 바랍니다. 감사합니다.

미국 뉴욕에서 사회적 기업가 드림

친애하는 님께

정말 대단히 유감스럽게도 WTO는 앞서 발표된 것과 달리 이번 9월에 해체할 계획이 없답니다. 아울러 유감스러워하실 분들로는 하루 2달러 이하의 생활비만으로 버텨나가는 수십억 빈민들과 아메리카 원주민들이 '어머니 지구'로 부르는 환경 등이 있습니다. 잘못된 정보로 혼란을 끼쳐드린 점에 대해선 사과드립니다. 감사합니다.

힐레드가르트 베스테 드림

받는 사람: 힐레드가르트 베스테 weste@gatt.org
보낸 사람:
제목: Re: WTO 해체 일정 발표

힐레드가르트 씨, 고맙습니다. 당신의 풍자가 사실에 기반하고 있다는 점을 잘 알고 있습니다. 제가 알고 싶은 것은 왜 문제의 보도자료가 www.gatt.org 사이트에 올라가 있느냐는 점입니다. 이 주소는 GATT의 공식 사이트가 아니던가요? 문제의 보도자료는 WTO를 비판하는 사회운동가들이 만든 '속임수'였나요? 만약 그렇다면, 그걸 만든 사람들은 누구죠? 감사합니다.

드림

부록

우리는 어둠의 시대에 살고 있다. 그래서 웃음이 중요하다. 우리의 엉뚱한 WTO 대변인 행각을 읽으면서 조금이라도 웃으셨기 바란다. 불행히도 어릿광대 같은 그들이 집행하고 있는 정책이 실제 세계에 끼친 파급효과는 전혀 웃어넘길 수 있는 문제가 아니다.

다행스러운 것은, 이런 상황을 바꿔내기 위해 아주 영리한 사람들이 아주 영리한 일을 도모하고 있다는 점이다. 그런 사람들을 WTO에서 찾을 수는 없을 것이다. 우리가 강연을 했던 종류의 회의장에서도 만나지 못할 테고. 그들을 찾을 수 있는 곳은 따로 있다. 전 세계 구석구석에서 활동하고 있는 시민단체, 사무실은 비좁고 월급은 쥐꼬리만 하고 동원 가능한 자원도 거의 없는 바로 그곳에서 그들을 만날 수 있다.

그들이 도움의 손길을 기다리고 있다. 바로 당신의!

여기 당신이 올바른 방향으로 찾아갈 수 있도록 도와줄 약간의 정보가 있다. 자원활동을 하거나, 기부금을 내거나, 당신 자신을 교육시키거나 뭐든 간에 말이다. 모든 정보를 다 담을 순 없었다. 포괄적인 내용을 다 다루려면 그것만으로 책 한 권 분량은 족히 넘칠 게다. 그렇게 하고서도 얼마 안 가서 업데이트를 해야 할 수밖에 없다. 그만큼 시민운동은 역동적으로 움직이고 있다. 부록을 통해 여러분에게 전달하고자 하는 바는 '입구'뿐이다. '그들'과 연결하는 순간 여러분도 거대한 운동의 일부가 될 테니까.

 예스맨 프로젝트

'명의보정'은 계속된다

우리는 '예스맨'의 활동을 '명의보정'이라 표현했다. 이유는 분명하다. 힘있는 공직자나 각종 공공기관이 스스로 주장하는 것보다 훨씬 정확하게 그들의 정체를 드러내는 게 우리의 활동 목적이기 때문이다. 아래에 나오는 세 권의 탁월한 책은 우리가 하는 '공공 패러디'와 완벽히 짝을 이루는 내용을 담고 있다. '명의보정'을 좀더 깊이 있는 방식으로 진행하고 있다고 할까? '예스맨' 강연에 비해 페이지당 웃음의 횟수는 적을지 모르지만, 실체적인 정보는 훨씬 자세히 담겨 있다. WTO의 보정된 명의에 대해 알아가는 과정은 국제경제학 공부의 좋은 출발점이 된다. WTO 스스로가 국제경제의 중재자이자 그 선전일꾼을 자임하고 있기 때문이다. 아래 책들을 읽다보면 국제경제에 대해 문외한이었던 사람도 자신만의 의견을 제시할 수 있을 만큼의 충분한 국제경제 지식을 쌓게 된다. 이 책들을 통해 여러분은 언제 그리고 어떻게 거대기업의 선동가들이 여러분의 눈을 가리는지, 그리고 어떤 방식으로 참여하는 것이 바람직한지에 대한 정보를 얻게 될 것이다.

• 시민을 위한 국제무역 가이드

스티븐 시어밤 지음 | 캐나다 정책 대안센터 제임스 로리머&Co. 펴냄

• '자유무역'을 팝니다

존 R. 맥아더 지음 | 힐&왕 펴냄

• 누구의 무역기구인가? ─ 기업 주도의 세계화와 민주주의의 침식

추천사 랠프 네이더 | 로리 왈라츠·미셸 스포르자 지음 | 퍼블릭 시티즌 펴냄

물론, 문제는 WTO에서 시작해 WTO에서 끝나지 않는다. WTO는 거대기업의 힘과 이윤을 최대화하도록 고안된 체제를 밀어붙이고 있다. 여러분은 스스로 악덕기업의 행태에 대해 잘 알고 있다고 생각할 것이다. 하지만 적어도 우리에게는, 우리가 아무리 잘 알고 있다고 생각했어도, 실상은 우리가 생각했던 것보다 훨씬 고약한—그리고 훨씬 흥미진진한—것으로 나타났다. 다행스럽게도 이와 관련한 훌륭한 연구 성과물은 산더미처럼 쌓여 있다. 우리가 제일 좋아하는 저자는 나오미 클라인이다. 부록에 소개된 다른 책을 다 읽기 어렵다면 아래 두 권만이라도 꼭 읽으시길.

• 담장과 유리창—세계화 논쟁의 최전선에서 보내온 편지

나오미 클라인 지음, 피카도르 펴냄

• 노 로고—공간도, 선택도, 일자리도 없다

나오미 클라인 지음, 피카도르 펴냄

** 추가 정보를 원하신다면 :

반세계화 연구단체인 국제세계화포럼(International Forum on Globalization)은 온라인 서점을 통해 수많은 훌륭한 책들을 소개하고 있다. 그 가운데에는 『경제적 세계화의 대안 : 더 나은 세계는 가능하다』 『치명적인 추수 : 산업화한 농업의 비극』 『블루 골드 : 세계적 물 위기와 세계 물 공급의 상업화』를 비롯해 상당히 많은 책들을 만나 볼 수 있다. 홈페이지는 www.ifg.org다.

 예스맨 프로젝트

지역적으로 행동하고……

국제무역의 복잡다단함에 평범한 구경꾼이 압도당하는 것처럼, 우리의 힘으로 실질적인 변화를 이끌어낼 가능성은 그리 높지 않다. 이런 건 그저 '전문가'들이나 다룰 수 있는 영역의 문제다. 그렇게 생각하나? 우리의 강연에 대해 청중들이 보인 반응을 지켜보면서 여러분들이 그들이 주장하는 이른바 '전문성'이란 게 얼마나 허황된 것이며, 우리 스스로 우리의 세상을 책임지는 것이 얼마나 중요한지를 제대로 보여줬기 바란다.

지구촌에는 인권과 민주주의를 위해, 그리고 거대기업의 횡포에 맞서 싸우고 있는 수많은 시민단체가 있다. 대부분 탁월한 활동을 벌이고 있고, 일부는 경이로운 성과를 내고 있다. 여기 평범한 시민도 적극적인 역할을 할 수 있게 도와줄 수 있는 썩 괜찮은 단체들이 있다.

• '글로벌 익스체인지(Global Exchange)'는 '지금 행동하세요(Act Now)'란 프로그램을 통해 거대기업의 횡포에 맞서 싸우고 있는 지구촌 활동가들을 지원하기 위해 여러분과 여러분 친구들이 할 수 있는 일들의 목록을 만들어 제시하고 있다.

www.globalexchange.org

• '착취 공장 감시(Sweatshop Watch)'는 여러 단체와 개인의 연대체로 열악한 노동환경 아래서 거대기업에 착취당하는 노동자들을 위해 노력하고 있다. '글로벌 익스체인지'와 마찬가지로 이 단체 역시 아무런 정치단체에도 속하지 않은 개인들이 착취 없는 세상을 만드는 데 참여할 수 있는 다양한 방법을 제시한다.

www.sweatshopwatch.org

• '지구 행동(Earch Action)' 또한 환경 문제와 관련해 직접적이고 의미 있는 참여 기회를 제공하고 있다.

www.earthaction.org

• '그린 피스(Green Peace)'와 '지구의 벗(Friends of the Earth)'은 소규모 환경단체에서 출발해 다방면에 걸쳐 거대기업의 횡포에 맞서 싸우는 국제적인 단체로 성장했다. 두 단체 모두 시민들이 직접 참여할 수 있는 다양한 기회를 제공한다.

www.greenpeace.org, www.foe.org

• '국제 무역 감시(Global Trade Watch)'는 세계적인 시민운동가 랠프 네이더가 이끄는 '퍼블릭 시티즌'의 자매단체다. 1995년 창설된 이래 미국 정부와 미국계 거대기업의 행태와 국제무대에서 미국 정부가 어떤 행보를 보이고 있는지를 꼼꼼히 추적해왔다. 이 단체 홈페이지에는 세계화와 관련된 미 의회의 입법활동에 대한 최신자료가 잘 정리돼 있다. 또 올바른 정책을 촉구하기 위해 시민들이 지역구 의원들에게 영향력을 행사하는 방법도 제시하고 있다.

www.citizen.org/trade

지구적으로 사고하라

거대기업의 횡포에 맞선 시민사회의 싸움은 진정 범지구적으로 일어나고 있다. 지구촌 시민단체의 연례 축제인 '세계사회포럼(WSF)'에는 해마다 시민과 활동가 8만여 명이 참가한다. 공식 대표단만도 1만여 명이나 파견된다. 이들 대표단이 소속된 수많은 단체들 가운데 우리가 좋아하는 단체 극히 일부만 아래에서 언급한다. 전반적으로 여러분들이 개인적으로 쉽게 참여할 수 있는 단체들은 아니다. 하지만 이들의 활약상에 대해 아는 것만으로도 여

예스맨 프로젝트

러분의 관심을 가지고 있는 분야에서 지구촌에서 어떤 활동이 조직되고 있는지를 이해하는 데 보탬이 될 것이다.

• '사파티스타(Zapatista) 민족해방운동'. 세계화에 대해 가장 세련된 비판을 내놓은 것은 세계 유수의 고등교육기관이 아니라 멕시코 치아파스의 원주민 활동가들이다. 이들이 지구촌 반세계화 운동에 끼친 영향은 실로 지대하다. 사파티스타의 공식 웹사이트 주소는 www.fzln.org.mx 다. 스페인어를 구사하지 못하는 분들은 멕시코 연대운동 네트워크(www.mexicosolidarity.org)에서 사파티스타 활동에 대한 기초적인 정보를 얻을 수 있다.

• '제3세계 네크워크(The Third World Network)'. 이 단체는 아프리카와 아시아, 라틴아메리카에서 WTO에 맞서는 단체들을 연계하고 있다. 말레이시아 페낭에 본부를 두고 있으며, 인도, 우루과이, 가나, 그리고 WTO의 심장부인 제네바에도 사무실을 두고 있다. 이 단체 제네바 사무소에선 일간 『남-북 개발 감시』를 발행하고 있다.

www.twnside.org.sg

• '콘페데라시옹 페이잔느(Confederation Paysanne, 농민연맹)'. 이 단체는 프랑스 농민운동가 조제 보베가 이끌고 있다. 보베는 자신의 트랙터로 맥도널드 매장을 밀어버려 프랑스의 국민적 영웅으로 떠오른 인물이다.

www.confederationpaysanne.fr

• '비아캄페시나(La Via Campesina, 농민의 길)'. 조제 보베는 비아캄페시나의 국제 대변인이기도 하다. 세계 역사상 가장 포괄적인 농민들의 연대체인 비아캄페시나는 거대기업의 침탈에 맞서 전통적인 삶의 방식을 지키기 위한 싸움을 벌이고 있다.

www.viacampesina.org

목표물을 조준하라

아래에 언급된 단체들은 다양한 측면에서 벌어지고 있는 거대기업의 횡포에 맞선 시민과 활동가들에게 특정 분야에 대한 세부적인 정보를 제공해 준다.

• '다국적기업 모니터(Multinational Monitor)'와 '거대기업 감시(CorpWatch)' 두 단체는 거대기업이 인권과 노동권, 환경 문제와 관련해 책임 있는 행동을 하도록 온라인 저널리즘과 교육, 직접 행동 등을 통해 압력을 가하고 있다. 여러분이 사는 지역에서 시민단체가 거대기업의 횡포에 맞서 싸우고 있다면, 이들 단체가 그 싸움에 크게 도움이 될 만한 거대기업의 내부정보를 제공해줄 수 있을 것이다.

http://multinationalmonitor.org, www.corpwatch.org

• '어스 라이츠 인터내셔널(Earth Rights International)'은 법률가들과 시민운동가들이 모여 만든 단체로 외국에서 인권유린을 저지른 미국 기업들을 상대로 미국 법정에서 그 책임을 묻는 정교한 소송을 여러 차례 주도했다. 버마에서 강제노역을 비롯한 인권유린에 연루됐던 유노컬과 인도 보팔사건의 배후로 지목된 다우케미컬, 에콰도르 열대림 지역에 독성 폐기물을 버린 혐의를 받고 있는 쉐브론-텍사코, 나이지리아 독재정권을 지원하고 니제르 델타 지역의 환경을 파괴했다는 비판을 받고 있는 로열더치셸 등이 대표적이다.

www.earthrights.org

• '국제유전자정보행동(Genetic Resources Action International-GRAIN)'. 세계 최대 종자기업인 몬산토 등 거대기업이 유전자조작농산물과 특허 등록된 종자를 농민들에게 강요하면서 전세계적으로 엄청난 반발을 부르고 있다. 이 단체는 이와 관련된 투쟁에 나선 이들에게 유용한

 예스맨 프로젝트

정보창고 구실을 한다.

www.grain.org

• '농업과 무역정책 연구소(Agriculture and Trade Policy)'. 당신이 거대 농업기업의 영향을 받지 않고 독립적으로 농사를 짓고자 하는 미국 농민이라면, 이 단체를 통해 미국의 농업정책과 무역정책이 당신의 생존을 얼마나 어렵게 만드는지를 알 수 있다. 그리고 이들 정책을 어떻게 하면 바꿀 수 있는지에 대한 정보도 제공하고 있다.

www.iatp.org

• '상업무역 경보(Commercial Alert)'는 "상업무역 활동이 적정 한계를 넘어서지 않도록" 하는 것을 활동목표로 삼고 있다. 특히 거대기업의 어린이 착취를 근절하기 위해 애쓰고 있다. "어린이가 시장과 관련한 질병에 걸리는 사례를 줄이기 위해" 보건의료 캠페인을 벌이고 있다. 또 "거대기업 영업사원과 정크푸드 외판원, 시장조사 요원 등이 학교에 발붙이지 못하게 하며, 이들이 교과서와 교과과정에 영향을 끼치지 못하게" 하는 교육 캠페인에도 매진하고 있다.

www.commercialalert.org

이제 다시 처음으로 돌아가보자. 주의할 것은 아래 사이트 둘 중 하나
는 잘못된 정보, 절반의 진실, 그리고 거짓으로 가득차 있다는 점이다.

예스맨 프로젝트

예스맨이 만든
가짜 WTO 사이트(왼쪽)와
진짜 WTO 사이트(오른쪽)

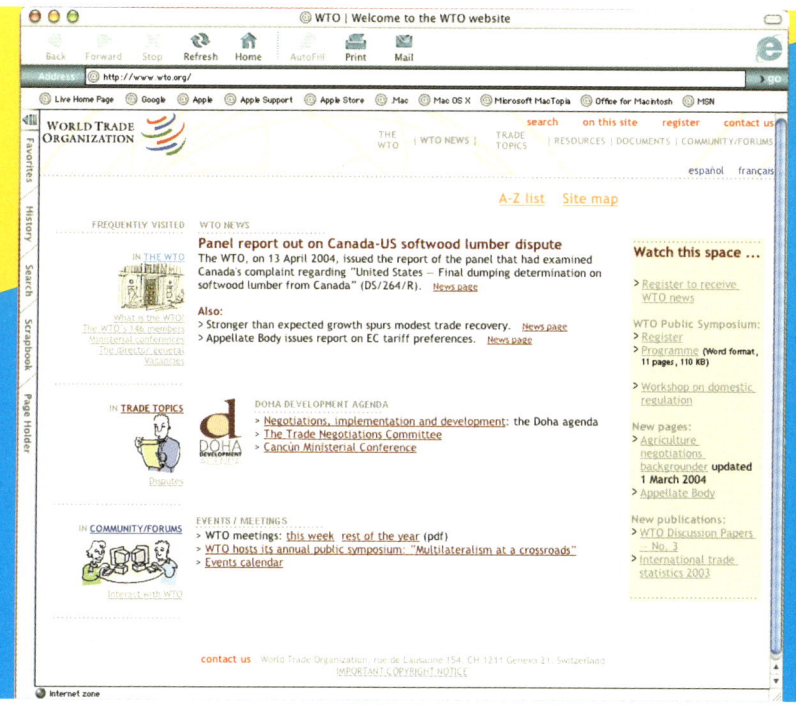

옮긴이의 말 ▲

　　2009년 10월 19일 월요일, 미국 워싱턴의 내셔널프레스클럽에서 미 상공회의소가 긴급 기자회견을 자청하고 나섰다. 상기된 표정의 힝고 셈브라 대변인은 이내 엄숙한 표정으로 '중대 발표문'을 읽어내려갔다.

"오늘, 미 상공회의소는 기후변화에 대한 지금까지의 입장을 완전히 바꾸기로 결정했습니다. 그동안 상공회의소는 존 케리 상원의원과 바버라 복서 상원의원이 공동으로 발의한 '기후변화협약 관련 규제법안'에 반대해 로비를 벌여왔지만, 오늘부로 법안에 찬성하기로 결정했습니다."

장내를 가득 메운 기자들이 술렁이기 시작했다. 전혀 예상치 못한 일이었다. 상공회의소는 최근까지만 해도 수백만 달러를 들여 기후변화 관련 입법을 무마시키기 위한 여론전을 펼쳐온 터다. 기후변화협약과 관련한 상공회의소의 입장이 워낙 강경해 여론악화를 우려한 애플, 엑슨론, 피앤지 등 굴지의 기업과 상공회의소 샌프란치스코 지부 등이 상공회의소에서 탈퇴하기까지 했고,

나이키도 상공회의소 이사직에서 물러난 터다. 대체 무슨 일이 벌어진 걸까? 셈브라 대변인은 묵묵히 발표문을 읽어내려갔다.

"기후변화 관련 법안이 현재 미 상원에서 논의되고 있습니다. 우리 상공회의소는 이 법안이 미국 경제의 혁신을 자극하고, 일자리를 늘리며, 번영을 약속할 것이라고 굳게 믿게 됐습니다. 상공회의소는 그동안 기후변화와 관련한 과학적 연구 결과가 기업활동을 방해할 수 있다는 점을 우려해왔습니다. 하지만 이제야 깨달았습니다. 안정적인 기후가 보장되지 않고는 기업활동도 불가능하다는 점을 말입니다."

셈브라 대변인의 발표가 이어지는 새 프레스룸 뒷편을 서성이던 한 남성이 갑자기 목소리를 높였다. "거짓말이야, 당신 누군데 그런 거짓말을 하는 거야?" 그의 목소리가 점점 커지기 시작했다. 그는 셈브라 대변인의 발표 내용을 받아적고 있던 기자들을 향해 이렇게 외쳤다.

"저는 상공회의소에서 나온 에릭 월쉴리겔이라고 합니다. 연단에 있는 저 사람이 누군지는 모르겠지만, 분명 상공회의소 직원이 아닙니다. 회견 내용도 상공회의소의 공식 견해와 전혀 다릅니다. 저 사람은 가짜예요!"

쏘아붙이는 월쉴리겔에게 셈브라 대변인이 나무라듯 말했다.

"거기 뒤에서 떠드는 분은 누구신가요?"

월쉴리겔이 기다렸다는 듯 목소리를 높였다. "그러는 댁은 누구요?" 그는 성큼성큼 연단 쪽으로 걸어갔다. "명함 있어요? 명함 좀 봅시다." 셈브라 대변인이 느릿하게 말했다.

"당연히, 명함은 있지요. 그러는 당신은 명함 있어요? 어디 한번 봅시다."

이미 연단 앞에까지 걸어간 월쉴리겔은 이제 삿대질까지 해가며 쏘아붙이기 시작했다. "난 있어요. 당신 거나 보여줘요. 직함이 뭐예요, 당신? 상공회의소에서 무슨 직책 맡고 있습니까?"

셈브라 대변인이 "난 토머스 도나휴 상공회의소 회장을 보좌하는 사람입니다"라고 말했지만, 월쉴리겔은 막무가내였다. "거짓말, 거짓말 마세요. 당신은 상공회의소 직원이 아니에요. 보셨죠, 여러분? 저는 명함이 있고, 이 사람은 명함이 없습니다. 자, 제 명함 받고 싶으신 분 밖으로 나오세요."

그가 기세를 올리며 복도로 나가자, 망설이던 기자 몇몇이 따라 나섰다. 아수라장이 된 회견장에서 셈브라 대변인은 조금은 멋쩍은 표정으로, 하지만 흔들림 없이 나머지 발표문을 읽어내려갔다. 미리 배포된 보도자료를 바탕으로 이미 《로이터 통신》을 비롯한 일부 언론사에서 '상공회의소의 개심'에 관한 속보가 나간 뒤였다. 《뉴욕 타임스》를 비롯한 미국 내 유수의 신문들도 앞다퉈 인터넷 판에서 관련 소식과 함께 '충격'에 휩싸인 업계의 반응까지 자세히 전하고 있었다.

이윽고 회견을 마무리한 '힝고 셈브라 대변인', 아니, '앤디'가 마침내 환한 웃음을 흘렸다. 앤디가 기자들과 얘기를 나누는 동안 미 상공회의소는 긴급 보도자료를 내어 "이런 무책임한 행태는 온실가스 감축을 위해 노력하고 있는 미국 정부의 진정성을 유린하는 어리석은 처사"라고 비판했다. 상공회의소의 전격적인 '개심'을 속보로 전하던 '폭스 비즈니스 네트워크'와 'CNBC' 등 경제뉴스 전문 케이블 텔레비전에선 앵커의 다급한 정정보도 멘트가 흘러나오기 시작했다. 전형적인 예스맨 식 '명의보정' 행각이 또 한 번 성공리에 마무리

예스맨 프로젝트

된 것이다.

인터넷 매체 '데모크라시 나우'는 10월 20일 "미 상공회의소가 2009년 3분기에 집행한 홍보예산만 모두 3470만 달러에 이른다"고 전했다. 이날 예스맨이 상공회의소의 '명의'를 '보정'하기 위해 들인 예산은 프레스센터 기자회견장 대관료 500달러가 전부였다. 상공회의소 쪽은 "이번 사건은 '예스맨' 관련자들이 개봉을 앞둔 자기들 영화를 홍보하기 위해 벌인 일"이라며 "개인적인 이익을 위해 공공단체의 명의를 도용한 사건이자 명백한 명예훼손"이라고 주장했다. 상공회의소 쪽은 "법적 대응에 나설 것"이라고 목소리를 높였지만, 예스맨은 이튿날 침착하게 미 상원 앞 잔디마당에서 기후변화에 적극 대처할 것을 촉구하는 집회를 열었단다. 좌충우돌, 재기발랄. '지구를 지키겠다'고 나선 예스맨의 '무한도전'은 도무지 거칠 게 없어 보인다.

지은이들이 머리말에서 밝힌 것처럼 이 책에 등장하는 다섯 가지 사건은 모두 실제 벌어진 일, 곧 실화다. 그럼에도 사실 그대로 믿어주기 어려울 정도로 허무맹랑한 일들이 지구촌 도처의 사뭇 진지한 장소에서 보란 듯이 꼬리를 물었다. 어쩌면 여기에 문제의 심각성이 있는지 모른다. 지구촌을 쥐락펴락하는 '전문가'들의 상태가 이 모양이라면, 대체 누구에게 우리의 세계를 맡겨야 하는가? 지독한 농담이 난무하는 동안에도 언제나 진실은 또렷했다. 그래서다. 책을 옮기는 동안, 걸핏하면 몰려드는 인류의 암담한 미래에 대한 상념 때문에 정말이지 진지하게 고민하고 또 성찰했다. 시도 때도 없이 낄낄거리다가 주변을 눈총을 받기도 했다는 점, 아울러 고백한다.

이 책의 지은이로 소개된 앤디 비클바움과 마이크 버나노는 필명, 아니 예명이다. 예스맨의 배후격인 'RTM아크' 시절엔 각각 레이 토머스와 프랭크 게레로라는 이름을 썼다. 책 전체에서 풍기는 느낌처럼 앤디와 마이크는 '문화예술계' 출신이다. 예스맨의 활약상이 제법 알려지면서, 미 루이지애나 주립대학교에서 예술사를 전공한 래니 보이드란 친구는 2005년 5월 이들의 활동을 주제로 한 석사논문을 쓰기도 했다. 「예스맨과 정보화 시대의 시민운동」이란 제목의 이 논문에는 앤디와 마이크의 '정체'가 일부 드러나 있다.

마이크의 본명은 이고르 바모스로, 현재 뉴욕주 렌젤래어 폴리테크닉에서 미디어 예술을 강의하고 있단다. 오레곤주 포틀랜드의 리드대학에서 스튜디오 아트를 전공하는 그는 대학시절 '부조리 게릴라 극단'이란 단체에서 활동하면서, 예술을 통한 사회 참여에 강한 관심을 보인 것으로 전해진다. 대학을 졸업한 마이크는 캘리포니아 주립대학교 샌디에이고 분교에서 순수예술 전공으로 석사학위를 받았는데, '바비 인형 해방기구(BLO)' 활동을 시작한 것도 이 무렵인 것으로 보인다.

앤디의 본명은 자크 세르빈이다. 1992년 루이지애나 주립대학교에서 문예창작 전공으로 석사학위를 받은 뒤 샌프란시스코로 가 잠시 프로그래머로 활동했다고 한다. 머리말에 등장하는 '뽀뽀부대' 얘기는 이 시절 벌인 일일 터다. 책에선 심약하고 어리바리하게 묘사됐지만, 실제론 소설도 두 권이나 펴낸 '등단작가'이기도 하다.

풍자와 해학으로 똘똘 뭉친 예스맨의 활약상에 대한 '학술적' 평가는 어떨까? 래니 보이드는 논문에서 예스맨의 활동을 조너선 스위프트의 풍자소설 『걸리버 여행기』에 비유하기도 했지만, 마이클 하트와 안토니오 네그리의 '소통불

 예스맨 프로젝트

가의 패러독스' 이론을 끄집어 와 그 한계를 지적하기도 했다. 학술논문 내용을 하나하나 끄집어내 '디벼'보는 건 '예스맨'의 스타일이 아닐 게다. 내용이 궁금해 도저히 못 참겠다고 느끼시는 독자들이 있다면, 침착하게 http://etd.lsu.edu/docs/available/etd-04142005-174336/unrestricted/Boyd_thesis.pdf에서 내려받아 직접 확인해보시면 되겠다.

굳이 핵심을 소개하자면, 보이드는 예스맨의 풍자와 해학이 전 세계 유력 언론의 조명을 받기는 했지만 실제 풀뿌리 차원에서는 아무런 영향력을 발휘하지 못했다고 비판했다. 틀린 지적은 아닐 것이다. 하지만 다시 생각해보면, 애초 앤디와 마이크는 세상을 바꾸겠다는 '원대한 꿈'을 품은 건 아니었다. 그러니 그들에게 '왜 세상을 바꾸지 못했느냐'고 진지하게 따져묻는 일 따위는 애초 어불성설이다. 그들의 말처럼 "재미있어 보이는 일을, 특정 목표물에 맞추고, 그저 시작했을 뿐"이고, "한 가지 일이 다음 번 일로 이어졌다"는 게 정확한 표현일 게다. 그리고 그들은 이렇게 속삭인다.

"여러분 역시 인터넷 접속이 가능한 컴퓨터가 있으실 거고, 또 어느 정도 컴퓨터를 다룰 줄도 아실 게다. 그리고 시간도 좀 낼 수 있으시겠지. 특히 인터넷과 함께 자라나신 젊은 분들, 아직 사회생활의 덫에 얽매이지 않은 분들, 그리고 권력에 그리 감동먹지 않으시는 분들에게 전하고 싶은 말이 있다. 이 책이 여러분들이 가진 자산을 좋은 목적에 쓰시는 데 작은 영감을 줄 수 있었으면 좋겠다."

세상을 한방에 바꿀 수 있는 유일한 길은 '로또복권 당첨' 뿐인 시대에 살고 있다. 벼락에 맞을 확률보다 낮은 가능성에 기대 사는 건 부질없다. 암울한가? 딱히 그렇게 느끼실 필요까진 없으시다. '이상한 나라'를 주유하고 돌아온 앤디와 마이크는 우리에게 말한다. '웃어라. 그리고 주변을 둘러보라. 더 나은 세상을 만들기 위해 아주 영리한 사람들이, 아주 영리한 일을 도모하고 있다. 그들에게 다가서라. 손을 내밀어라. 당신의 세상은 조금씩 달라질 것이다.' 부록까지 섭렵한 독자들이라면, 앤디와 마이크의 속 깊은 '충동질'에 마음이 동하시리라 믿는다. 우리에게도 시급히 '명의'를 '보정'해 드릴 분들이 어디 좀 많은가! 그러니 이 책은 지구촌 판 '바른생활 교과서'를 지향하고 있다고 해도 좋겠다. 아시다시피, '딴지일보' 식으로 말이다. 부디 '즐감'하시길……

2010년 3월
정인환

 **예스맨 프로젝트**

New WTO logo

blue
green
red

red = war & injustice in the past
green = hope in the present
blue = the unknowable future

새 WTO 로고
빨강=과거의 전쟁과 불의
초록=현재의 희망
파랑=알 수 없는 미래

YES MEN PROJECT

발행일 2010년 3월 12일
지은이 앤디 비클바움, 마이크 버나노, 밥 스펀크마이어
옮긴이 정인환
펴낸이 김상윤_씨네21(주) 대표
편집 이성욱, 양수현
디자인 더그라프
마케팅 정병철

펴낸곳 씨네21(주)
등 록 2005년 3월 25일 제313 - 2005 - 000054호
주 소 서울시 마포구 공덕동 116-25 한겨레신문사 4층
전 화 02 6377 0500
팩 스 02 6377 0505

값 15,000원
ISBN 978-89-93208-66-5 03840